KB055349

오카모토 가노코

岡本かの子

오카모토 가노코 지음
최가형 옮김

어문학사

오카모토 가노코(岡本かの子)

본 간행 사업은, 고려대학교 글로벌 일본연구원 〈일본 근현대 여성문학연구회〉가 2018년 일본만국박람회기념기금사업(日本万国博覧会記念基金事業)의 지원을 받아 기획한 것이다.

차례

동해도53차

풍속사風俗史를 전공한 남편이 특히 예전의 여행 풍습이나 관습에 흥미를 느껴 동해도東海道 탐사에 발을 내딛은 것은 다이쇼大正 초기, 아직 고등학생이던 때부터였다고 한다. 나는 그 시절의 일을 알지 못하지만 대학 때 남편이 종종 그쪽에 가곤 했던 것을 분명 봤었고, 한번쯤은 나도 함께 데려가 준 적이 있었다. 만약을 위해 남편과 내 관계를 이야기해 두자면, 내 아버지는 유년시절 유신[1]의 소요를 겪어온 아마추어 학문가有職故実 집안의 사람이었는데, 학문에 열심이었고 연구를 돕게 하기 위해 외동딸인 내게 회화를 가르쳤다. 나는 16, 7세쯤에 이미 진한 반수礬水를 먹인 얇은 미농지를 대고 에마키[2]의 단편을 그대로 베끼는 것도 가능했으며 잔존해있는 투구의 보호 장비를 그대로 묘사하는 것도 가능했다. 그러나 독창적으로 무엇인가를 그려보고자 했을 때는 그림을 그릴 수가 없었다. 남편은 집에 드나드는 유일한 청년이었다. 아버지가 교

1 메이지 유신(明治維新)

2 絵巻物 두루마리 그림

제를 나누던 다른 사람들이 없던 것은 아니었지만 모두 중년 이상이거나 노인들이었다. 그 무렵은 '성공'과 같은 단어가 유독 유행했었고 젊은 여인들은 하이칼라 머리라고 하는 서양식 머리를 묶고 다녔던 시절이었는데, 좀이 슨 도서를 찾아다녔던 남편은 꽤나 독특한 청년이었던 게 틀림없다. 그럼에도 아버지는 '요즘 보기 힘든 훌륭한 청년'이라고 칭찬을 하셨다. 남편은 영락한 지방의 오래된 가문에서 태어난 셋째 아들로, 학문의 길에 들어서기는 했으나 학비의 반 이상을 스스로 마련해야만 했다. 남편은 본인의 흥미를 살려 가부키의 소도구 쪽 상담역할을 맡거나, 백화점의 장식 인형 의상을 고증해 주거나 하는 등의 일을 해서 번 약간의 보수로 학비를 충당했다. 형편이 꽤나 어려운 것 같았으나 복장만은 언제나 반듯했다.

'귀중한 학문의 재능을 헛되이 써서 날려버리는 일 없도록'하라며 시종 충고를 하던 아버지의 진심을 생각해 본다면, 돌아가시기 얼마 전 남편을 양자로 들이고 긴 세월 수집해왔던 물품과 조수였던 나를 남편에게 맡긴 것은 당연한 일이었다. 내가 남편 손에 이끌려 동해도를 처음 본 것은 결혼이 정해지고 얼마 지나지 않아서였다.

지금껏 친구로 지내왔던 청년을 갑자기 남편으로서 마주하게 된 것은 조금 거북하고 낯간지러운 일이었으나, 내게 전부터 이렇게 될 것이란 예감이 없었던 것은 아니었다. 좁은 분야와 교제범위 안에서 같은 공기를 호흡해 온 젊은 남녀가 결국 한 쌍이 될 것 같다는 예감은 연못 안의 물고기처럼 본능적으로 느껴지는 것이었다. 나는 수줍어하거나 말을 삼가거나 하지도 않았고, 그 여행에서도 그저 주변을 챙기는 것 정도는 사양하지 않고 거든 정도였다.

우리들은 야간열차를 타고 시즈오카 역에서 내렸다. 곧 역의 인력거를 잡아타고 시내에 들어서자 새벽녘의 아지랑이 속에서 고추냉이절임 가게의 큰 간판, 도미 조림 가게의 간판 같은 것들이 우리 머리 위로 모습을 드러냈다. 여행 경험이 많지 않은 나는 들뜬 기분이었다. 아직 문이 닫혀 있는 두 채 짜리 아베강安倍川 모찌 가게 앞을 지나자 그앞에 바로 강여울 소리와 안개를 앞세운 아베강이 흐르고 있었다. 바퀴자국을 남기며 흔들리는 판교 위를 지날 때, 밤샘 여행으로 졸리던 눈꺼풀이 상쾌해지는 것 같았다. 읍내라고도, 마을이라고도 하기 어려운 촌락의 집들이 늘어서 있다. 이곳은 시게히라重衡[3] 가 동부지방으로 거처를 옮겼을 때 가마쿠라에서 시게히라의 총애를 받았던 유녀遊女 센쥬千手의 소생인 데고시유야手越의 고향이라고 한다. 시게하라가 죽은 뒤 센쥬는 비구니가 되어 선광사善光寺에 들어갔으며 24세에 숨졌다. 이러한 유래를 남편은 간단히 설명해 주었다.

"옛날 유녀들은 정조를 잘 지키곤 했었죠."

"모두가 그런 건 아니지만, 그때 귀빈 앞에 등장하곤 했던 유녀

3 타이라노 시게히라(平重衡) 헤이안(平安)시대 말기 헤이케(平家)의 무사, 귀족

들은 상당히 독립적인 생활을 보장 받았었고, 나이가 어린 유녀들에게 그런 로맨스가 많았죠."

"그럼, 센쥬도 시게하라의 불운한 운명에 동정을 느낄만한 어린 정서를 지닌 나이였단 거네요."

"그것도 그렇고, 당시 가마쿠라鎌倉라는 곳이 신흥도시였던 것은 틀림없지만 그래도 시골이라, 문화에 관해서는 어쨌든 교토京都를 동경했었어요. 미나모토 사네토모源実朝 시대가 되어서도 여전히 그랬던 모양이니까 가마쿠라의 센쥬가 도회풍의 세련된 젊은 귀족과 만나 얼마쯤은 그런 귀족을 사랑의 대상으로 삼은 것을 자랑거리로 느꼈을 지도 모르죠."

나는 다시 한 번 유야의 고향을 둘러보았다.

나와 남편은 서로 연애에 관한 이야기는 물론 현시대에 발생한 어떤 일을 화제로 삼아 얘기한 적이 없다. 그런 일에 관해 이야기하는 것은 우리처럼 옛것을 선호하는 고전적인 가정의 공기를 마시며 자라온 사람에게 있어 낯선 것이었고 일정 부분 거북하게 느껴지는 것이기도 했다. 그저 역사적인 것들을 통해서만 이런 식으로 가끔 이야기를 나눌 뿐이었다. 그것이 둘 사이에 어느 정도 따뜻한 친숙함을 느끼게 했다. 오래된 소나무가 가로수길의 느낌을 주는 길이 계속 이어졌다. 그 길이 다하자 갑자기 밝아지며 둥근 언덕이 몇 개나 있는 밭 가운데 길을 인력거가 속도를 올려 달리기 시작했다. 작은 강에 걸린 다리 곁 우측으로 찻집처럼 생긴 초가집이 있었고 인력거는 그 앞에 멈춰섰다.

"마루코丸子에 도착했습니다."

그러고보니 문에 명물 도로로국물とろろ汁이라고 쓴 것이 보인다.

"배고프죠. 잠시 기다려요."

그렇게 말하곤 남편은 문을 열고 안으로 들어갔다.

그것은 아마도 4월 말인가 5월 초 쯤의 일로 아직 얼마 지나지 않았을 때였다고 기억한다. 시즈오카静岡 부근은 따뜻하다고 하기에 나는 얇은 솜옷 차림에 스케치북과 코트를 손에 들고 있었다. 주변에 꽃이 신선하게 피었고 둥근 언덕에는 찻잎이 우구이수모치鶯餅를 늘어놓은 것처럼 새싹으로 돋아나 있어 공기 속에까지 어렴풋한 향기를 퍼트리고 있었다.

우리들은 손님용이라 하기엔 허름하고 삐걱거리는 낡은 다다미 방에서 긴 시간 도로로국물이 나오기를 기다렸다. 살짝 열린 문틈으로는 밭 너머로 평범한 뒷산이 보인다. 휘파람새가 울어댄다. 도로로국물 가게가 마루코 여관의 명물이라고는 하지만 정작 그것을 먹는 사람은 많지 않기 때문에 가게는 잠깐의 식사를 위한 공간 정도였고, 경작지 측량 일행으로 보이는 기계를 지닌 서너명과 앞쪽에 말을 묶어둔 마부 등이 아침 전등불 아래에서 웃음소리를 섞어가며 식사를 하고 있다. 남편은 내가 지루해할까 싶어 품 안에서 동해도의 지형을 담은 그림을 꺼내 설명을 해주거나 했다. 지도와 조감도의 중간쯤 되는 물건으로, 평면적으로 그려져 있는 이정표나 거리를 생각하며 자신이 서있는 위치로부터 좌우에 보이는 짐작을 통해 산이나 신사, 절, 성 등을 대략 보이는대로 측면의 약도를 그린 것이었는데, 개량미농지에 본을 뜬 복사본이긴 했지만 원래 그림인 히시가와 모로노부菱川師宣의 필치와 정취가 느껴지는 듯 했다. 그러나 자연이 주는 실감은 전혀 없었다.

"옛날 사람들은 필요하면 직접 발명했으니까 이런 편리하고 재밌는 것들이 생겨난 거예요. 결국 관념적인 이치에 얽매이지 않았기 때문에.. 지금 이런 것을 만든다면 편리할텐데"

시작은 나에 대한 배려 차원에서 이야기를 꺼낸 참이었으나 어느 사이엔가 자기 혼자 고전 사색에 빠져 혼잣말을 하고 있다. 옛것을 선호하는 학자들에게서 흔히 볼 수 있는 이런 버릇을 나는 줄곧 아버지에게서 보아왔기 때문에 별로 괘념치 않았지만 둘이서 처음으로 나선 여행길에, 그것도 이런 장소에서 음식을 기다리고 있을 때 상대의 그런 태도는 어딘가 나를 서운하게 만들었다. 나는 기분을 달래기 위해 문을 조금 열어젖혔다. 오전의 태양빛은 역시 눈부시게 아름다웠다. 나이든 여종업원이 '도로로국물 나왔습니다'하며 국물을 내왔다. 크게 다른 방식으로 만든 것 같지는 않았으나 갓 지은 보리밥의 향긋한 온기, 신선神仙의 토양 같은 내음이 나는 마는 차분한 맛이 있었다. 나는 내음이 가시지 않도록 하기 위해 고명으로 나온 김가루도 뿌리지 않은 채로 식사를 시작했다. 남편은 식사 시중을 담당하는 나이든 여종업원에게 '미나카와 노인은?' '후지노야 사람들은?' '치약 가게는?' 해가며 묘한 것들을 묻기 시작했다. 여종업원은 그 물음에 대한 소식을 알고 있기도 하고 모르고 있기도 했다. 이야기를 들어보아하니 이 거리를 지나다니는 여행객들의 업종인 것 같았다. 남편이 '사쿠라이 씨는?'이라고 묻자

"어머, 지금, 조금 전에 바로 이 앞을 지나가셨어요. 손님께서도 고개를 넘으실 거라면 어디선가 만나게 되실 겁니다."

라고 답했다. 남편은

"고개를 지나긴 하지만 곧장 넘진 않을 예정이라.. 그리고 딱히 만나고싶은 것도 아니라서"

라고 이야기를 마무리했다.

우리들이 가게를 나설 때 남편은 내게 '이 동해도에는 동해도 인종人種이라고 이름붙여도 좋을 흥미로운 사람들이 아주 많아요'라고 설명을 더했다. 좁은 길 좌우로 군집한 대나무들이 늘어나기 시작했고 이윽고 두 개의 작은 봉우리가 눈앞에 보이기 시작했다. 천주산天柱山, 담배꽁초통고개吐月峰라고 남편이 설명했다. 내 아버지는 결벽증이라, 매일 아침 자신이 쓴 담뱃대의 꽁초통 청소를 내게 시켰는데, 재가 담긴 통 입구 소재가 새로운 바탕을 드러낼 때까지 숫돌에 몇 번씩 물을 흘려보내가며 문질러 닦았다. 아침 일찍 일어나는 아버지는 내가 졸린 눈을 참아가며 숫돌을 문질러 닦은 꽁초통을 가져가면 응접실 자리에 앉아 담뱃대를 무릎에 준비해 둔 채 잠자코 기다리고 있었다. 내가 서둘러 가지고 가면 아버지는 미간을 찌푸리며 꽁초통을 내게 도로 준다. 나는 다시 닦는다. 그런 때는 꽁초통 반대편 입구 근처 손닿는 곳에 새긴 吐月峰라는 닳

아진 낙인이 늘 눈에 띄었다. 봄볕이 화창하게 퍼진 하늘같은 색의 대나무에 태평하게 새겨진 이 뜻 모를 서체를 나는 언짢은 기분으로 얄미운 듯 바라보았다. 꽁초통 입구가 깨끗하게 닦여 아버지 마음에 들었을 때 아버지는 그것을 담뱃대 상자에 넣고는 담뱃대에 불을 붙이며 고맙다고 말했다.

"덕분에 맛있는 아침 담배 한 모금을 피우는구나"

아버지는 그렇게 말하며 내게 드문 미소를 보였다. 어머니가 돌아가신 뒤 남자 홀몸으로 하녀나 식모, 서생을 고용해 나를 길러온 아버지에게 있어 삶의 보람이란 고증 천착의 즐거움 외에 없었던 것처럼 보였지만 그래도 역시 쓸쓸한 것 같았다. 그러나 연애라는 정서 자체를 잘 몰랐던 옛사람임을 감안하면 그것은 어쩔 수 없는 일이었다. 청소가 끝난 아침 응접실에서 유유자적한 기분에 잠긴다. 그것이 자신의 마음을 열 수 있는 유일한 길로써, 그런 때에만 딸에게도 솔직한 애정을 담은 미소 역시 보일 수 있었다. 나는 철들 무렵부터 아버지를 딱하게 여기기 시작했고 가급적 꽁초통을 깨끗이 씻어드리기 위해 애썼다. 그리고 꽁초통에 새겨진 吐月峰라는 글자에도 어딘가 가련한 인간의 휴식이란 의미가 들어있는 것 같다는 생각을 하게 되었다. 아버지는 나와 남편의 혼담이 정해지자 그날부터 꽁초통 청소를 서생에게 대신 시켰다. 나는 어딘가 불편하여 '제가 해드릴게요'라고 했지만 '아니, 됐다'하며 절대 맡기지 않았다. 참고용 그림이나 축사縮写도 더는 시키지 않게 되었다. 아마도 딸인 나를 더 이상 자신의 그늘 아래 둘 수는 없다는 생각을 했기 때문이었을 것이다. 나는 옛날 사람인 아버지의 지나친 성실함과 고지식함에 눈물이 날 것만 같았다. 주변의 둥글고 평범한 지형에 비해 천주산과 담배꽁초통 고개는 우뚝 솟아있어 빼어난 모양을 자랑했다. 하지만 우람하다거나 험준한 산정山頂같은 느낌은 아니었고 어디까지나 처진 어깨처럼 부드러운 선을 하고 있었다. 이러한 부조화가 두 개의 봉우리를 인공 정원의 산처럼 보이게 했고 그 아래에 있는 초가지붕과 초당이 한폭의 그림이 되어 점점 다가오고 있었다. 사립문을 열고 들어서자 산뜻한 정원이 있었고 절과 다실을 절충한 것 같은 집 입구에 빛바랜 주련판이 걸려있었다. 주련판에는

어린 잎 몇 개가 자라나기 시작한 정원의 대나무

幾若葉はやし初の園の竹

산벚나무 떠오르는 색을 더한 안개일까

山桜思ふ色添ふ霞かな

라는 시가 적혀있었다.

남편은 집 사정을 알고 있는 것처럼 보였는데 사립문을 열고 정원으로 나를 이끌더니 거기서부터 기척을 내가며 집 안으로 들어갔다. 한 방에는 담뱃대를 만드는 도중인 듯한 도구나 대나무 재료가 흐트러진 채 있었을 뿐 사람은 보이지 않았다.

남편은 개의치 않고 안쪽을 지나 귀한 물건들이 올려져있는 선

반으로 향했고 내게 이것들을 그려달라고 말했다. 그것들은 승려 잇큐소준一休宗純이 지녔었다고 하는 쇠로 된 공양 그릇, 돈아미頓阿弥가 만들었다고 하는 나무 불상이었다. 내가 붓을 움직이고 있을 때 남편은 그곳에 굴러다니던 담뱃대 불량품을 가져와 잎담배를 피우며 조금씩 입을 열었다.

이 초당을 만든 소초宗長는, 렌카는 소기宗祇의 제자가 되어, 좌선坐禪은 잇큐의 제자가 되어 배웠는데 렌카 작자로서가 더 유명하다. 원래 여기서 세 집 위에 있는 시마다島田 여관 출생이라 말년에는 사이토가斎藤加賀守의 비호를 받아 교토에서 동쪽으로 이주했다. 그리고 여기에 살게 되었다. 정원은 작지만 은각사를 흉내내고자 한 것이라고 한다.

"무로마치室町 시대도 마지막 때였고, 난세에 렌카 따위의 문장 놀음이란 것도 우스운데 이것이 동쪽 무사들 사이에서 유행했다는 건 묘한 일이에요. 교토에서 렌카 작자가 내려오면 근처 성에서 앞다퉈 초청해 렌카 한 수 읊어주기를 바랐다든가, 그것도 내일 전투를 앞둔 상황에서 꼭 한 수 지어달라는 청을 해왔다든가 하는 렌카 작자들의 여행기가 있어요. 일본인은 풍취에 대해 뭔가 특별한 넋을 갖고 있는 게 아닌가 싶습니다."

또한 렌카 작자 중에는 담당 직무를 이용해 교토에서 관동으로 스파이나 연락책을 담당한 사람도 있었기에 어느 정도는 그런 볼

일을 보기 위한 것도 있었겠지만, 오타 도칸太田道灌[4] 을 비롯해 동쪽 성주들은 풍취를 즐기는 데 열심이었고 따라서 렌카 작자들의 문장에 동해도의 풍물과 당시의 상황이 상당히 남겨지게 되었다고 남편은 이야기했다. 나는 그보다도 소초라는 렌카 작자가 동쪽의 광대한 자연 속에 있으면서도 여전히 교토의 문화를 그리워하여 마침내는 교토의 자연을 닮은 두 개의 봉우리를 찾아내고 그 아래에서 작은 달팽이처럼 생활을 이어갔다는 것에 대해 생각해봤다. 소녀의 미련 같다는 느낌이 들었다. 그래서 초당을 나서기 전 다시 한 번 은각사를 흉내내어 만들었다는 정원에서 천주산, 담배꽁초통고개를 유심히 바라보고자 했다. 남편은 새 담뱃대 속에 얼마쯤의 돈을 넣고는 담뱃대를 만드는 방 입구에 놓아두며

"담뱃대로 임시변통하고 갑시다. 이런 게 참선 혹은 풍취라는 건가" 라고 말하곤 웃어보였다.

"자아, 여기서부터가 우쓰노야고개宇津の谷峠. 나리히라業平[5] 가 스루가駿河의 우쓰노야마 주변에서는 꿈에서도 사람과 마주할 일 없을 것이라고 했던 그 옛 우쓰노미야의 산입니다. 올라갈 때는 조금 힘들 거예요. 소지품은 이쪽으로 주세요. 들어드리겠습니다."

철도의 터널이 지나는 길이라, 마침 통과하던 기차에서 한번 현대의 연기를 뱉어낸 것 외에는 시대의 흐름과 전혀 무관한 고개

---

4 오타 도칸, 무로마치 시대 후기의 무장(武将)

5 아리와라노 나리히라, 헤이안 시대 초기부터 전기까지의 귀족, 가인(歌人)

의 옛길이다. 나는 무대에서 본 모쿠아미黙阿弥[6] 작품「쓰타모미지우쓰노미야고개蔦紅葉宇都谷峠」의 한 장면을 떠올리며 결혼한 남녀의 첫 여행치고는 남편이 너무 고된 무대를 고른 것 같다고 생각했다. 나는 조금 무서워하며 남편의 뒤를 따라 걸었다. 남편은 때때로 멈춰서서 '이거 잘 비켜가요'라고 양산으로 두드리며 말했다. 큰 두꺼비가 배 근처에 썩은 낙엽을 붙인 채로 눈 앞에서 웅크리고 있다. 나는 무서워하는 중에도 남편이 이 옛 고갯길에 접어든 이후 마치 딴사람이라도 된 것처럼 쾌활해지고 얼굴에 생기가 돌기 시작한 것만은 눈치챌 수 있었다. 팔을 펼친 채 손에 닿는 조릿대잎을 꺾어가며 걷는다. 마치 소년 같은 경쾌한 몸짓으로 자신의 소유지에 들어선 땅주인처럼 거침없이 행동한다. 그러면서 가끔은 내게

"어때요, 동해도 좋죠?"

라고 동의를 구하듯 묻는다.

나는 '네, 뭐.'라고 답하는 것 외엔 할 말이 없었다.

문득 나는 고전에 취한 인간에게는 어딘가 그 안에 로맨틱한 것을 추구하고자 하는 본능이 없는 게 아닐까 하고 생각했다. 갑자기 들어서게 된 별천지에서 나는 피곤한 것도 잊고 그저 부지런히 남편을 따라 걸을 뿐이었다. 얼마쯤 지났을까. 고개 정상임을 알리는 듯한 평지가 나타났고 아래로 집이 두 세칸 보였다.

---

6 가와타케 모쿠아미, 에도 시대에 활약했던 가부키 배우

"토당고十団子도 작은 열매를 맺는 가을 바람-이라는 교로쿠許六[7] 의 하이쿠에 등장하는 그 토당고를 원래 이 근처에서 팔았었는데"

남편은 그렇게 말하며 과자 같은 것을 늘어놓고 짚신을 엮고 있는 한 가게에서 나를 쉬게했다. 우리가 여주인이 가져온 떫은 차를 마시고 있자니, 오래된 장지문을 열고 털실 하오리[8] 를 입은 중년남성이 나와 말을 걸었다.

"어이구, 뜻밖의 장소에서 보게 되는군요."

"아니, 사쿠라이 씨 아니십니까. 아직 이 근처에 계셨군요. 조금 전 마루코에서 고개를 넘는 중이실 거라는 얘기는 들었습니다만."

남편이 대답했다.

"고개를 넘는 도중에 에지리江尻에 잊고 온 일이 생각나서 말입니다. 돌아가야만 합니다. 지금 안에서 한 잔 마시며 생각중이었어요."

중년남성이 나를 유심히 바라보자 남편은 솔직하게 나에 대해 소개했다. 중년남성은

"저도 그림 나부랭이를 조금 그립니다. 아니 뭐 그밖에도 이것저것 하고 있지요."

---

7 모리카와 교로쿠, 에도시대의 시인

8 일본옷의 위에 입는 짧은 겉옷

하고 정중히 말을 건넸다. 그러곤 잠깐 처마 근처에서 하늘을 올려다보았다.

"어때요. 마침 날도 적당한데 안에서 저와 한 잔 하고 가시지 않겠습니까. 점심도 같이 하시면 어떻겠습니까."

라며 안으로 들 것을 권했다. 남편은 아직 어려도 아버지와 술자리를 가진 경험이 있었기에 내 얼굴을 살피는 것 같았다. 나는 사쿠라이라는 이 남성의 반가워하는 눈초리를 보면서 술자리를 거절하기 미안했기 때문에

"저는 상관 없습니다."라고 답했다.

초벽칠을 한 시골 초당의 응접실에서 남편과 중년남성이 술잔을 주고받기 시작했다. 장지문을 열어놓은 틈으로 엔슈遠州 평야인 듯한 땅이 짙은 안개에 쌓여있었고, 금색으로 보이는 것은 아마도 유채꽃밭인 듯하다. 엿보려고 하는 아이들을 혼내가며 안주인이 안내를 했다. 나는 이 구시대적인 집에서 언제까지 머물러야 하는 것인 지 다소 불안함을 느끼기도 했지만 동시에 이보다 더 침착할 수 없는 조용한 분위기에 매료된 채로 곁방에서 삶은 달걀의 껍질을 벗겨내고 있었다.

"요전에 시마다島田에서 오이강大井川을 건널 때 쓴 연대蓮台를 가진 집을 발견했어요. 자네를 만나면 알려줘야겠다 싶었는데"

그렇게 말하며 주점의 간판으로 고풍스러운 삼나무를 사용한 집이 오른쪽 건넛집에 아직 남아있다든가, 이세신궁 참배お伊勢参り 풍속이나 여행 길의 노래는 다른 어떤 집의 노파에게 부탁하면

알 수 있다든가 하는 식으로 남편의 연구자료가 될 법한 이야기들을 조언했는데, 내가 지루해 할 것을 염려했는지

"부인, 이 동해도라는 곳은 한두번 보는 것만으로도 눈이 호강하는 곳으로 자칫 그 매력에 빠지면 헤어날 수 없을테니 조심하세요."라고 했다.

"이렇게 말씀드리면 좀 그렇습니다만, 남편분도 그 탓에 이곳에 발이 묶인 이들 중 한 사람입니다."

중년남성은 술을 좋아하지만 별로 술이 센 편은 아닌 것 같았고, 붉어진 얼굴에 감정을 숨김없이 드러내가며 이야기를 이어갔다.

"이 동해도라는 곳은 산이나 강이나 바다의 배치가 훌륭한 곳으로서 집이나 여관들도 적절한 거리에 배치되어 있어요. 경치나 여행의 재미면에서도 이런 길은 좀처럼 드물죠. 하지만 그보다도, 몇백년씩이나 수백만명의 사람들이 지나다니며 여행길에 느꼈을 정취 같은 것들이 이 거리의 토양에도 길가의 나무들에도 각 집들에도 스며들었을 거란 생각을 하면 그런 정취가 사람들 마음에도 영향을 주지 않았을까 싶습니다."

억지로 동의를 구하는 듯한 어조도 아니었기 때문에 나는 뭐라 답할 생각은 하지 않고 그저 미소 지으며 고개를 끄덕일 뿐이었다. 그러자 사쿠라이 씨는 혼자 감회에 젖기라도 한 듯 고개를 흔들며 자신의 이야기를 시작했다.

오다와라小田原에 있는 잡화상을 하는 집에서 태어나, 장가를

가고 아이도 서너명 낳았으나 34세 때 물건을 팔아보겠다고 동해도로 나선 것이 이내 고질이 되어버렸다. 그 이후부터는 집에 정착할 수 없었다. 이 숙소에서 아침에 출발하여 밤에는 저 숙소로. 전에 묵었던 숙소로는 다시 돌아가는 일이 없었고 그 다음 숙소만이 자신의 유일한 목적지가 되었다고 한다. 여행이라는 것이 주는 기분에 따른 것도 있긴 하지만, 이 동해도만큼 그런 기분을 깊이 느끼게 하는 길은 없다고 하는 것이었다. 동해도만큼은 몇 번을 지나도 새로운 풍물과 새로운 감회를 안겨주었다고 했다. 게다가 신기한 것은 이 동해도에 교토로 가고자 하는 목적으로 지금도 여행객들이 찾아들며 오쓰大津에 도착할 때까지는 들뜬 상태로 여행을 이어가는 사람들이 많다는 점이었다. 그러나 오쓰에 도착하면 곧바로 힘이 빠져버린다. 나 같은 것이 교토에 가봐야 무슨 볼일이 있겠는가 하는 생각이 들기 때문이다. 거기서 기차로 시나가와品川에 돌아가 주사위 놀음처럼 한발 한발 발을 옮기는 것이다. 무엇을 위해서. 목적을 갖기 위해. 이것을 요즘 말로 하면 뭐랄까, 동경憧憬, 그래 동경을 만들기 위해. 자신이 자꾸 집을 비우기 때문에 아내가 정나미 떨어져하는 것도 무리는 아니다, 아내는 아이를 데리고 친정으로 돌아가버렸다, 친정은 아쓰타熱田 부근인데 그리 형편이 어려운 집도 아니라서 걱정은 하지 않지만 그래도 역시 때때로 아이들 학비 정도는 보내주어야만 한다고.

사쿠라이 씨는 재주가 있는 남성이었기 때문에 표구表具나 미장일을 어느 정도 할 수 있다. 자신이 장지를 새로 바른 뒤 그 위에

다 글이나 그림을 그리기도 한다. 이런 일을 생업으로 하여 단골이 생겨나기 시작하자 이 거리를 벗어날 수 없게 되었고 집을 떠나온 지 20년 가까이 되었지만 이 동해도를 주 무대로 하여 이곳저곳 이동을 하고 있다고 했다.

"나 같은 사람이 나 하나 뿐인 건 아니에요. 동료들이 꽤 있습니다."

하더니

"지금부터 오이강 근처까지 함께 가서 부인을 안내해드리고 싶습니다만, 잊은 일 때문에 이만 돌아가야겠습니다. 뭐, 남편분과 함께면 대략은 아실 수 있을테니까요."

우리는 간단한 식사를 한 뒤 사쿠라이 씨와 각각 서쪽 동쪽으로 갈라져 길을 나섰다. 그 후 우리는 고개를 내려왔다. 집 칸이 넓고 등마루는 낮은 집들이 줄지어 있었다. 찻잎을 따는 계절인지 푸른 찻잎을 말리고 있었다. 우리는 후지에다藤枝의 숙소에서 구마가이 렌쇼熊谷蓮生가 염불을 담보로 들어갔다고 하는, 지금은 논이 되어버린 옛 저택지 자리에 심어진 모가 바람에 흔들리는 것을 보았다. 시마다에서는 사쿠라이 씨가 알려준 연대를 가진 집을 찾아 그린 뒤 오이강으로 나섰다. 아득하게 넓은 강에 돌과 모래가 무한히 깔려있는 전망이 내다보였다. 초여름의 밝은 햇빛조차 인간의 수많은 우수憂愁로 느껴진다. 결혼 후에도 남편이 가끔 동해도에 갈 때 나 역시 두 번 정도 따라 나섰었다. 그때는 이미 나도 구애받지 않고 그저 선득하게 찬 거리의 공기에 잠기고 싶은 마음뿐이었다. 나 역시 동해도의 매력에 빠져버린 것일까.

한번은 후지카와藤川에서 출발해 도요토미 히데요시木下藤吉郎가 잠들곤 했다는 오카자키岡崎의 야하기矢矧다리를 보거나 지류池鯉鮒 거리에 있는 야쓰하시八つ橋 고적을 찾기도 했다. 무꽃이 제법 열매 맺을 무렵의 일이었다.

그곳은 약간의 습지가 있는 평야로 논과 얼마쯤 높낮이가 있는 빈터들이 뒤섞여있었다. 논두렁이 흐르고 있었고 탁한 물에 판자가 걸쳐져있었다. 눈에 보이는 것이 슬플 정도로 아무것도 없다. 땅보다 높은 곳에서 물이 흐르고 있는 것 같았고 다소 높은 둑 위에 점을 찍은 것처럼 나무가 보일 뿐이었다. '이곳을 그려둬요'라고 남편이 말하기에 나는 붓을 들었으나 표본적인 그림만 그리던 나로서는 이 자연도 마키에蒔絵[9] 모양처럼 그리는 수밖에 없었기에 도중에 멈춰버렸다. 미카와三河와 미노美濃의 국경이라고 하는 다리를 건너 길은 점점 구릉 속을 지나게 되었고 오케하자마桶狭間의 옛 전장戰場이었다고 하는 논길을 걷게 되었다. 전장 치고는 의외로 좁게 느껴졌다. 나루미鳴海에는 명물인 홀치기염을 파는 가게가 한 두 군데 정도만 남아있다. 늘어선 저택풍의 집들은 그 옛날 나무리 홀치기염을 팔아 부자가 된 집들이라고 인력거꾼이 말했다. 지류에서부터 느낀 것인데, 이곳의 집들은 지붕 끝머리가 도

9 금 · 은가루로 칠기 표면에 무늬를 놓는, 일본 특유의 공예.

쿄와는 달라 낯설게 느껴졌다. 남편은

"이 주변부터가 이세식伊勢造り이에요."

라고 말했다. 그날 우리는 아쓰타熱田에서 도쿄로 돌아갔다.

'늦가을 바람은 지쿠사이竹斎와 닮았네.'

아직 11월도 되지 않았는데 남편은 도쿄를 떠나며 이런 시구를 읊었다. 그게 뭐예요 라고 내가 묻자,

"오래된 동해도 편력체 소설 중 하나인 지쿠사이 이야기라는 게 있어요. 지쿠사이라는 건 썰 주인공인 돌팔이 의사의 이름인데, 그걸 바쇼芭蕉[10]가 사용해 읊은 거죠. 역시 바쇼야."

"그럼 우리는 남자 지쿠사이와 여자 지쿠사이인 셈이네요."

"아, 그렇게 되겠네요."

우리의 결혼은 큰 풍파 없이 평온하고 담담한 부부생활로 이어졌다. 아버지는 이미 돌아가셨다. 당시 우리의 목적은 스즈카鈴鹿를 넘어보는 것이었다. 가메야마亀山까지 기차를 타고가 거기서부터는 인력거에 올랐다. 쇠퇴한 거리에 들어선 남편은 사쿠라이 씨가 작년에 이야기했던 노파를 찾아 이야기를 들으며 내게 그림을 그리게 했다.

이윽고 고개에 도착했다. 만물이 스산한 가을 기운에 물들어 있어 여행의 쓸쓸함을 느끼게 한다. '야생원숭이 소리다.' 남편은

10 마쓰오 바쇼, 에도시대의 시인

웃으며 나더러 귀를 기울여보라 했다. 나는 이런 곳에 오면 생기가 도는 남편을 보며 재차 부러워졌다.

"뭐든 다 내던져버리고 어떻게든 해달라고 매달리고 싶어질 만큼의 쓸쓸함이네요."

"그 아래 어떤 강력한 것이 있는데, 뭐 당신은 여자니까요."

고우타小唄[11] 에 등장하는 아이노쓰치야마間の土山[12] 에 우연히 들어섰다. 금색 간판 등이 보이는 작은 거리인데 지금까지의 찬 겨울산에 비하면 사람의 온기가 느껴지는 것 같아 반가웠다. 바람이 우는 미카미산 기슭까지 차로 가서 거리를 지난다. 이곳 주점 중 사쿠라이 씨가 이야기한 것처럼 삼나무잎을 둥글게 엮고 그 아래 간판을 드리운 집이 있다. 남편은 '아, 이게 주점의 상징이군'하고 말했다. 비와호의 물이 높은 강이 되어 흐르는 아래로 터널을 파놓은 길을 지나 우리들은 구사쓰草津의 우바가모치집으로 들어갔다. 유리문 안 쪽으로 찻물 끓이는 솥이 걸린 부뚜막의 온기가 따뜻했다. 유리창으로 들어오는 빛을 받아 사발 안의 금붕어는 비늘을 빛내가며 헤엄치고 있다. 밖을 보니 저 멀리 산들이 모두 눈구름에 싸여있다.

"이 다음은 오쓰, 그 다음은 교토, 사쿠라이 씨 말로는 동해도에서도 교토를 향해가는 여정에 대한 동경이 약해졌다고 해요."

---

11 에도 시대 말기에 유행한 속곡(俗曲)의 총칭

12 동해도길 숙박업소들이 모여 있는 한 장소의 이름

남편은 모찌를 먹으며 웃음을 머금은 채 말했다. 나는

"사쿠라이 씨는 지금도 어딘가를 다니고 계실까요? 이런 추위에도."

라고 말하며 방랑자의 신분에 대해 생각해봤다. 그때로부터 20여년 쯤 지났다. 나는 남편과 함께 나고야로 향했다. 남편은 그곳에 지어진 박물관 관련 일을 부탁받았고 나는 그곳 학교에서 일하고 있는 남편의 젊은 제자와 그가 꾸린 가정을 둘러보고자 했기 때문이었다.

그간의 우리가 지나온 길은 매우 평범했다. 남편은 대학을 졸업한 후 미술공예학교나 그밖에 두 세 곳에서 일을 하게 되었고, 전문가가 많지 않은 분야였기 때문에 남편을 찾는 사람이 늘어나면서 바빠진 탓에 동해도 출장도 얼마간은 중단되었다. 다만 가끔 사요小夜의 나카야마中山 고개를 넘어 닛사카日坂의 와라비모찌蕨餠를 먹으러 가고 싶다든가 고유御油, 아카사카赤阪 사이의 소나무 길을 걸어보고 싶다든가 하는 실없는 소리를 했는데, 그마저도 점점 줄어들어 최근에는 동해도에서 최소한의 볼일을 보는 정도였다. 나 역시 아이들이 태어난 후부터는 동해도는 고사하고 그림조차 별도로 사람을 고용해 맡길 정도였다. 나는 완전히 주부 역할에만 몰두하게 되었다. 내가 지금도 유감스럽게 생각하는 것은 그림을 그릴 때 단지 대상을 베끼기만 했을 뿐, 내가 생각한 것을 그리지 못했다는 점이다. 다행히 남자아이 중 하나가 음악을 좋아한다. 이 아이를 작곡가로 만들고 싶다. 음악을 잘하고 못하는 것과는 별개로 자신이 가슴에 떠올린 것을 생각한 그대로 표현할 줄 아는 사람으로 키워내고 싶은 마음이다. 그러한 연유로 남편도 나도 동해도의 일은 잊어버린 채 눈앞에 주어진 일에 몰두하던 때, 나고야에서의 일도 어느 정도 정리가 되어가던 어느 날 밤, 우리는 호텔 방에서 엽차를 마시며 잡담을 하고 있었다. 그때 남편이 불쑥 이런 얘기를 꺼냈다.

"어때, 둘이 여행할 일도 좀처럼 없는데, 일정을 하루 연장해서 어디 근처 동해도라도 걸어보는 게."

나는 이 바쁜 와중에 무슨 소리냐며 남편이 하는 말을 귀담아듣지 않으려했으나 생각해보니 앞으로 언제 또 이렇게 여행을 올 수 있을까 싶어 마음이 동하기 시작했다.

"그러게요. 그럼 정말 오랜만에 한번 가볼까요?"

이렇게 말하면서 나는 마치 첫사랑 이야기를 하기라도 하는 것처럼 몸 안쪽이 뜨거워지는 것을 느꼈다. 첫사랑의 상대도 아니고, 첫사랑과 관련된 장소도 아닌 곳을 추억 삼아 향한다니 묘한 기분이었다. 우리는 다음날 기차로 구와나桑名에 가기로 했다. 아침에 호텔을 나서려는데 남편에게 손님이 찾아왔다. 고마쓰小松라는 명함을 받아본 남편은 짐작 가는 데가 없는 듯 호텔 보이에게 다시 한 번 손님의 신원에 대해 물었다. 그러자 보이는

"예전 동해도에서 자주 뵈었던 사쿠라이 씨의 아들이라고 하면 아실 거라고 했습니다."

남편은 방으로 데려와도 좋다고 말한 뒤 내게 말했다.

"예전에 우쓰에서 당신도 만났었던 그 사쿠라이 씨의 아들이네. 성은 달라도"

방에 들어선 사람은 양복을 말끔히 차려입은 복장의 장년 신사였다. 나는 거의 잊어 제대로 생각나지 않았지만 사쿠라이 씨의 붙임성 있는 눈매를 이 신사도 가지고 있는 것만 같았다. 신사는 정중히 인사한 뒤 자신이 이 땅의 철도관계 회사에서 일하고 있는 기사라는 것과 지난밤 구락부俱楽部[13]에 갔을 때, 돌아가신 아버지가 생전에 줄곧 말씀하시던 이름의 사람이 얼마 전부터 이 지역 N호텔에 머물고 있다는 얘기를 들었기에 서둘러 방문한 것이라고 간결하게 설명했다. 고마쓰라고 하는 성은 모친의 친정 쪽 성씨라고 했다. 그는 차남이기 때문에 어머니의 친정 쪽 후계를 잇게 되었다고 한다.

"그럼 사쿠라이 씨는 돌아가신 겁니까? 그것 참.. 하긴 연세도 꽤 많으셨을테고."

"살아계셨으면 올해 일흔을 넘기셨을텐데, 작년에 돌아가셨습니다. 7,8년 전까지는 건강하셨고 변함없이 동해도를 왕래하기도 하셨어요. 그러다 신경통이 생기자 그 다니기 좋아하시는 아버지도 어쩔 수 없이 저희 집에 정착을 하셨지요."

고마쓰 기사의 집은 쓰다 근처에 있었다. 사쿠라이 씨는 허리

---

13 클럽

의 통증이 좀 가벼운 날 지팡이에 의지해가면서도 그 부근의 동해도 옛거리 여기저기를 찾아 걸었다. 이는 사쿠라이 씨가 오다와라에서 요코하마横浜로 이주한 장남의 집에 머물기보다 쓰다에 사는 차남의 집에 머문 이유기도 했다.

"저도 때때로 아버지를 따라 걷곤 하면서 동해도의 매력을 느꼈습니다. 요즘도 쉴 틈이 생기면 꼭 동해도 거리 어딘가를 찾아 걷곤 합니다."

고마쓰 기사는 사쿠라이 씨에 관해 여러 이야기를 들려주었다. 사쿠라이 씨가 말년에 동해도에서 꽤 이름이 알려진 화가가 되어 표구나 창호 일을 하지 않게 되었다는 얘기, 예전 그 후 동해도 거리에서 발견한 참고가 될 만한 물건들에 대해 남편에게 알려주고자 사쿠라이 씨가 만든 수첩이 있으므로 언젠가 도쿄로 보내겠다는 얘기, 사쿠라이 씨의 허리 신경통이 심해져 누워있게 된 후부터는 동해도에서 만난 유랑자 동료들을 추억하곤 했는데, 함께 유랑했던 사람들이 모두 좋지 않은 끝을 본 중 남편만은 유랑을 일찍 끝낸 덕분에 드물게 출세할 수 있었다고 하는 얘기 등을 하여 남편을 웃게 만들었다. 이야기가 길어져 어느새 10시 경이 되었다.

고마쓰 기사는 돌아가기 전 매무새를 가다듬더니

"실은 부탁이 있어 찾아뵈었습니다."

라고 하며 잠시 말을 잇지 못했으나 남편의 스스럼없는 얼굴을 본 뒤 안심하고 말을 이어갔다.

"저도 이 동해도를 좀 연구했는데, 알고계신 것처럼 이렇게 자연의 변화도 도시나 마을도 명소나 유적도 잘 배합되어있는 거리는 달리 찾아볼 수 없다고 생각합니다. 그래서 남길 것은 남기고, 새로 더해야할 편리함 같은 것은 더한다면 장차 일본의 훌륭한 관광거리가 될 수 있을 거라 봅니다. 제게는 힘겨운 일입니다만 언젠가 직장과 얘기가 되면 이 일을 일생의 사업으로 생각하고 전력을 다해보고 싶습니다."

돌아가신 아버지와의 친분도 있고 또한 동해도 애호가로서도 아무쪼록 힘을 빌려주셨으면 한다는 말을 남편에게 부탁해두고자 하는 것이라고 했다.

남편이 '미흡하나마'라고 수락의 뜻을 표하자, 사람 좋아보이는 눈매를 빛내며 감사의 인사를 했다. 그리곤 지금부터 우리가 구와나에 갈 것이라는 얘길 듣더니

"그쪽에 제가 잘 아는 사람이 있습니다. 편의를 봐드릴 수 있도록 지금 바로 전화로 연락을 넣어두겠습니다."라고 말하곤 돌아갔다.

고마쓰 기사가 돌아간 뒤 잠시 팔짱을 낀 채로 생각에 잠겨있던 남편이 내게 말했다.

"동해도에 대한 동경을 품었다는 건 동일하지만, 아버지와 아들이 그 동경을 추구하는 방식은 다르구만. 역시 시대의 차이인가."

남편의 말을 들으며 나는 20여년 전 사쿠라이 씨가 희망과 동경을 새롭게 하기 위해 동해도의 지점들을 반복하여 왕복하곤 했

었던 것을 떠올렸다. 나는

“역시 핏줄이란 걸까요. 아니면 인간이란 것이 원래 그런 면을 가지고 있는 걸까요.”

라고 말했다. 기차 창문으로 이세의 산들이 보이기 시작했다. 겨울을 맞기 시작한 들판이나 농가의 주변에도 밭들에도 무가 잔뜩 심겨져있다. 하늘은 수정처럼 맑고 투명하게 빛을 비추고 있다.

기차에 실은 몸이 흔들렸다. 나 같은 평범한 인생이라도 20년이라는 시간 속에는 어떤 큰 맥이 자리하고 있는 것처럼 느껴진다. 그 맥은 인연이 없는 타인과의 맥과 스쳐지나가며 만들어진 것이리라. 나는 사쿠라이 씨와 그 아들의 시대, 내 아버지와 우리들 그리고 우리 아이들의 시대를 떠올리며 느긋하게 구와나로 향했다. 남편은 기분 좋게 졸고 있다. 조금씩 보이기 시작한 가마 주변의 흰머리가 해를 받아 빛난다.

혼돈미분

고하쓰小初는 뛰어내리려는 마음으로 망대 위에 올랐다. 손으로 햇빛을 가린 채 흘러가는 구름과 안개를 바라보았다. 오른쪽 위로는 사각형의 판자가 초콜렛빛으로 그을린 채 삐져나와 있었다. 팔 안쪽부터 겨드랑이 쪽으로 이어지는 부분은 유달리 하얗고 부드러웠다. 방망이질을 해서 다듬기라도 한 듯 치밀하고 뛰어난 유연성이 느껴졌는데, 이는 몇 세대에 걸쳐 도시에 뿌리를 내린 집안의 사람만이 누릴 수 있는 특권 같은 것이었다. 도톰한 아랫입술이 귀엽게 자리 잡고 있는 선녀 같은 아름다운 외모였지만 이마에 갖다 댄 손이 그림자를 만들자 얼굴 위쪽에 그늘이 지면서 약간 처진 눈이 마치 야수처럼 번득였다.

이마에 그림자를 드리운 오른손과 왼쪽 허리에 갖다 얹은 손목이 마치 늘 날씨를 염려하는 일꾼의 모습을 떠오르게 했다. 몸집은 보통이었으나 야무지게 생긴 이 여자는 수영 선생이었다. 얇은 수영복 아래 감춰진 뱃살은 아직 덜 자란 느낌이 들기도 했지만, 벌의 허리처럼 생긴 두툼한 허리와 골반에서는 모성적인 면모와 투지가 느껴졌다.

하늘은 유리 용기를 덮어 놓은 듯 답답했고 뜻뜨미지근한 공기로 가득 차있었다. 주변의 갈대숲은 애처롭게 그 몸을 떨고 있었다. 일부에서만 바람이 불었고, 여름 더위가 물러나지 못한 채 갇혀있었다.

"날씨가 왜 이렇게 변덕스러운지."

고하쓰는 혼잣말을 중얼거렸다.

5일 후에 있을 장거리 수영대회 때의 날씨가 염려되었다.

서쪽을 바라보니 불꽃에서 연기가 피어오르듯 도시를 빽빽하게 뒤덮은 기와집 지붕이 두 눈을 덮쳐 왔다. 이웃한 거리들에 겹겹이 지어진 기와지붕 무리가 파도치듯 밀려들었지만 각각의 지붕들은 진득하니 움직임이 없었다. 고층 건물과 대규모 공장은 들쭉날쭉 어수선했다. 이글거리는 하늘은 먼지와 티끌로 가득 찼고, 굴뚝은 수백 가닥으로 번진 연기를 뿜어 댔다.

고하쓰는 왼손을 올려 햇빛을 가리던 오른팔에 댄 다음 눈이 부시지 않도록 눈 바로 위에서 손 그늘막을 만든 채 불붙은 문화의 벌판에서 피어오르는 아지랑이를 새삼 정신없이 바라보며 깊은 한숨을 내쉬었다.

할아버지 때부터 시작되어 아버지가 물려받은 수영장은 스미다강 기슭에 있었다. 그러나 새로운 문화가 번진 도시 속을 이리저리 쫓겨 다니는 신세가 되다 보니, 수영장은 다테카와강 줄기, 오나기강 줄기로 자리를 옮겼다가 다시 그 옆 수로로 밀려났고, 결국엔 이곳 스나무라의 목재로 안으로 쫓겨 오고 말았다. 이리저리 옮겨 다니며 얻은 실패의 상처가 안타까울 만큼 여기저기에 남아 있다. 그런데 우리가 자리를 옮기자마자 마치 기다렸다는 듯 도쿄는 대도시로 변모했고 스나무라도 조토 구 스나마치로 승격이 되면서 이제는 명실공히 시내라 불러도 손색이 없을 정도의 거리가 되었다. 바로 그 점이 "우리 세이가이류는 엄연히 도시 사람들이 즐기는 수영이야. 그러니 시골 촌구석으로 기어들어 갈 수는 없는 노릇이지"라고 우기는 아버지의 허영심을 그나마 지탱해 주었다. 방수로 건너편인 에도가와도 어차피 같은 도쿄니까 옮기자고 해봤지만 아버지는 끝까지 반대했다. 옛날 사람인 아버지에게 있어 가사이라는 지역은 시내가 아니었던 것 같다. 이윽고 아버지는 아라카와 방수로를 마지막 도피처로 삼아 배수의 진을 친 채 세이가이류의 수영장을 끝까지 지키겠다는 결의를 새롭게 다졌다.

여름 한철의 돈벌이인 수영장은 이렇듯 강줄기를 바꿔 가며 장소를 옮겼지만, 아버지와 내가 머무는 집은 올여름이 시작되기 전까지 니혼바시 구 고아미에 있었다. 아버지는 여름일 때를 제외하고는 포목점에 파는 다토지나 일반 종이를 납품하는 일을 했는데, 한문에 대한 소양이 깊은 데다 영어도 배웠기 때문에 주소와 청구서를 직접 써서 영국의 직물 회사에 카탈로그를 요청하곤 했다. 그렇게 요청한 카탈로그가 도착하면 표지나 내용을 살짝 베끼고 자신의 도안을 덧붙여 화가에게 그리게 했다. 그 그림을 인쇄소에 맡겨 도매상의 주문에 맞췄으며 조수를 고용해 전단지나 광고 문구 관련 일도 주문을 받았다.

그러나 지역을 장악한 직물 조합은 발전에 발전을 거듭했으며 화가들의 기술도 뛰어났다. 중개 도매상 혹은 아마추어 같은 아버지의 판에 박힌 디자인은 더 이상 아무 쓸모가 없었다. 집과 붙어 있는 아버지의 사무실은 해가 지날수록 활기를 잃어갔다. 한동안 기를 쓰고 버텨 보았으나 그 뒤로도 온갖 사업에 손을 대다가 끝내 땅까지 날리고 말았다. 조상으로부터 물려받은 유산과 세간살이들도 처분한 지 오래였다. 그런 처지라 이번 여름엔 야간 순찰을 핑계로 수영장에서 지내야 할 형편이었다.

고하쓰는 온통 회색빛인 기와지붕을 내려다보며 수영장이든 집이든 눈 깜작할 새에 삼켜버리는 도시 문화의 위력을 느꼈고 잔뜩 겁에 질렸다. 그러나 이상하게도 어쩌면 가문이 몰락할지 모른다는 생각이 깊어질수록 오히려 도시의 사나운 기세가 반갑게 느껴지기도 했다. 이렇든 저렇든 결국엔 그것이 또한 자신을 구원해 줄 원동력이 되어 줄 것만 같은 생각이 들어서였다. 도시의 위력을 지켜보는 조마조마하고 위태한 심정은 그녀의 몸을 짓눌러 왔다. 그런 심정에 비해 작년 여름부터 사귀기 시작한, 박봉인 회사원 아버지와 함께 수영장 근처에 사는 가오루薫와의 육체적 장난은 너무 감미로운 것이었다. 작은 새들처럼 사랑을 나누는 그 장면을 떠올리기만 해도 고하쓰는 얼굴이 빨갛게 달아올랐다.

한편, 고하쓰를 멀찍이서 지켜보는 목재상 가이바라貝原는 오십 줄에 들어선 남성으로, 그녀가 꽤 마음에 들었는지 이곳 수로에 아버지의 수영장을 무상으로 설치할 수 있도록 편의를 봐주었고 학생들을 챙기거나 감독을 하는 배에서 직접 노를 젓기도 했다. 고하쓰도 요즘 들어 이 남자를 다시 보기 시작했다. 당장의 필요라는 것이 취향을 바꾸어 준 셈이었다. 그녀는 자신의 욕심을 스스로도 놀라워했다.

아버지와 자신의 원수인 도시 문화의 위력에 맞서 되갚아 주려는 생각은 않고 오히려 그 위력을 두려워해 정신을 제대로 가누지 못하는 자신은 어쩌면 도착증에 걸린 몹쓸 계집인 것이 아닐까. 그러나 아무리 생각해 봐도 아버지와 자신의 영혼이 머물러야 할 곳은 도시, 대도시인 도쿄의 한가운데이니 어쩔 수 없는 노릇이다.

"고하쓰 선생님, 시간 다 됐습니다. 어서 다이빙 시범을 보여 주시죠."

목재상 가이바라가 물을 잔뜩 뒤집어쓴 아이들을 열 명 정도 태우고 망루 밑으로 배를 갖다대며 외쳤다. 사투리가 도쿄말로 순화되어 딱히 거슬리지 않게 들리는 말투였다.

"시범을 보여 주시면 이따가 애들한테 시켜 보도록 하죠."

가이바라는 살집이 적당이 붙은 부잣집다운 풍채에, 고하쓰와 똑같은 붉은부리갈매기의 문장이 새겨진 수영복을 입고서는 짐짓 수영장 조수 같은 행세를 했다. 고하쓰는 여느 때보다 다소 싹싹하게 말을 받았다.

"금방 보여 드릴게요. 잠시만요."

숨 막힐 듯한 심정을 가누며 잠시 여유를 찾아볼 생각에 한 번 더 방수로 쪽을 쳐다보았다. 고하쓰는 우렁찬 목소리로 외쳤다.

"틀림없이 오늘 밤엔 소나기, 그리고나서 내일부터 4-5일은 맑겠어요."

"그럴 줄 알았어요. 장거리 수영 대회는 별 문제 없겠군요."

가이바라는 손바닥을 내밀어 바람의 방향을 살핀 후 맞장구치며 말했다. 고하쓰는 어깨와 양쪽 겨드랑이를 두꺼운 끈으로 대충 묶어 바람이 잘 통하도록 만든 세이가이류 수영복을 입었고 그것을 벗으면 딱 달라붙는 새까만 수영복을 입고 있었기 때문에 다부진 몸이 한결 도드라져 보였다. 반듯이 서 있는 그녀의 모습에서 바늘 하나 들어갈 틈도 없을 만큼 완벽하고도 비인간적인 완성도가 느껴졌다. 이 처녀는 생명을 잃은 인간의 몸에서만 느낄 수 있는 허무하고 고요한 아름다움을 살아 있는 육체 안에 담아내고 있었다. 고하쓰는 늘씬하게 뻗은 다리를 널빤지 끝에 올리고 양팔을 어깨 높이에서 앞으로 뻗은 다음, 가슴을 펴고 호흡을 가다듬었다. 서로 부딪치며 울어대기 시작한 갈대숲에서는 바람이 갈대를 쓸어 넘겼고, 거품을 일으키며 밀려든 밀물은 바람이 잦아든 갈대숲 아래쪽에서 출렁거렸다.

세이가이류 다이빙의 첫 번째 동작은 준비 구호가 들리면 다이빙대 끝에 서서 자세를 가다듬고 양팔을 앞으로 뻗는 것이다. 두 번째 동작은 양손을 뒤로 하고 입수 자세를 취하는 것이고, 마지막 세 번째 동작이 뛰어드는 것이다. 고하쓰는 묵묵하게 첫 번째 동작을 취하려다가 이내 그만둘 생각을 했다. 하지만 다시 마음을 고쳐먹고 '둘'하는 구호를 외치며 두 번째 동작을 취했다.

그것은 물총새가 말뚝 위에 앉아 물고기를 포착하려 할 때 보여주는 재빠르고 산뜻한 모습과 흡사했다. 그 순간, 이제껏 조각 같았던 고하쓰의 몸에서 요염한 분위기가 묻어 나와 주위의 자연 풍경과 어우러지며 유독 생경하고 인공적이면서도 싱싱한 매력을 마구 발산했다. 이윽고 '셋!'을 외친 고하쓰는 몸을 가볍게 띄우더니 공중의 한 지점에서 몸을 떨었다. 그리고 순식간에 자세를 뒤집어 양다리를 마치 방향키처럼 뒤로 꺾더니 구부리면서 양손을 뻗었다. 유연하게 몸을 뒤로 젖히고 마치 쟁기가 땅을 일굴 때처럼 물속으로 몸을 힘차게 밀어 넣었다.

가이바라는 눈이 부신 듯 눈을 깜박이면서도 고하쓰의 동작을 하나도 놓치지 않았다.

"정말 아름답구나."

그는 자신도 모르게 탄성을 지르며 어둑어둑해진 수면 위를 뚫어져라 바라보았다. 도시 한복판에 다시 돌아가겠다는 의지 하나로, 가오루와의 꿈 같은 사랑을 버리고 오십 줄에 들어선 늙은 사내의 능수능란한 처세술 기회로 삼아 기대고자 하는 고하쓰는 다이빙 시범을 보이면서도 가이바라를 향해 무의식중에 이성으로서의 매력을 발산한 셈이었다. 그녀는 어렸을 때부터 무용을 배워 무용가들과도 친분이 있었기에 끈적거리는 교태를 근대적이면서도 밝고 가벼운 매력으로 바꿔 고전적인 세이가이류 다이빙에 살짝 덧입히는 것쯤은 매우 간단한 일이었다. 온몸을 미지근한 물속으로 힘차게 집어넣어 피부의 감각이 자유롭고 유연하면서도 무거운 액체와 닿기 시작하면 고하쓰는 모든 것을 완전히 잊은 채 '돌고래의 기쁨' 같은 것을 느꼈다. 언젠가 한번은 여학교 시절부터 단짝이었던 친구이자 여류 문학가인 도요무라에게 물속 세계에서 맛보는 기쁨에 대해 설명한 적이 있었다. 그러자 도요무라는 그런 감정에 딱 들어맞는 문학적 표현을 가르쳐 주었다.

그녀는 그리스 랩소디 가운데 일부를 대략적으로 해석해 주었다. 아버지 게이조는 그와 비슷한 의미로서 노장 사상에서 이르는 '혼돈미분渾沌未分의 경계'라는 것을 늘 고하쓰에게 이야기하곤 했다.

고하쓰는 눈꺼풀을 누르던 물의 압박감이 한결 줄어들자 물속에서 눈을 떴다. 하나밖에 없는 외동딸을 수영 천재 소녀로 키우려고 마음먹었던 아버지 게이조는 그녀가 어릴 때부터 아주 엄한 훈련을 시켰다. 물을 가득 채운 큼지막한 통 바닥에 돌멩이를 넣어두고 어린 고하쓰가 잠수하여 돌을 건져오게끔 시키거나, 고하쓰를 등에 업고 스미다강에 들어간 뒤 깊은 여울을 만나면 고하쓰를 떼어 놓은 채 혼자 올라오거나 하는 등, 먼저 물에 대한 공포를 없애고 물과 친숙해지도록 가문 대대로 전해 내려오는 비법을 모두 동원하여 닥치는 대로 훈련을 시켰다.

물속은 생각보다 밝았다. 두툼하고 불투명한 유리 빛으로, 너무 환하지도 그렇다고 어둡지도 않았다. 아득한 어스름이 깔린 것도 같기도 하고 영원한 황혼이 깃들어 있는 것 같기도 한 세상이었다. 물속에 들어가면 온갖 색들과 형태들도 새롭게 태어나듯, 인간의 도덕성도 물속에서는 사라지거나 변모했다. 예를 들면 선악이 하나로 합쳐진 것 같은 세상이었다. 물속에서는 구태의연하고 지나치게 양심적으로 예민한 도시 아가씨 고하쓰의 의지, 비애, 집착이 모두 그 본연의 성질을 잃고 말았다. 그 대신 물고기나 조개나 자라의 소박한 자유로움만이 되살아났다. 고하쓰는 유연하게 몸을 물살에 실어 물의 부드러운 감촉을 한껏 즐겼다.

고하쓰가 다이빙대 아래쪽에 파 놓은 구덩이에서 진흙 바닥으로 된 여울 쪽으로 헤엄쳐 가보니 물가에 설치한 수로 울타리가 무너져 흙더미가 경사면을 만들며 그림자를 드리우고 있었다.

이 주변은 수초와 갈대의 오래된 뿌리들이 얽혀 마치 밀림 같았다. 목재를 묶어두는 굵은 말뚝은 아주 오래된 돌기둥처럼 부옇게 보였다.

그때 무언가가 말뚝 하나에 매달려 헤엄치고 있는 것이 보였다. 가오루였다. 가오루는 고하쓰보다 훨씬 몸집이 컸다. 턱과 뺨이 갸름했으며 이목구비가 뚜렷했다. 고하쓰는 가오루의 목과 어깨에 매달려 그의 파리한 입술에 그녀의 귀여운 입술을 갖다댔다. 고하쓰가 가오루의 입술을 빠는 사이 가오루는 다리로 얌전히 헤엄치고 있었지만 고하쓰만큼 숨이 길지는 못한 탓에 매우 힘겨운 것 같았고 곧 허우적거리기 시작했다. 그러더니 정말 위기가 닥친 듯 거칠게 고하쓰를 뿌리치고자 했다. 고하쓰는 물에 빠진 사람을 다루듯 상대가 무턱대고 매달리지 않도록 적절하고 익숙한 동작을 취하면서 가오루의 앳된 매력을 마음껏 즐겼다.

집을 구하러 나갔다가 돌아온 아버지와 고하쓰는 비가 그친 뒤 수영장에서 대충 식사를 했다. 보름 후면 수영장 문을 닫아야 하기 때문에 두 사람은 한시라도 서둘러 지낼 곳을 얻어야 하는 상황이었다. 하지만 형편이 어려운 게이조는 아직까지 마땅한 집을 구하지 못하고 있었다. 아직도 도시 중심가에 미련이 남았는지 매일같이 그 주변만 돌아다니고 있었다.

수염이 멋지게 자라있는 아버지의 얼굴은 도시의 흙먼지를 뒤집어쓴 홍분과 피로 탓에 나갔다 오면 이상하게 좋지 않아보였다. 어쩌면 어딘가에서 양주라도 한 잔 걸친 취기 탓인지도 모르겠다.

도시에서 자란 미식가인 게이조와 고하쓰는 끼니때마다 이세탄이나 스자키 근처 요릿집에서 음식을 시켜먹었다.

자전거로 음식을 배달하는 젊은이는 너무 멀다고 투털댔지만 아버지가 수고비로 얼마쯤 건네는 돈과 고하쓰의 미모 덕인지 요즘은 붙임성 있게 굴며 새로 만든 근사한 음식을 가져와, 풍로에 직접 불을 피워 국물 요리를 따뜻하게 데운 다음 바로 먹을 수 있도록 상을 차려주고 나서야 돌아갔다.

"맛없는 음식을 먹느니 차라리 혀라도 물고 죽는 게 낫지"

게이조는 맛없는 음식이 밥상에 올라오기라도 하면 버릇처럼 이런 말을 하곤 했지만 그런 말이 부녀에게 현실로 닥칠지도 모르게 된 요즘 들어서는 일절 입 밖에 내지 않았다. 부녀는 매일 밤 경건한 마음으로 말을 아끼며 '최후의 만찬'을 나눴다.

두 사람 모두 말이 없었다. 원래 감정을 겉으로 잘 드러내지 않는 게이조의 경우는 더했다. 구식 노인네 게이조는 말이 많으면 속이 뒤집히는 법이라며 솔직하게 말을 꺼낼 의욕조차 잃어버렸다. 심정을 말하고 싶을 때는 반어법을 쓰거나 에둘러 하는 표현을 썼다.

"이웃에 화장을 잘했네 못했네 하고 트집 잡는 놈이 없으니 마음 편하지?"

이것이 딸까지 궁상맞은 처지로 내몬 아버지가 딸에게 하는 유일한 사과 표현이자 위로의 말이었다. 고하쓰는 아버지의 심정을 모르는 바 아니었지만 늘 오기 부리고 억지 쓰는 아버지가 서글프게 느껴졌다.

오늘 밤도 아버지는 한문 서적 『열자』에 등장하는 심연에 관한 이야기를 하며 딸에 대한 심정을 대신하고자 했다.

"심연은 아홉 가지 성질을 갖고 있어. 물이 가만히 정지한 곳이 심연이지. 흘러들어 온 물이 한동안 고여 있는 곳도 심연이고. 밑바닥에서 솟아오른 물이 가득 모여 다시 흘러나가는 곳이 심연이야. 방울이 되어 떨어지는 물을 받아내는 곳도 심연."

아버지는 이렇듯 심연이 물을 받아들이는 모든 조건을 아홉 가지로 대략 간추려 설명했다.

"이것을 아홉 가지 심연이라고 하는데, 물은 여러 형태로 흘러들어와도 그 물을 받아들이는 심연은 오직 한 가지뿐이야. 심연 같은 무념무상의 경지에 이르게 되면 세상이 어떻게 바뀌고 어떻게 돌아가든 조용하고 편안하게 살 수 있지. 마찬가지 의미에서 우리 세이가이류에서는 '시체는 물을 가르치지 않아도 잘 뜬다'라고 하지. 이것이 바로 평영의 마음가짐이야."

"그게 늘 아버지가 말씀하시는 혼돈미분의 형제 쯤 되나보죠?"

고하쓰는 밥을 다 먹고 이쑤시개로 이를 뒤적거리며 빈정대듯 말했다. 아버지는 남을 놀려먹기 좋아하거나 남이 비꼬았을 때 참지 못하는 건 도시의 풍자가들이나 하는 짓이라 여겼지만, 정작 딸에게 군소리를 듣자 심사가 편치 않았다. 한동안 말없이 있더니 되받아칠 말을 찾기도 귀찮은 지 나지막한 목소리로 말했다.

"형제고 뭐고가 어디 있어, 근본은 같은 법이지."

게이조가 딸을 향해 이처럼 진지한 말을 하는 경우는 거의 없었다. 말이 궁색한 나머지 가까스로 그 정도 말만 꺼낸 것이다. 그래서인지 말을 마치자마자 게이조는 겸연쩍고 기력이 쇠한 표정을 지으며 조용히 땀을 훔쳤다.

아버지는 전구가 달린 끈을 길게 늘이더니 수영장 아래로 내려갔다. 수영장에서 한동안 바스락거리며 뭔가를 하는 것 같았다.

"낚시하기 딱 좋은 저녁이군. 염주알 낚시라도 다녀와야겠다."

아버지는 도구를 챙겨 배에 올랐다. 고하쓰는 딱하고 안타까운 마음으로 아버지의 뒷모습을 바라보다가 이내 불길한 느낌에 사로잡혔다. 혼자 집을 볼 때 조심하던 습관대로 현관 열쇠를 잠그고 전등을 끈 다음 모기장 안으로 들어갔다. 혹시 누군가 몰래 숨어들면 위협용으로 쓰려고 머리맡에 박하가 들어간 물총을 두었다. 고하쓰가 누워 편히 몸을 뻗자 물총에서 박하 냄새가 진하게 났다. 박하향이 눈과 코를 통해 스며들 때 쯤 고하쓰는 나지막이 울고 있었다. 그러고 보면 아버지나 딸이나 도시에 정신을 빼앗긴 불쌍한 인간들이었다. 그 탓에 아버지는 조바심내고 애태우며 치사한 노인으로 늙어 갔고, 자신은 첫사랑 대신 오십 넘은 사내를 택한 추잡한 여인이다. 어둠 속에 세속적이고 이기적인 마음이 가득하면서도 다른 한 켠에선 오늘 낮 물속에서 즐긴 가오루의 젊은 육체가 준 감각을 떠올렸다.

잠시 후 고하쓰는 몸을 일으켰다. 아버지가 걱정되는 마음에 뒷문을 열었다. 비가 갠 밤, 하늘색은 검고 짙었으며 땅은 물기를 머금고 있어 서늘하게 윤이 났다. 아버지는 그리 멀지 않은 갈대밭에서 염주알 낚시를 하고 있었다. 실에 노래기를 염주알처럼 잔뜩 꽂은 채 낚싯대를 내린다. 갈대 뿌리에 사는 새끼 장어들이 미끼를 물면 고리를 살짝 들어 올린다. 미끼에 미련이 남아 낚싯대를 물고 늘어진 새끼 장어를 수면 근처까지 유인해서 뜰채로 잽싸게 건져 올리는 것이다. 사실 추접하게 생긴 노래기도 쇠락의 길에 들어섰고 장어 역시 시대 흐름에 뒤떨어진 물고기다. 몰락의 길을 걷게 된 인간이 비슷한 처지의 벌레를 미끼로 써서 더는 볼 것도 없는 물고기를 잡는답시고 기뻐한다. 희미한 등불조차 가련할 따름이다. 그런 식으로 장어를 잡는 것은 예전에 그저 오락거리에 지나지 않았으나 지금은 아버지 나름의 필사적인 부업이었다.

“지난밤엔 너무 많이 잡혀서 처리하느라 힘들었어.”

아버지는 점잖게 말하며 잡은 장어를 생선 도매상에게 팔곤 했다. 고하쓰는 참 딱한 부녀의 모습이라는 생각을 하며 오늘 밤 아버지가 장어를 얼마나 잡아 올는지 계산부터 하고 있는 자신의 처지 때문에 서글퍼졌다.

도시의 밤거리가 눈부시게 빛나며 서쪽 하늘로 빛을 반사하고 있었다. 네온사인들이 강렬한 빛을 발하며 환락가를 가리키고 있었다. 게다가 밤하늘에서는 이상한 빛들이 한 번씩 번쩍거리며 야경의 풍경을 순식간에 지옥 풍경에서 환락가 풍경으로 바꿔놓기도 했다. 그 빛은 아마도 근처를 지나는 전철의 전력선이 만들어낸 스파크로 인한 불꽃이었을 것이다. 고하쓰는 한참을 바라보며 ‘그래, 나랑은 연이 없는 환락가 따위 모조리 불에 타 버려라’하는 생각을 했다. 그때였다. 멀찍이서 승용차가 미끄러지듯 들어오는 소리가 났다. 큰길가에 차를 세운 모양이었다. 건장한 남자의 발소리가 수영장 쪽을 향해 다가오고 있었다.

“누구세요?”

가이바라가 어두운 곳에 다소 수줍은 듯 멈춰섰다.

“접니다. 좀 늦었지만 같이 춤추러 가십시다. 준비하고 나오시죠.”

“왜 뒤쪽 사다리로 올라오지 않으시고?”

“눈에 물총이라도 맞으면 큰일이니까요.”

고하쓰는 전등을 켜고 외출 준비를 서둘렀다. 옷장에서 기모노를 꺼내 입고 기둥에 밧줄로 묶어둔 화려하게 생긴 반신 거울 앞에 섰다. 니혼바시의 옛집에서 쓰던 물건들 중 팔지 않고 남겨 둔 몇 안되는 살림살이였다. 고하쓰는 이 거울 앞에서 화장할 때마다 뭔가가 울컥 치미는 것 같았다. 더구나 지금 가이바라가 자신을 기다리고 있으니 온몸에 스밀 만큼 가오루가 간절하게 떠올랐다. 하지만 가오루에 대한 생각은 어디까지나 한낱 육체적 느낌에 불과하다. 적어도 지금은 그렇게 생각하는 편이 나았다. 맥없이 주저앉을 수는 없다. 물속 생물처럼 살아가자. 나를 향해 다가오는 것들은 모조리 먹어 치우고 그것들을 양분삼아 강해져야 한다. 그녀는 전등불 가까이에 화장 마친 얼굴을 가져간 채 창문 밖 갈대 틈으로 그녀를 지켜보고 있는 가이바라에게 보여주며 물었다.

"이 정도면 괜찮을까요?"

"아름다워요. 어서 갑시다. 어르신께는 이미 허락을 받았습니다."

고하쓰는 불을 끄고 낚시 중인 아버지 쪽을 한번 돌아보고는 가이바라와 함께 수영장을 나섰다.

가이바라는 여름에 몇 번씩 고하쓰를 데리고 춤추러 다녔으므로 그녀가 무슨 음식을 좋아하는지 잘 알았다. 이른 저녁, 멋진 다리 기요스바시를 건너 닌교쵸의 등불 아래에서 차가운 당고를 먹고 도쿄의 동쪽 번화가에 자리한 작은 무도장을 두세 곳 돌며 가이바라는 고하쓰와 함께 신나게 춤을 췄다.

그 지역 무도장에는 땅 부자나 장사꾼의 자식들이 춤을 추러 오곤 했다. 고하쓰가 얼굴이 낯익은 몇몇 젊은이들의 춤 상대를 해 주면,

"허, 이거 송구스럽군요."

하며 손님을 대하듯 굽실거렸다. 고하쓰는 그런 태도가 싫지 않게 느껴져 지독한 냄새가 나거나 해도 꾹 참고 춤 상대를 해주곤 했다.

가끔은 긴자 근처까지 나갔다. 그럴 때면 격식 있는 음식점들을 찾아갔다. 그런 음식점들에서 그녀는 저녁 식사로는 다소 부담스러운 호화 음식들을 마구 먹어댔다. 가이바라는 고하쓰에게도 색다른 면모가 있다고 생각하며 대수롭지 않게 여겼고 어디든 그녀를 데리고 다녔다.

니혼바시 거리에 늘어선 고층 건물 위로 달이 걸릴 때 쯤, 가이바라는 여느 때와 달리 신카와 강기슭에 자리한 요릿집으로 그녀를 데려갔다.

"누구랑 약속이라도 있으세요?"

고하쓰는 그렇지 않다는 걸 뻔히 알면서도 일부러 시치미를 떼고 물었다. 가이바라는 동요하지 않고 대답했다.

"젊은 여선생님을 모시고 그럴 리가 없죠."

"그런데 시간이 너무 늦어서 괜찮을지 모르겠네요."

"괜찮습니다. 예전에 돈을 빌려준 적 있는 집이라서 그 정도 편의는 봐줄 겁니다."

요리가 몇 접시쯤 나왔고 배가 고팠던 고하쓰는 망설임 없이 젓가락을 들었다. 가이바라는 작은 병에 든 맥주를 시켜 홀짝거리며 마셨다. 그러면서 띄엄띄엄 아버지와 관련된 세간의 소문에 관해 이야기했다.

"아무래도 어르신께서 명예를 회복하기는 어려우실 것 같습니다. 모름지기 사업이란 앞질러가려는 즉흥적인 생각을 다잡으면서, 다른 한편으로는 안주하려는 게으른 마음을 채찍질해 시대에 뒤처지지 않도록 기운을 북돋아야 하는 법이죠. 이것이 사업의 비결입니다. 그런데 어르신은 이 두 가지 측면이 다 극단적이시라 중간에서 차분히 해야 할 생각들을 애당초 안 갖고 계세요. 그렇게 되면 그물 한가운데에 구멍이 나 있는 것과 마찬가지라 이익이 다 새어나가버리고 말지요."

가이바라는 아버지에 대해 나쁜 감정은 없지만 그렇다고 별 흥미도 없다는 듯 말을 계속 해나갔다.

"제가 잘 몰라서 그러는데 혹시 최근 저희 아버지께 돈을 빌려주셨나요?"

"아뇨, 전혀요. 어르신께는 한 푼도 빌려 드리지 않았습니다. 어차피 못 갚으실 게 뻔하니까요. 더구나 예전에 보증을 한 번 서드린 일로 여태 곤란한 상황이라는 사실을 어르신도 아시기 때문인지 그 뒤로는 돈 얘기를 절대 꺼내지 않으세요."

가이바라는 목수 일을 했던 사람다운 굵다란 손목이었는데 손목에 찬 땀이 커프스에 묻을 것을 염려했는지 팔을 걷어 올린 채

선풍기 바람을 쐬고 있었다. 그리고는 삶은 콩을 먹으며 무심코 이야기를 이어갔다.

고하쓰는 배를 실컷 채운 다음 도쿄의 요릿집답게 꾸민 세련된 방 안을 찬찬히 둘러보다가 무슨 생각이 들었는지 갑자기 물었다.

"유흥에 빠져보신 적 있나요?"

"왕년에는 나름. 하지만 아내를 만나 살림을 차린 뒤부터 불교를 믿게 되었고, 현재는 성실하게 사는 중입니다."

"돈이 많아서 행복하신가요?"

"가능하면 허투루 쓰지 않으려고 애쓰다 보니 행복하게 즐길 겨를이 없네요."

"그렇군요."

고하쓰는 마지막에 나온 멜론을 다 먹고는 껍질에 고인 멜론 국물을 찻숟가락으로 떠먹었다.

서로 눈치를 살피던 가이바라와 고하쓰 눈이 문득 마주쳤다.

"뭐 하실 말씀이라도 있으세요?"

고하쓰가 한 의무적인 질문이 그녀의 표정을 긴장시켰다. 고하쓰의 얼굴이 더 단정하고 아름답게 보였고 그런 그녀의 위엄 서린 표정이 결국 가이바라가 할 말을 실토하게 만들었다. 가이바라는 딱히 주눅 든 기색을 보이지 않은 채 말했다.

"나이 먹을 만큼 먹은 사내가 하는 말이니까 진지하게 들어주세요. 아내하고도 상의를 했습니다만, 대단한 정도는 아니라도 나름 한밑천 마련하고 보니 저희 부부도 야무진 아이가 하나 있었으면 합니다. 자식이 하나 있기는 한데 아주 덜 된 놈이라 한심할 따름이에요. 사람을 많이 상대하다 보면 보이는 게 있는데 피는 절대 못 속이는 법입니다. 몇 대에 걸쳐 좋은 혈통이 섞이지 않으면 대대로 고생길일 게 뻔하죠."

"아내하고도 상의를 했습니다만"

가이바라는 담판을 지으려는 듯 다시 다짐을 하며 이야기를 이어갔다.

"고하쓰 선생, 세상에는 상당한 지식을 쌓은 여성이라 할지라도 돈 때문에 남에게 신세를 지게 되는 경우들이 꽤 있습니다. 선생님을 놀이 대상으로 여길 생각은 전혀 없어요. 당신의 혈통으로 제 집에 어떻게든 보탬이 되어주시지 않겠습니까?"

가이바라의 약간 사각턱이면서 넓적한 얼굴은 잇속을 챙기려 하는 교활한 느낌을 주었다. 하지만 그런 느낌도 이내 애매하게 사라지고 끝내는 나약해 보이는 표정을 지은 채 멋쩍은 듯 눈을 돌렸다.

고하쓰는 가이바라의 모습은 개의치 않고 그가 한 말에 집중했다.

'아양 떨기를 바란다면 그렇게 해드리지. 몸을 원한다면 줄 것이고. 영혼이란 것이 있다고 치고 그런 것을 원한다면 그것조차 줄 수 있어. 도시 한가운데로 돌아갈 수만 있다면 뭐든 다 희생하고 포기하겠어. 하지만 왕년에 목수였던 오십 줄의 남자가 갑자기 들이댄 웃지 못할 제안이란 그야말로 어처구니가 없네.'

이런 생각을 하며 고하쓰는 말을 이어나갔다.

"가이바라 씨, 자식 운운하지 마시고 저를 갖고 싶은 거라고 그냥 솔직하게 얘기하시죠."

"아, 그 편이 낫겠습니까? 하지만 너무 실례되는 이야기인 것 같아서 그렇습니다."

가이바라는 그제서야 얼굴을 바로 쳐다보며 기어든 목소리로 말했다.

"그래서 아이 어쩌고 하며 뻔뻔스럽고 진부한 소리를 하신 건가요? 실례라든지 수치스럽다든지 하는 말이 통하던 세상은 끝났어요. 그런 말에 발목을 잡힌 채로 이러지도 저러지도 못하니까 도쿄 사람이 촌사람들에게 추월을 당하는 거예요. 우리는 사력을 다해 도시를 되찾아야만 해요."

고하쓰는 가이바라를 흘겨보며 말을 이어갔다.

"그러려면 어떤 협상이든 해야죠."

고하쓰의 눈에서 눈물이 흘러내렸다. 가이바라는 어쩔 줄 모르며 송구스러워했다. 고하쓰는 가만히 눈물을 닦고는 다소 누그러진 목소리로 상냥하게 말했다.

"가이바라 씨, 다만 장거리 수영 대회가 끝날 때까지는 기다려주세요. 부탁이에요. 전 당신이 좋은 분이란 걸 잘 알고 있어요."

그 후 이삼일은 맑은 날씨가 계속됐다. 강 위쪽에 비가 많이 내렸는지 방수로의 수면이 붉은 흙빛을 띠었고 물도 불어났다. 나카가와 방수로 제방의 수문은 굳게 닫혀 있었다. 수영장이 있는 목재수로뿐 아니라 수영장과 그 주변의 갈대숲 아래까지 물이 차오르기 시작했다.

가이바라는 태연하게 매일같이 수영장에 드나들며 일을 거들었다. 자기 재산인 목재가 유실되지 않도록 단단하게 조이거나 다이빙대를 고정하는 닻에 돌을 매달기도 했다. 그러면서 안 보는 척 고하쓰의 행동을 주의 깊게 지켜보는 것 같았다.

고하쓰는 나흘 후에 찾아온 가오루를 멀리 떨어진 갈대숲 근처 쓰카야마 언덕으로 데리고 갔다. 두 사람은 수영복을 입은 채로 모래 위에 나란히 엎드려 일광욕을 즐겼다. 고하쓰는 타박하는 말투로 가오루에게 말했다.

"넌 뭐든 내가 먼저 시작해야 어쩔 수 없이 하고, 정말 얄미워. 오기도 없어? 정말이지.."

고하쓰는 절박할 정도로 진지하게 말하면서도 손으로는 장난을 치며 까불 듯 가오루의 등에 모래를 던졌다.

"그만해. 오늘은 기분이 좋지 않아."

가오루는 팔꿈치로 고하쓰의 장난을 뿌리치려고 했지만 고하쓰는 아랑곳하지 않고 가오루의 등에 뿌린 모래를 손바닥으로 털어냈다.

"기분이 안 좋긴 왜 안 좋아?"

"지난번에 물속에서 그런 짓을.. 이것 좀 봐, 이렇게 부었잖아."

가오루는 까맣게 멍들어버린 입가를 조심스럽게 뒤집어 보였다.

"어머, 그래서 토라진 거야?"

"그게 아니라, 넌 힘이 엄청 세잖아. 어설프게 얘기 꺼냈다가는 큰일 나지."

내리쬐는 햇볕과 엎드린 땅바닥의 뜨거운 모래가 고하쓰의 몸을 아래위로 둘러쌌다. 그녀는 말로 표현하기 힘든 아찔한 감미로움에 빠져들었다. 그녀는 "덜컹, 척, 덜컹, 척"이라고 중얼거리며 팔짱을 낀 채 팔꿈치에 얼굴을 갖다 대고는 졸린 표정을 지었다.

"그게 무슨 소리야?"

"기계 벨트 소리."

수영장과 쓰카야마 언덕, 가이바라 소유의 목재소는 정확히 삼각형을 이루고 있었다. 마침 목재소 기계가 멈춘 것이 눈에 띄었다.

"슥, 슥, 슥, 끼이. 이건 기계톱으로 나무를 자르는 소리."

"장난하지마. 진지하게 얘기하고 있는데. 나도 다 알아."

"알아? 뭘?"

"어차피 가이바라한테 팔려 갈 거잖아."

"누가? 어디로?"

"다들 알아."

"누가 그런 소리를 해?"

"아무도 입 밖에 내서 얘기하진 않지만 나도 명색이 남자야. 그런 것쯤은 알아."

가오루는 여자애가 우는 것처럼 양팔로 눈물을 닦았다. 고하쓰는 모래알처럼 잘은 땀방울이 맺힌 가오루의 상체에 머리를 기대며 그의 손을 꼭 잡았다. 가오루가 딱하고 불쌍했다. '명색이 남자'라고 한 가오루의 목소리는 마치 오래전부터 자신에게 허락된 유일한 남자의 음성인 것만 같았다. 그 믿음직스럽고 든든한 소리에 고하쓰는 기뻐 눈물이 났다.

"용서해 줄 거야?"

"용서하고 안하고가 어디 있겠어."

"가오루, 이리 와봐. 도쿄 한복판에 가서 보란 듯이 사랑하자. 응?"

고하쓰의 눈물이 가오루의 손등과 손가락을 타고 흘러 뜨거운 모래 속으로 스며들었다. 가오루는 눈을 가늘게 뜬 채 고하쓰의 맑고 깨끗한 눈물을 황홀한 듯 바라보다가 갑자기 낮은 목소리로 말했다.

"가이바라 씨가 좋은 사람이란 건 나도 알아. 아마 우리 일도 너그럽게 봐주겠지. 하지만 난 싫어. 아무리 내가 중학교만 졸업한 풋내기라고 해도 그런 자존심도 없는 남자가 되기는 싫다고."

"그럼, 어떡하는 게 좋겠어?"

"할 수 없지. 난 어차피 다음 달부터 늙고 가난한 아버지 대신 변두리 회사에서 서기를 보기로 했어. 그리고 고하쓰 너는 도쿄 한가운데서 호화롭게 살아가야 할 사람인 거고."

가오루 말에 의하면 춤을 추고 돌아오는 길에 요릿집에서 있었던 일, 즉 고하쓰의 뒤를 봐주기로 약속했다는 사실을 가이바라가

지난밤 친구인 가오루의 아버지에게 다 얘기한 모양이었다.

가오루의 나약하고 소극적인 자포자기는 비장함마저 감돌았다. 무더운 여름 날씨인데도 불구하고 그의 얼굴은 파랗게 질려 있었다.

"아직 확실한 건 아니고.."

고하쓰는 입을 뗐지만 끝내 말을 잇지 못했다. 고하쓰는 가이바라와 한 약속을 가오루에게 어떻게 이야기하면 좋을지 몰라 내내 망설이는 중이었다. 더구나 스스로조차 가이바라와의 약속을 다 받아들이지 못하고 있었기에 더욱 괴로웠다. 하지만 차츰 자포자기하는 허탈한 심정으로 어떻게 판단해야 좋을지 모를 상황에서 문득 서늘한 생각이 머리를 스쳤다. 아버지가 들려준 아홉 가지 심연에 관한 이야기, 친구가 알려준 그리스 랩소디, 물속에 감춰져 있는 혼돈미분의 세계..

'뭐 아무렴 어때.'

고하쓰는 모든 것을 흘려보내고 나면 속이 후련할 것만 같았다. 얼굴을 따라 흐르던 눈물도 말라 버렸다. 멀찍이 보이는 갈댓잎들이 바람에 스치우고 있었다. 그 소리가 마치 귓가에 속삭이는 소리처럼 들려왔고 또 다시 졸음이 오기 시작했다.

배를 깔고 엎드려 있던 가오루가 일어났다. 수영복의 가는 주름 사이로 모래를 흘리면서 가오루는 걷기 시작했다. 고하쓰는 불가사의와 마주하기라도 한 듯 한참 그 모습을 바라보았다. 갑자기 뒤통수를 얻어맞은 것처럼 슬픔이 몰려왔다. 누군가가 자신의 몸

일부였던 어떤 것을 잘라내어 영원히 돌아갈 수 없는 세계로 가져가 버린 것만 같은 기분에 사로잡혔다.

고하쓰는 허둥지둥 가오루를 따라 일어났다. 그리고는 가오루를 쫓아가 그의 팔에 매달리며 말했다.

"가오루, 장거리 수영 대회 때 꼭 나와 줘. 죽을힘을 다해서 수영하자. 꼭 헤어져야만 하는 거라면 헤어지더라도 그때 헤어지자."

"알았어."

"꼭 나와줘야 해, 꼭. 알겠지?"

"알았다니까."

가오루는 풀이 죽은 채로 천천히 멀어져갔다. 그 뒷모습이 너무나 절망적이어서 고하쓰는 가슴이 찢기듯 아팠다.

고하쓰는 아까 엎드렸던 자리에 도로 가 앉아 가오루의 뒷모습을 바라봤다. 가오루는 바람도 잦아든 갈대숲 속으로 이내 사라져갔다.

고하쓰는 통 잠을 잘 수 없었다. 갑자기 무거워진 기압 탓에 가슴이 답답했고 더워서 자꾸 몸을 뒤척였다. 그래서인지 몸이 찌뿌듯했고 그 때문에 잠이 달아나 버렸다. 옆에서는 술에 잔뜩 취한 채 곯아떨어진 아버지가 계속 코를 골아댔는데 숨이 목구멍에 걸린 듯 힘들어 보였다.

나아지는 것 같았던 아버지의 천식은 아버지가 중년에 접어들면서 다시 도지기 시작했다. 지난밤에 날씨가 갑자기 추워진 탓인지 오늘 밤에는 유독 괴로워했다. 내일 있을 장거리 수영 대회에 나가기도 어려울 것 같다. 그러나 고하쓰에게 있어 그런 것쯤은 아무래도 괜찮았다. 수영 대회가 끝난 뒤 아버지에게 가이바라와의 문제를 어떻게 이야기해야 좋을지 그것이 걱정이었다. 가오루와의 일로 그렇잖아도 마음이 아픈 통에 아버지를 보면 아버지의 심정도 헤아려야만 했다. 고하쓰는 이런 마음고생을 버텨낼 재간이 없을 것만 같았다. 아버지는 가장으로서의 본분을 지키면서 딸을 순수한 어린 소녀로 여기며 오래된 가문을 마치 우상처럼 숭배하는 사람이다. 그런 아버지에게 가이바라와의 일을 이야기하면 어떤 반응을 보일까. 자신의 딸을 엄청난 수영 천재라고 한치의 의심없이 믿고 있는 아버지에게 있어 고하쓰에 대한 긍지는 아버지 평생의 이상이자 유일한 과업이었다. 그래서일까 아버지는 어머니가 돌아가신 후에도 다른 여자를 들이지 않고 불편함을 감수한 채 살아왔다.

고하쓰는 아버지가 뒤에서 촌놈이라고 욕하는 가이바라로부터 첩이 되어 달라는 소리를 들었고 가오루와는 육체적인 관계를 갖는 남녀 사이로 지내고 있다. 딸에 대한 고지식한 믿음을 품고 있는 아버지가 이 사실들을 알게 되면 그의 마지막 긍지와 희망은 땅에 떨어져 버리고 말 것이다. 대충 털어놓고 넘어가도 될 문제가 아니었다. 고하쓰는 도쿄 시내에 살 때, 본래 소심한 측면을 지닌 도시 사람이 상황이 일단 달라지면 그에 맞춰 위선자로 급변하는 경우를 때때로 목격했다.

가이바라는 어쩌면 그런 면을 알아채고 아버지에 관해 별로 염려하지 않는 것인지도 몰랐다. 아버지 역시 어쩌면 의외로 생각보다 쉽게 용인할지 모른다. 나는 아버지가 수월하게 넘어가 주기를 바라고 있는 걸까? 가이바라에게 가는 것 말고는 살아갈 길이 영 없는 것일까?

벌레 하나가 모기장 밖 마룻바닥을 기어갔다. 들쥐가 기둥을 타고 내려와 잡아먹으려고 극성을 부리기라도 하는 건가 싶어 고하쓰는 부채로 두세 번 바닥을 쳐서 벌레를 쫓아 보냈다. 그 소리에 어설프게 잠이 깬 것인지 아버지는 부르지도 않았는데 "왜?" 하는 잠꼬대 같은 대꾸를 하고는 다시 돌아누웠다. 흐리멍텅한 목소리. 가엾은 아버지와 가련한 딸.

고하쓰는 아버지가 걷어찬 얇은 이불을 가슴께까지 끌어 올려 살짝 다시 덮어 주었다.

어둠 속에서 눈을 뜨고 있는 사이 그녀는 자신도 모르게 양손으로 자신의 몸을 쓰다듬기 시작했다. 그리고는 취향이 별난 자신의 몸에 대해 곰곰이 생각하기 시작했다. 달큰한 것을 싫어하고 짭짤한 센베만 골라 먹으려 들었던 어린 시절이 떠올랐다. 내 몸은 남자의 육체도 한 사람의 것만 허용이 되나보다. 다른 남자와는 스치기만 해도 소스라치게 싫으니. 그렇다고 해서 가오루를 깊이 사랑하는 것은 아니었다. 그런데도 가오루의 육체와 헤어져야 하는 일이 왜 이토록 괴로운 걸까? 쓸모 있는 구석이라고는 한 군데도 없는 가오루보다 산전수전 겪어가며 살아 온 가이바라 쪽이 오히려 믿음직스러운데도 육체만큼은 도저히 받아들이기 힘들다는 것을 고하쓰는 요즘 들어 확실히 알게 되었다.

고하쓰는 그런 자신의 몸이 미웠다. 일상생활에서는 자기 욕심을 채우고자 갖은 안달을 부리면서도 정작 그 수단으로서 가이바라에게 몸을 파는 일에는 반발심이 들었다. 모순과 이기주의로 끝내 자신을 괴롭히는 몸이 그녀는 너무 얄미웠다. 이런 몸 따위, 차라리 내가 죽어버리면 좋을텐데. 고하쓰는 어린애가 하듯 마구잡이로 자기 몸을 꼬집어댔다. 아파서인지 한심해서인지 모를 원망에 가까운 눈물이 흘러내렸다. 또 꼬집는다. 또 다시 꼬집는다. 그러자 사고회로가 점점 둔해지면서 머리가 어둠 속으로 깊이 가라앉았다.

고하쓰는 아침 일찍 일어났다. 하늘은 누렇게 탁했고 기압은 어젯밤보다 낮았다. 잠옷 한 겹으로는 쌀쌀할 정도의 찬 아침이었다.

“가을이 성큼 오나?”

고하쓰는 혼잣말을 하며 창밖을 내다봤다.

안개가 잔뜩 껴 있었다.

자세히 보니 안개가 물 위에서 잿빛을 띠며 차츰 피어오르는 것이 보였다. 묵직한 이슬 맺힌 갈대들은 이리저리 쓰러져 있었다.

오늘은 세이가이류 수영장의 장거리 수영 대회가 열리는 날이다.

고하쓰는 마음이 편치 않았다. 몸도 찌뿌듯했다. 엎친 데 덮친

격으로 수영장 대표인 아버지는 아침을 먹고난 뒤 어지럽다면서 물에 들어가지 못하겠다고 했다. 그 때문에 고하쓰는 아버지 대신 대회 안내까지 맡게 되었다.

10시쯤부터 안개가 비로 바뀌었다. 빗방울이 나른하게 떨어졌다.

고하쓰는 하나둘 모여드는 학생들을 무기력한 표정으로 맞았다. 보조 역할을 맡은 가이바라가 아무렇지 않은 얼굴로 경기 감독을 위한 배를 단속해가며 일하는 모습을 보고 있으려니 고하쓰는 왠지 모를 거부감이 치밀었다. 그와 동시에 어색할 정도로 쾌활한 모습을 보였다.

"여러분, 걱정 마세요. 금방 그칠 거예요."

고하쓰가 붉은색의 작은 깃발을 흔들며 앞으로 나아가자 비 때문인지 평소보다 적게 모인 학생들은 밝은 얼굴로 까불며 재잘대기 시작했다.

도중에 가오루도 합류했다. 수영 대회에 참석한 일행은 비에 젖은 길을 따라 가사이강 기슭까지 걸어갔다. 거기서 입수한 뒤 감독 배의 호위를 받으며 바다로 수영해 나갈 참이었다.

고하쓰가 맨 먼저 물에 들어갔고 두 줄로 선 남학생, 여학생이 그 뒤를 따랐다. 각 줄마다 실력이 뛰어난 학생이 한 명씩 있어서 길잡이가 될 깃발을 든 채로 앞장서 헤엄쳐 갔다.

아침보다는 시야가 맑아졌지만 아직 풀잎이나 나무 조각 같은 것들이 거품과 함께 떠다녔다. 밀물이 한창인 날을 대회일로 잡았기 때문에 물살은 몇 안되는 일행을 썰물에 태워 빠르게 바다로 나아갔다.

안개 사이로 어렴풋이 보이는 강가만이 위안거리였다. 고하쓰 바로 뒤에는 가이바라가 이정표인 작은 깃발을 든 채 헤엄치고 있었다. 가오루는 가끔씩 고하쓰 옆에서 얼굴을 내밀며 묵묵히 물살을 갈랐다. 오늘 수영 대회에서 중간에 배에 올라 쉬는 일 없이 코스를 완주하게 되면 학생들은 한 등급씩 승격하게 된다. 학생들은 힘차게 구호를 외치며 헤엄쳤다.

물에 뜬 채로 잠자던 새들이 깜짝 놀라 날갯짓하며 날아갔다. 학생들 중 마음이 앞선 나머지 지나치게 빠른 속도로 헤엄치는 사람이 있으면 가이바라가 소리를 지르며 혼을 냈다.

"너무 빨리 가면 금방 지쳐서 안돼!"

강 서쪽의 갈대숲을 지나 안개 사이로 하수도 처리장이 보이기 시작했다.

여기쯤 되면 조수가 꽤 빠져나가서 키가 큰 학생의 경우 발을 뻗었을 때 발끝이 겨우 강바닥에 닿는 정도였다.

고하쓰가 뒤를 향해 외쳤다.

"자, 지금부터는 다들 속도를 내서 갑시다!"

일행은 드디어 강어귀에서 넓은 물과 공간 안으로 헤엄쳐 들어가기 시작했다. 어느새 일행과의 거리가 꽤 벌어져있었다. 고하쓰는 모두를 제치고 혼자였다. 앞으로 나와 있는 건지 뒤처져 있는 건지, 그저 무한대의 공간 속에서 손발을 허우적대고 있는 것 같은 기분이 들었다. 그녀가 무턱대고 헤엄쳐 나온 것은 흥분해 있었기 때문이었다. 출발했을 때 그녀는 자기 옆에서 가끔 얼굴을 내미는 가오루를 보며 가슴이 뛰는 것을 느꼈다. 하지만 그런 설렘은 가이바라가 고하쓰를 불러 대는 목소리와 뒤섞여 엉망이 되어 버렸고, 가오루와 가이바라를 통해 한꺼번에 밀려드는 감정들이 점점 그녀를 지치게 만들었다. 흥분이 점차 고하쓰의 몸과 마음을 힘들게 했고, 가오루의 육체를 보는 것도 부담으로 느껴졌다. 가이바라의 목소리는 너무 시끄러웠다. 고하쓰는 정신없이 헤엄치기 시작했다. 학생들도 팽개친 채 마냥 헤엄쳐갔다. 그러는 사이에 신기하게도 마음이 차분해졌다.

잡스러운 일들은 모두 던져 버리고 갓 태어났을 때처럼 뜨거운 인간이 되자. 운명과 맞서야 한다면 운명의 저 바닥까지, 어려운 상황과 마주해야 한다면 그 근원에 바짝 다가가 한판 승부를 하자. 그 승부를 위해 목적을 세워서는 안된다. 절대 이해타산을 따져서는 안된다. 내 모든 것을 던져보자. 그러면 다시 한 번 소중한 생명의 힘이 솟구칠 것이다. 이제 그 무엇도 아까워하거나 아쉬워하지 않을테다. 내가 가진 전부를 모두 던져 버리자. 남김없이 다 던져 버리자.

혼돈미분..

혼돈미분..

고하쓰가 오직 나아가고자 했던 세계는 파도 너머로 끝도 없이 아득하게 펼쳐진 혼돈미분의 세계였다. 고하쓰는 생각했다.

'헤엄쳐 갈 수 있는 곳까지 가보자. 거기가 어디든, 언제까지든, 누구도 따라올 수 없게.'

높은 파도가 일렁이는 사이로 고개를 들어 바라보니 두 남자가 따라오는 것이 보였다. 가오루는 묵묵히 속도를 내 헤엄치고 있었고 가이바라는 열심히 팔을 저으며 소리치고 있었다.

"이 바보야, 어디까지 갈 생각이야! 미련하게.. 고하쓰, 제 정신이 아니군.. 선생님, 고하쓰 선생님!"

고하쓰는 빗발이 거세진 바람 부는 바다 한가운데에 있었다. 고하쓰의 등 뒤를 쫓아오는 사람은 더 이상 없었다. 잿빛 물속에서 흐르는 눈물을 느끼며 고하쓰는 넘실대는 파도를 향해 언제까지고 헤엄쳐 나아갔다.

모자서정

가노조는 한 발 먼저 현관 앞 정원으로 나가 남편 잇사쿠逸作가 나오기를 기다리고 있었다.

몰아치던 봄바람이 저녁 무렵부터 잦아들더니 이내 딱 그쳐버렸다. 여기저기 쓰레기나 낙엽이 떨어져 어수선한 자리만 남아있을 뿐이었다. 열 평 남짓 되는 앞쪽 정원의 초목들은 유리 상자 안의 표본마냥 앙상하게 줄기만을 드러낸 채 일몰 직전의 밝은 빛 아래 형태를 드러내고 있다.

"숨막힐 듯 조용한 저녁이네."

가노조는 밤 아홉시를 넘겨도 해 질 줄 모르고 여전히 밝은 유럽의 여름날 저녁 무렵과 닮아있는 것 같다는 생각을 하며 신기하다는 듯 주위를 둘러보았다.

잇사쿠는 좀처럼 나오지 않는다. 그에게는 외투를 입고 모자를 쓰는 등 차림을 다 하고 나서 갑자기 다시 화장실에 볼일을 보러 가거나 잊은 소지품을 찾거나 하는 버릇이 있었다.

외국에 있을 때도 그랬었다. 또 그 버릇이 도졌군 하며 가노조는 쓴웃음을 지었다. 그러면서 구두의 발꿈치 쪽이 튼튼한 지 어떤지 알아보려는 듯 정원의 돌 위를 대여섯 걸음 정도 걸어 보았다.

대문에는 빗장이 걸려 있었다. 그 빗장 위 한쪽 면까지도 거미줄마냥 넝쿨이 얽혀있다. 문은 전체적으로 어두웠고, 지금까지는 미처 몰랐으나 가노조가 문 가까이 다가가보니 얽히고설킨 넝쿨 사이로 선홍빛 새싹이 돋아 있었다. 파중류 손바닥 같은 새싹도 있는가 하면 바람에 날린 불똥 같아 보이는 새싹도 있다.

가노조는 '어머!'하고 놀라며 흠칫 몸을 뒤로 비켰으나 시선은 떼지 않았다. 미묘하고 야성적인 것들이 군락을 지어 있는 모습은 가노조에게 불쾌함을 안겨주기도 했으나 새싹이 지닌 작지만 건강한 생명력은 다른 한편으로 그녀의 마음을 자극했다.

"이런 썩은 머리카락 같은 풀조차도 봄이 되면 제대로 싹을 틔우는구나."

가노조는 당연한 일을 새삼 뇌까리며 마음을 먹은 듯 손가락을 내밀어 새싹 하나를 건드려 보았다. 그러자 어째서인지 바로 아들이 생각나면서 마음 가득 애달픈 느낌이 차올랐다.

가노조는 쪽문에 가까운 서양식 천막에 한 쪽 팔을 기댄 채로 아들에 대한 문제를 반추하며 애절한 즐거움에 젖어들었다.

서양화가가 되고 싶어 했던 가노조의 아들이 파리에 가서 생활하게 된 지도 벌써 5년째다. 5년 전 가노조가 남편 잇사쿠와 유럽을 여행할 때 함께 데리고 갔다가 아들은 남겨둔 채 부부만 돌아왔던 것이다.

오늘 점심에도 가노조는 현명한 것으로 정평이 나있는 사교계의 한 부인과 만나 이런저런 이야기를 하던 끝에 아들이 파리에 머물고 있는 것과 관련된 질문을 받았다.

"아직 어린데 혼자 파리에 남겨두고 오시다니… 엄하고 훌륭한 양육방식이네요. 게다가 체재비가 꽤 든다면서요. 대단한 부잣집 자녀들도 다시 불러들인다고들 하던데 참 대단하세요. 아마 힘드시겠죠. 하지만 그 대신 아드님이 크게 출세하실테니까요. 기대가 됩니다."

그 중년부인은 잠자코 이야기를 듣고 있는 가노조에게 자식을 위해 희생 하는 현명한 어머니라는 등의 찬사를 늘어놓았다.

실은 가노조도 아들에게 보낼 학비를 마련하기 위해 스스로는 상당히 절제하는 생활을 해나가고 있었다. 또한 화목한 가정의 장녀로 커온 가노조에게 있어 사람들로부터 칭찬받는 그 자체는 전혀 불쾌할 것이 없는 일이었다. 따라서 부인과 이야기를 나누는 동안 꽤 흡족한 기분이 되어 칭찬을 즐겼다.

하지만 부인이 돌아간 뒤 혼자 남게 되자 전혀 다른 씁쓸함이 엄습해오기 시작했다. 그것은 부인이 가노조를 희생적이고 현명한 어머니상으로 잘못 파악하고 있는 데서 기인한 초조함이었다. 그 초조함과 씁쓸함은 먼 옛날 생에 단 한번 뿐이었던 여자의 목숨과도 같은 슬프고도 괴로운 사랑 이야기가 같잖은 불륜 이야기나 출세를 위해 남자를 낚는 등의 이야기마냥 거론되는 일만큼이나 불쾌한 것이었다.

그야 가노조도 아들이 출세하는 것을 그 무엇보다 바라고 있다. 출세하면 할수록 이 한 세상 편히 살아갈 수 있게 된다. 그런 이유에서라도 아들이 부디 성공해주길 바란다. 그러나 부모의 자랑이나 만족을 위해 아들을 도구로 삼는 일이 있어선 안 된다. 실은 가노조도 남편 잇사쿠와 함께 시대를 잘 만나 다소나마 이름이 알려진 신사숙녀들 틈바구니에서 살아갈 수 있게 되었다. 하지만 자신이 몸소 경험한 그 세상이란 것 안으로 밀어 넣기 위해 아들을 혼내거나 괴롭게 하고 싶지는 않았다.

"그럼, 뭣 때문에?"

그 부인에게 확실한 답을 할 수 없었던 가노조는 아들을 파리에서 공부시키고 있는 진짜 이유를 모처럼 자문해보았다. 전에는 그럴듯한 취지의 이유들이 이것저것 떠올랐었건만 더는 그런 표면적인 이유들에 관해 생각하고 싶지 않았다. 가노조는 고민하면서 모자의 가장자리를 세우며 한숨쉬듯 스스로에게 일렀다.

"결국 아들도 우리 내외도 그 도시에 홀린 거야."

그 순간 드디어 잇사쿠가 현관을 열고 나왔다. 화가답게 눈을 가늘게 뜨며 하늘색을 바라본 뒤 말했다.

"저녁달 좀 봐. 좋은 밤이야."

그러고는 가노조를 재촉하며 서둘러 쪽문을 나섰다.

가노조와 잇사쿠는 버스에 올랐다. 전부터 가노조는 외출할 때는 자동차를 타고 이동하곤 했으나 유럽 여행을 다녀온 뒤부터 가끔씩 버스를 타게 되었다. 창문을 통해 비교적 느긋하게 거리 풍경을 감상하며 갈 수도 있고, 서너해 여행을 떠나있던 사이 완전히 달라진 일본의 남녀 풍속도 버스에 오르는 승객들을 보며 가까이서 관찰할 수 있었기 때문이었다. 무엇보다 좋은 것은 오랜 세월 낯선 외국인들 사이에서 지내며 한껏 긴장한 상태였던 가노조의 기분이 버스에 올라타 구경 등을 하는 동안 마치 따끈한 물에 몸을 담그고 있는 것처럼 사악 풀어진다는 점이었다. 오른쪽 왼쪽 어디를 보아도 일본인의 얼굴이 보인다는 것은 일본을 떠나있다 온 사람만이 맛볼 수 있는 특별한 기쁨이었다.

특히 가노조처럼 외동아들을 떨어트려두고 온 엄마에게 있어 버스란 적적함을 달래주는 즐거운 공간이었다. 그런 점에서 볼 때 전철은 어딘가 너무 넓고 황량한 느낌을 주었다.

버스는 가끔씩 흔들려가며 승객들의 속삭이는 소리나 웃음소리를 싣고 달리다가 정류장에서 착실히 승객들을 태우거나 내려주거나 했다. 야마노테山の手에서 시내로 들어서는 곳 사이에 두세 개의 언덕이 있었는데 언덕을 넘을 때마다 거리의 불빛들이 밝아지기 시작했다. 그리고 야마노테의 마지막 구간임을 알리는 가장 높은 언덕에 이르러 버스의 차체가 앞으로 쏠리면 도쿄 중심으로부터 시내에 이르는 거리의 등불들이 바다처럼 빛나고 있는 광경을 창을 통해 볼 수 있었다. 파도처럼 넘실대는 전등과 네온사인 불빛이 지금 막 잠에서 깬 눈동자마냥 신선한 활력을 띠고 있다. 가노조는 도시 사람다운 흥분을 느끼며 버스에 채찍질이라도 해어서 시내로 내달리고 싶은 육체적 충동에 사로잡혔다. 그러다가

도 아들과 떨어져 있는 자신의 형편을 떠올리면 갑자기 풀이 죽었기 때문에 상쾌한 기분과 흥분감은 좀처럼 지속되지 않았다.

버스는 학생들이 많이 오가는 M지구로 들어섰다. 학생 대여섯 명이 버스에 올랐다. 모자에 달린 휘장으로 보아 가노조의 아들이 다니던 학교의 학생들이었다. 그립다는 느낌보다는 곤란한 장면이 눈앞에 펼쳐졌을 때와 같은 당혹감이 앞섰다. 나이대가 다소 다르긴 하지만 아들의 중학교 시절을 방불케 하는 챙이 긴 교복 모자, 바지통 넓은 교복 바지만으로도 그녀의 눈꺼풀에 맺힌 눈물은 곧 떨어질 듯 흔들렸다. 가노조는 추운 듯 턱을 외투 깃에 묻으며 시큼 짭짤한 침을 목으로 가만히 삼켰다.

가노조의 아들은 M지구에 자리한 학교를 졸업한 뒤 입학시험에서 훌륭한 성적을 거두며 우에노上野에 있는 미술학교에 진학했다. 그 후 얼마 지나지 않아 잇사쿠의 출장을 계기로 가노조를 비롯한 가족 모두가 외국 생활을 하게 된 것이었다.

아직 재학중인 데다 지도를 담당한 선생님의 조언도 있었기 때문에 처음에는 학교를 마칠 때까지 아들을 일본에 남겨둘 생각이었다.

"그건 그래, 기초교육을 탄탄히하고 난 뒤에 본 고장에 가서 공부하는 게 제대로 된 순서지. 엄마아빠가 먼저 가서 그쪽 동향을 잘 살펴두고 있을테니까 너도 여기서 착실히 공부하며 잘 지내고 있어. 괜찮지?"

가노조는 찬찬히 아들에게 일렀다. 아들 역시 가노조의 말에 따르기로 했다.

그런데 바쁘게 떠날 준비를 하며 정리해가는 사이 가노조는 침착한 아들과 달리 우울해지기 시작했다. 결국 그녀는 이런 말을 꺼냈다.

"길지도 않은 한 번 뿐인 인생인데 아무리 잠시 동안이라지만 부모 자식이 떨어져 지내야 하는 게 참.. 앞일은 앞일이고요. 당신은 어떻게 생각해요?"

그 말에 잇사쿠 역시 동의했다.

"그래, 데려가는 게 좋겠어."

부모의 생각이 바뀌었다는 것을 알았을 때, 그동안 함께 가고 싶은 마음을 애써 참고 있던 아들은

"뭐야, 정말이에요?"

하며 빨개진 얼굴로 허겁지겁 물었다.

가노조와 잇사쿠는 앞일에 대한 걱정은 일단 묻어둔 채 주위의 부러움을 사며 모든 가족이 함께 출국길에 올랐다.

그로부터 4년이 지났다. 가노조 일가는 파리 생활에 완전히 적응해 있었다. 그러나 이윽고 가노조 부부는 일본으로 돌아와야만 하는 상황에 처했다.

그 때 가노조는 이를 악무는 심정으로 아들을 남겨두고 오기로 했다. 아들은 갈 곳 잃었던 젊은 혈기와 애착을 풀 대상으로서 신흥예술에 심취했고 신흥예술을 통해 파리라는 땅에 적응할 수 있었다. 아들은 동양의 예술가가 되겠다는 일대의 사명을 홀로 짊어

지기라도 한 것처럼 열의를 불태우며 예술도시 속 예술사회에 깊숙이 들어가 있었다. 이제 와서 그런 아들을 도로 일본에 데려가는 것은 한껏 사기가 오른 무사를 전장에서 갑자기 빼내는 일, 동거중인 연인을 억지로 떼어놓는 일과 다를 바 없었다. 파리의 취향은 어느덧 아들의 연인이 되어있었다. 그런 상황을 상상하는 것만으로도 가노조는 오싹해짐을 느꼈다. 아들의 마음을 이해할 수 있다는 건 그녀 자신이 파리의 매력에 취해있음을 말해주는 증거이기도 했다.

평소 무관심한 것처럼 보이던 잇사쿠도 그때만큼은 묘하게 진지한 얼굴로 말했다.

"파리 유학은 화가 지망생들에게 목숨을 걸고라도 이루고픈 소원이야. 나는 젊었을 때 그걸 이루지 못했지. 그러니까 나를 대신해서라도 아들은 두고 갔으면 해."

그러나 일리 있어 보이는 잇사쿠의 이 말에도 실은 가노조나 아들의 경우와 마찬가지로 파리의 매력에 사로잡힌 자의 심정이 녹아있었다. 세련된 개성을 넘어 투박함, 소박함, 절실함 등이 바보스러울 정도로 유치하게, 그것도 무색무취하게 표현되는 곳 파리. 예리하고 엄숙하고 영리한 문화의 결말로서 오히려 적막함의 끝에서 백치 상태의 산발적인 모양을 하고 있는 곳 파리. 진실의 아름다움과 탄식과 선량함에 심신을 의탁하지 않고는 살아갈 수 없는 자들이 홀린 듯 취할 수밖에 없는 곳 파리. 그러나 그렇다고 파리에서 반드시 통속적인 먹잇감을 찾아낼 수 있는 것은 아니다. 사교계의 부인을 비롯해 수많은 사람들이 아들에 대해 짐작하고 있는 것처럼, 이른 바 모든 통속적인 '출세사회'에서 아들이 파리에서 발견한 예술을 사용해 성공할 수 있을 것인가. 가노조 부부는 물론 아들 역시 그런 기대는 품고 있지 않았다. 떠나는 부모에게도, 남겨질 아들에게도 욕심, 허영, 기대 같은 것은 없었다. 더욱 애틋하고 애틋한, 다급한 심정만이 있을 뿐이었다.

어차피 가노조는 아들과 떨어져 살 수밖에 없었다.

세상 살아가는 어미 된 몸으로서
손 뻗어 닿지 못할 아들 생각에 마음 저리다

파리의 북부 역에 귀국하는 부모를 배웅하기 위해 나온 아들이 차창을 통해 얼마 되지 않는 용돈을 털어 산 손수건을 건넸다. 가노조를 위한 송별 선물이었다. 차창에 붙어 흐느끼는 가노조의 손에 손수건을 건네며 얼굴도 들지 못한 채 설움에 북받쳐 울던 아들의 모습이 떠오를 때마다 가노조는 누군가와 싸움이라도 한판 벌이고픈 분노에 사로잡혔다.

하지만 그 원망의 대상이 누구인지 끝내 알 수 없었기 때문에 분한 마음에 몸마저 저릿거렸다.

버스는 급한 물살을 지나 비교적 완만한 흐름을 만난 배가 미끄러져가듯 속도를 늦추면서 시끌벅적한 평평한 길을 지났다. 유리창을 통해 길 양쪽에 늘어선 상가로부터 나오는 강한 불빛이 들어오자 차 안의 등이 갑자기 부옇게 보였다. 그 부연 불빛 속에서 비틀거리며 M학교 학생 서너명이 차에서 내렸고 나머지 두 학생은 가노조가 앉은 자리 바로 앞이 비어 있는 것을 보고는 자리를 옮겨 앉았다. 가노조는 가까이서 학생들을 볼 수 있었다.

한 명은 코가 크고 피부가 하얀, 신파극의 여장남자 같은 얼굴을 하고 있었다. 다른 한 명은 아무리 때려도 절대 본심을 털어놓을 것 같지 않은 주걱턱의 고집 센 인상이었다.

둘 모두 고급 옷감으로 지은 제복을 입고 잘 닦인 구두를 신은 단정한 차림이었다. 좋은 집안의 자제인 것이 틀림없었다. 하지만 눈빛에는 행복하지 않아 보이는 기색이 있었다. 자아가 강한 부모의 감독 아래서 자라 생명이 제대로 발아되지 못한 아이들에게서 자주 보이는 겁 많은 눈동자의 움직임이었다. 가노조는 파리에서 들었던 피사로[14]의 어린 시절 일화를 떠올렸다.

가노조가 아들과 함께 파리에서 생활했을 때의 일이다. 가노조는 세느강 근처에 있는 일본인 집 살롱에서 긴 시간 파리에 체류중인 한 일본인 청년을 만났다.

"저 피사로의 아들을 잘 알아요. 스무살인데 부모가 벌써 일을 시키면서 공부도 하게 하더라고요."

---

14 프랑스의 인상주의 화가

청년이 가벼운 모임에서 한 그 이야기를 듣고 가노조는 자신이 아들에게 쏟고 있는 노력이나 공부에 대한 관심이 왠지 칠칠치 못한 일처럼 느껴져 기구한 생각이 들었다.

그러나 가노조는 계속해서 스스로를 타일렀다. 그래, 스무살 청년에게 돈벌이와 공부를 함께 시킨다니. 피사로의 자식에게 감탄한 게 사실이야. 하지만 부모인 피사로에게는 동감하지 못하겠어. 인상파 화가 중 유일하게 생존해 있는 거장이고, 현재 정부 주최 전시회의 원로이기도 한 피사로가 가난할 리 없지. 충분히 자녀의 학비를 대주고도 남을 정도일 거야. 설령 어떤 신념에서 그렇게 한 것이라 하더라도 고작 열아홉, 스물밖에 안된 아들을 부모가 내보내 남의 등살 아래서 일하며 돈 벌게 하다니. 그런 모습을 잠자코 지켜볼 수 있다는 게 대단하네. 그러고는 자기들은 멋드러진 파자마를 입고 향 좋은 담배라도 피워댄 거 아닌가 몰라.. 그런 부자연스러운 부모 자식의 모습을 피사로는 신념의 실천이라고 하면서 만족스러워하고 있는 걸까. 그 후 가노조는 피사로의 고지식하면서도 시적이고 왠지 삐딱한 그림을 감상하는 것이 싫어졌다. 그리고 피사로의 아들을 생각하면 늘상 부모의 눈치를 보면서 소심하게 이리저리 굴려대는 옅은 색의 눈동자가 그려졌다. 혹은 신념이라든가 이상 같은 것을 그대로 받아들여 맹목적으로 따른 나머지 둔해져버린 눈이 떠오르기도 했다. 그런가하면 가노조는 피사로의 부모자식 사이가 원만하고 바람직할 수도 있다는 가정을 해보기도 했다. 그 외에도 생각을 거듭해 본 끝에 가노조는 아들에 대한 자신의 애정과 교육방식이 틀리지 않았다는 결론을 내렸다. 그녀는 아이를 혼내거나 가혹하게 다루는 것만이 아이의 '인간적인 성장'에 도움을 줄 것이라고는 생각지 않았다. 세상에는 절실한 애정의 힘에 의해 마침내 눈 뜨게 되는 인간의 영혼도 있다. 꾸짖음이나 가혹함 때문에 도리어 성정이 말라버리거나 거칠어지는 경우가 되려 많을지 모른다. 결국 가노조의 지나친 애정으로 인해 수류탄처럼 세상에 던져져버린 아들..

"그래도 저는 형편없게 굴지 않을 거예요. 제 마음 속에는 늘 어머니의 애정이 자리하고 있으니까요. 지금이 무슨 영웅을 필요로 하는 시대도 아니고, 부모님 재산으로 적당히 즐기면서 살면 그대로 살겠지만.. 성공하라든가 출세하라든가 말씀하시지 않는 어머니의 애정이 아무래도 저를 큰 사람으로 만들어 줄 것 같아요."

아들은 가노조가 자리에 없을 때 누군가에게 이렇게 말했다고 한다.

두 학생은 가노조가 무슨 생각을 하는지도 모른 채 이야기를 나누다가 버스가 큰 길 끝에 이르러 영화관 앞 정류장에 다가서자 서둘러 버스에서 내렸다.

버스가 잠시 관청 거리의 대로를 흔들거리며 지나갔다. 깊은 밤처럼 짙은 어둠이 유리창을 거울삼아 가노조의 얼굴을 맞은편 창문에 비췄다. 야한 화장을 한 여인, 쓸쓸한 어머니의 얼굴이 뒤섞여있다. 아들이 청년기에 접어들게 된 이삼년 이래로, 세상의 일이란 하나부터 열까지 아들을 통해 바라봐 온 어머니의 얼굴이다. 가노조는 반대편 차창에 비친 자신의 모습을 보는 것이 싫어져 추운 듯 외투 깃을 여미고는 고개를 돌렸다. 그러더니 심심한지 이번에는 등 뒤에 있는 창문으로 눈을 갖다 대며 창밖을 쳐다보았다.

호수면을 연상시키는 차가운 유리창 너머로 어둠 속 저 멀리 정면에 푸른빛을 띤 커다란 관청 건물이 서있다. 그 건물에서 나오는 빛을 반사시키며 위엄 띤 동상이 실루엣으로 아른거린다. 동상의 검열을 받는 총검처럼 가로수가 들쭉날쭉하게 늘어서있는 것이 보인다. 그것들은 가노조가 귀국한 지 얼마 지나지 않았을 때 산책을 하던 도중 발견한 마로니에 나무로 일본에서는 좀처럼 볼 수 없는 것이었다. 일본에 돌아온 뒤 두 달 쯤 지났을 때 작은 촛대를 쌓아놓은 듯한 흰 꽃을 발견했을 때도 가노조는 더없이 기뻐했었다.

파리라는 곳은 얄미운 도시였다. 한숨이나 슬픔마저도 노래로 삼아 마음의 상처를 달래준다. 푸르고 맑은 유럽 중부의 초여름 하늘 아래, 꿈처럼 여기저기 피어나는 마로니에 꽃향기는 최음제가 주는 중독 같은 저릿함과도 닮아 있었다. 파리에서 이 나무 꽃이 필 시기가 되면 가노조는 눈을 질끈 감았다 다시 뜨고는 잎 사이에 핀 꽃들을 바라보았다. 그리고는 말없이 아들에게 꽃을 보여주었다. 그러면 아들 역시 가노조가 한 것처럼 일단 눈을 감았다가 다시 크게 뜨고는 그 꽃을 바라보았다. 둘 사이에 강렬한 교감이 흘렀다. 아들은 굵고 듬직한 목소리로 말했다.

"어머니, 드디어 파리에 왔네요."

밤자갈을 깔아놓은 길 위로 아이스크림 차가 덜컹거리며 지나갔다.

아들이 한 말에는 옛 사연이 있었다. 그 옛날, 미남인 데다 술을 즐기던 남편은 자주 집을 비웠다. 그는 청년 시절 넘치던 패기를 어쩌지 못하고, 본래 나약하게 타고난 마음을 무리하게 매정함으로 누르며 자포자기에 빠진 냉소주의자가 되어 있었다. 가노조도 아들도 가난 탓에 먹는 것조차 제대로 할 수 없었던 그 시절, 가노조는 울다 지쳐 목이 쉬어버린 아들을 위로하며 실없는 소리 같은 말을 했었다.

"우리 둘이 나중에 파리에 가자꾸나. 샹젤리제에서 마차도 타고."

그때 입버릇처럼 말하던 파리라는 말이 진짜 파리를 의미한 것은 아니었다. 천국이라는 의미를 담은 말 정도였다. 종교에서 이야기하는 천국의 의미와는 또 다른 것이었다. 가노조는 일할 능력도 없고 몸도 약한 데다 수줍은 많은 어린 엄마와 그의 젖먹이 아들이 굶고 있는 데도 누구 하나 신경 쓰지 않는 이 세상의 잔혹함, 비참함에 질려있었다. 절망이란 것이 반드시 죽음이라는 선택을 하게 하는 것은 아니다. 절망 끝에 죽음을 선택하는 것은 그래도 아직 어딘가에 죽음을 거행할 만한 의지가 남아있을 때 가능한 일이다. 진짜 절망이란 그저 사람을 백치상태로 방치한다. 탈진한 상태 그대로 희망적인 얘기랍시고 실없는 소리를 반복해 지껄이는 것이

고작이다. 가노조가 당시 중얼거렸던 파리라는 말은 그야말로 실없는 소리에 불과했다. 그러나 실없는 소리라 하더라도 파리라는 말을 반복했다는 건 그곳이 낙원일 것이라는 생각을 했기 때문일 것이다. 혹은 가난한 청년 화가였던 남편 잇사쿠의 동경이 그대로 가노조에게 전해진 것인 지도 모를 일이다.

장차 파리에 갈 수 있을 것인지 없을 것인지 하는 것 따위는 당시의 가노조에게 있어 꿈 같은 얘기였다. 우선, 당장 살아갈 수 있을 것인가에 대한 확신조차 없었다. 그 후 인생에 대한 마음가짐을 고쳐먹은 잇사쿠가 열심히 일하기 시작했고 가노조 역시 생각지도 못한 경로를 통해 물질적인 지원을 받게 되었다. 십여년 후 가족이 함께 파리의 땅을 밟게 되었을 때, 파리에 온 것이 당연한 일인 것처럼 여겨지면서도 한편 신기한 생각이 들었고, 그러한 운명이 꿈처럼 느껴질 뿐이었다.

그러나 이 도시에서의 생활에 차츰 익숙해지면서 보이는 것, 들리는 것, 만져지는 것들 전부가 과거 십여년 간의 고생이나 상처들을 하나하나 걷어갔고 치유해갔다. 파리란 그런 곳이었다.

가노조는 파리에 살면서 자신의 지나온 생애가 원망스럽게 여겨지다가도 동시에 그립게 느껴지기도 했다. 가노조는 이 도시에서 셀 수없이 조용히 울기도 하고 웃기도 했다. 하지만 가노조가 이 도시에 마음의 뿌리를 내리는 데 가장 큰 역할을 한 것은 아들과 마로니에 꽃을 바라보는 시간이었다. 가난하던 시절 실없이 되뇌던 말들이 가노조의 마음에 다시 떠올랐다.

"우리 둘이 나중에 파리에 가자꾸나. 샹젤리제에서 마차도 타고."

그리고 바로 지금, 아들의 목소리가 옆에서 울린다.

"어머니, 드디어 파리에 왔네요."

그렇다. 복수를 한 셈이다. 복수의 대상은 알 수 없지만 어쨌든 복수를 한 것이다. 가노조의 복수를 가능케 한 것은 다름 아닌 이 마로니에 꽃의 도시 파리였다.

그런 생각만으로도 가노조는 이 도시에 충분한 애착을 느꼈다. 옛날 이야기에 자주 등장하는, 대신 복수를 해준 남자에게 고마움을 느낀 나머지 사랑에 빠져 버리는 여인의 마음 같은 그런 심정이었다. 하지만 가노조는 일본에 돌아가야만 했다. 가노조는 원래 향토적인 사람이라 고향을 오래 떠나 있으면 견디기 힘들어했다. 여비도 충분하지 않았다. 잇사쿠도 일본에 돌아가서 일해야만 한다. 그렇다면 적어도 피붙이인 아들을 이곳에 남겨 이 도시와의 연을 유지하고 싶다. 그런 가눌 길 없는 부모의 욕심까지 더해져 아들은 결국 파리에 남게 된 것이었다.

"어머니, 드디어 파리에 왔네요."

앞으로 몇 년이 지나든 아들이 파리에 머무는 한 매년 마로니에 꽃이 파리의 거리를 수놓으며 흐드러지게 피겠지. 그리고 설령 혼자라 하더라도 아들은 "어머니, 드디어 파리에 왔네요."라는 말을 가슴에 되뇌겠지. 아들의 그 말이 과거의 운명에 대한 복수와도 같은 말이며, 파리에 대한 가노조와 아들의 사랑의 표현임을 누가 알까.

그랬다. 아들을 파리에 남겨두고 온 것은 누구보다도 아들 곁에 머물고 싶어 하는 가노조 자신과, 이제는 가노조와 모든 정서를 공유하게 된 남편이 내린 결정이었다.

가노조는 그런 생각을 하면서 마루노우치丸の内 ○○청사 앞 동상 주변의 마로니에 나무를 좀 더 자세히 들여다보고자 외투 소매로 유리창에 낀 김을 닦아보았으나, 버스가 크게 흔들리면서 급커브를 도는 사이 어둠이 마로니에 나무와 동상의 모습을 걷어가 버렸다. 가노조는 몸을 바로하고 앉았다. 운전대나 승강구 틈으로 번화한 마루노우치 거리의 불빛이 눈부시게 새어 들어오고 있었다.

찻집 모나미는 아래층 보수 공사를 마친 직후라 전등색도 목욕 후의 살결처럼 산뜻했다. 많지도 적지도 않은 손님들이 의자, 테이블을 차지하고 있어 스토브를 끈 뒤에도 사람들의 온기로 실내 온도가 적당히 유지되고 있었다. 계절보다 조금 이르게 핀 꽃이 마찬가지로 계절보다 살짝 이른 유행복 차림의 남녀들의 색채와 조화를 이루고 있어 이미 봄이 온 것만 같았다. 소란스러운 목소리를 내는 이도 하나 없는, 전반적으로 정물화 같은 느낌이 드는 정숙한 실내였다. 때때로 가게 안쪽 스탠드에서 유리컵에 소다수를 따르는 소리가 들렸고, 그 소리가 봄의 정물화 같은 실내 정적을 걷어가곤 했다.

신경 쓰지 않을 때는 며칠이고 태평하게 내버려두면서, 챙기려

들기 시작하면 귀찮을 만큼 이것저것 간섭하는 화가 특유의 기질을 가진 잇사쿠는 요즘 우울해 보이는 가노조가 신경 쓰여 어쩔 줄 모르는 눈치였다. 그래서 틈만 나면 가노조를 데리고 밖으로 나갔다. 마치 병자를 위해 기분전환이라도 시키려는 듯 억지로라도 끌고 나가려 했다. 그러나 단순한 그는 긴자銀座의 모나미 외에 갈 줄 아는 곳이 없었다. 모나미의 학구적인 분위기 속에 가노조를 데려다 앉혀 놓으면 가노조의 기분이 유쾌함을 되찾을 것이라고 굳게 믿고 있는 듯, 가노조에게 차와 입 다실 거리를 시켜준 뒤 정작 자신은 생각에 잠기거나 양식을 시켜 먹거나 붙임성 있게 건너 테이블의 지인과 이야기를 나누거나 했다.

오늘만해도

"이야, 이게 누구야?"

하고 잇사쿠가 인사를 건네기에 돌아보니 역시 같은 인사를 건네며 한 노년의 신사가 들어오고 있는 것이 보였다. 소매 없는 외투를 입은 노신사의 겨드랑이 사이에 지팡이가 끼워져 있었고 그 뒤로는 지팡이에 찔리지 않으려고 조심하며 뒤따라오는 마른 청년이 보였다.

노신사는 안경 안으로 눈동자를 바쁘게 움직이며 주위를 둘러보더니 손님이 붐비지 않아 굳이 양해를 구하지 않고 자리에 앉아도 상관없겠다는 듯 잇사쿠의 테이블 빈 공간으로 통로에 놓여 있던 의자 두 개를 가져와 앉았다. 노신사는 자신이 먼저 앉은 뒤 다음으로 청년 역시 자신 쪽에 앉게 했다. 청년은 마른 몸에 등이 굽은 체형이었고 좋은 옷감으로 만든 양복을 차려입고 있었다. 머리를 번들번들하게 만진 것이 쑥스러운 지 고개를 뒤로 빼고는 머리를 숙였다. 아버지의 재촉에 청년은 아버지를 통해 가노조 부부에게 건성건성 인사를 건넸다.

가노조 부부에게 이야기할 때 노신사의 목소리가 찻집 내에 크게 울렸지만 아무도 싫은 내색을 하는 이는 없었다. 학자 출신이며 유명한 사회사업가이기도 한 노신사는 온화하면서도 전혀 촌스럽지 않은 목소리로 이야기를 이어갔다. 사교적으로는 잇사쿠와 이미 친분이 있었지만 직업적으로는 처음 만난 가노조 쪽에 관심이 더 가는 것 같았다. 그래서인지 잇사쿠와 잠시 세상 돌아가는 이야기를 나누면서도 줄곧 가노조에게 말 걸 기회를 기다리는 것 같았다. 이윽고 자못 흥미롭다는 듯 가노조를 유심히 바라보며 말했다.

"신기한 분이네요 사모님은. 젊으신 데다 모던 걸 같으신데 대승 철학자시라니."

가노조는 여러 사람에게서 같은 질문을 자주 받았다. 때문에 또 시작인가 싶으면서도 이런 학식 있는 신사의 질문에 답하는 재미라는 것도 있겠다 싶어 애써 웃으며 대답했다.

"대승철학을 하고 있기 때문에 제가 어려보이는 게 아닐까요? 대승철학 그 자체가 건강하고 자유로우니까요."

그러자 노신사는 어린 학생에게 생각지 못한 반격을 당한 선생님 같은 유쾌한 미소를 띠며 머리를 긁적였다.

"허, 이것 참. 당해낼 수가 없네요."

가노조는 장난스런 취급을 받기 싫은 마음에 너무 진지한 대답을 해버린 것이 어리석었음을 후회하듯 말이 없었다. 스스로가 한심하다는 생각을 하며 애써 기분을 누르고 있는데 그런 그녀의 기분을 눈치채기라도 한 듯 노신사가 다시 말을 이었다.

"역시 그렇군요. 그렇게 말씀해주시니 알 것 같습니다."

자신의 기분을 풀어주고자 하는 노신사가 조금 딱하다는 생각이 들어 가노조는 약간 고개를 숙였다.

그러자 노신사는 진지한 기분에 젖어들더니 찻집 안을 바라보면서 혼잣말처럼 중얼거렸다.

"대승철학의 진정한 의미는 그야말로 방금 말씀하신 그 안에 들어있겠네요. 음, 하지만 거기까지 도달하는 게 어려운 일이겠죠."

그러면서 그 말과 자기 아들이 뭔가 관계되어 있는 것처럼 아들의 축 처진 어깨를 바라봤다. 아들은 청년치고는 단정한 모양으로 앉아있었다. 이때 가노조는 한 잡지에서 읽은 기사를 떠올렸다. 노신사의 아들이 한참 전에 어머니를 여의었다는 내용의 기사였다.

노신사는 심각한 얼굴로 아이스크림을 한 술 뜨려고 했으나 이내 본래의 털털하고 태평한 모습이 되었다.

"사모님처럼 화려하고 시인 기질을 타고나신 분이, 아 이거 또 제가 틀린 짐작을 한 건지도 모르겠습니다만, 어쨌든, 왜 철학 같은 것과 연을 맺게 되셨습니까?"

이번에는 사회교육 참고자료를 만들기 위해서인 것 같은 조사하는 말투로 노신사가 물었다.

가노조가 선뜻 대답하지 못하는 것을 보고 잇사쿠가 요령 좋게 설명했다.

"결국 이게 말이죠, 기질이 워낙 감성적이기 때문에 정반대로 철학 같은 이성적인 방향의 것을 추구하게 되었다는 겁니다. 여성 본능의 무의식적인 자위적 수단인 셈이죠."

"아, 그럼 시작하신 지는 몇 년이나 되셨습니까?"

이런 데서 만난 것 치고는 지극히 소박하고 개인적인 질문들을 캐묻는 것 같다는 생각이 들어 가노조는 입을 다문 채로 있었으나 평소 그녀를 향한 질문들에 항상 솔직히 답하는 편이었으므로 이번에도 솔직히 답하기로 했다.

"20년쯤 전에 감정적으로 크게 힘들었던 때가 있었어요. 그 이후부터 연구를 시작했습니다."

가노조의 말이 끝나자마자 노신사는

"아, 그것 참 훌륭하군요. 흐음, 역시 그렇군."

해가며 다시 상반신을 길게 뻗어 찻집 내부를 둘러보았다.

감정상의 이유라는 말을 들은 노신사는 보통의 노인들이 대개 그렇듯 성가신 일이라는 생각을 했는지 딴청 부리는 것으로 이야기의 종료를 선언하는 것 같았다. 가노조는 복잡한 심경에 관한 이야기 같은 건 어차피 사람들에게 말해도 이해해줄 리 없다고 생각해 평소 체념하고 있던 터였다. 그랬기에 '그것 참 훌륭하군요'라는 말로 상황을 정리해 버리는 노신사의 담백하고 깔끔한 태도가 의외로 마음에 들어 약간 유쾌한 기분이 되었다. 이런 부모 밑에서 자란 아이는 어떤 아이일까. 가노조는 미소 띤 얼굴로 새삼 청년에게 시선을 돌렸다.

담배도 피우지 않는 그 청년은 아이스크림을 공손한 태도로 비워내고는 양손을 무릎 위에 올려놓은 채 유약한 시선으로 테이블 위를 바라보았다. 열심이지도 무관심하지도 않은 태도로 아버지와 아버지 지인의 이야기를 듣고 있었다.

가노조는 이 무력한 어른스러움에 대해 다소 설명을 듣고 싶어졌다.

"아드님께서는... 어느 학교에..."

무의식적으로 어느 학교를 언제 졸업했는지 물으려다가, 이렇게 미성숙한 청년은 어쩌면 어느 학교든 들어가기 어렵지 않았을까 싶은 생각이 들어 말을 제대로 끝마치지 못했다.

그러자 아니나 다를까 노신사가 말했다.

"워낙 약해서 중학교까지밖에 못 다녔습니다."

그렇게 말하면서도 미성숙한 아들 때문에 상처를 받았거나 주눅 든 기색은 보이지 않았고 여전히 크고 씩씩한 목소리였다. 그리고는 질문하기 좋은 주제를 만나기라도 한 것처럼 고개를 내밀며 이렇게 물었다.

"그러고 보니 댁의 아드님은 파리에 계시죠. 아직 안 돌아왔나요?"

이런 부류의 사회사업가들은 호의를 가지고 타인의 사정을 궁금해 하거나 했는데 노신사 역시 그런 표정으로 계속해서 말했다.

"아드님이 파리에 간 지 몇 년이나 됐습니까? 간 지 꽤 된 것으로 알고있는데.."

가노조는 노신사 아들이 마음에 걸려 자기 아들의 유학 얘기에 관해 바로 답할 수가 없었다. 다시 잇사쿠가 대신 답했다.

"저희들이 1929년에 유럽에 가면서 데려갔다가 그대로 거기 남겨두고 왔습니다."

"아직 어렸을텐데.. 중학교는 졸업을 했습니까?"

이 노신사는 중학교 교육에 역점을 두고 있는 것 같았다. 잇사쿠로부터 아들의 학력에 관한 설명을 듣고 난 뒤 안심한 듯 말했다.

"중학교도 훌륭히 졸업하고 미술학교에 들어가다니.. 허, 그러다 미술학교 재학 도중에 외국에 가게 된 거군요. 그야 서양화는 아무래도 그쪽이 본고장이니까 어쩔 수 없는 일이죠."

"학교 선생님들도 기초교육만큼은 일본에서 하는 편이 좋다고 거듭 만류했습니다만, 아무래도 두고 갈 수는 없을 것 같다고 아내가 주장하는 바람에 데려가게 됐습니다."

그러자 노신사는 흐뭇한 기색을 드러내며 말했다.

"그렇죠. 하나 뿐인 아들이니 충분히 그러실 만합니다."

가노조는 다른 사람 일에는 관심과 배려를 쏟으면서 정작 자기 아들에게는 무관심한 것처럼 보이는 노신사가 마땅치 않게 느껴져 이야기할 기분이 나지 않았다. 그러나 어쩌면 이 노신사는 자신의 감정을 남에게 투사하여 마음의 위안으로 삼는 옛 관료 같은 기질을 띤 사람일 뿐, 실제로는 속으로 늘 자기 아들을 안쓰럽게 여기고 있는 지도 모른다. 봄날 저녁 나이든 아버지가 젊은 아들을 데리고 찻집에 온 모습 그 자체도 생각해보면 마음을 숙연하게 하는 구석이 있었다.

가노조는 차츰 노신사에 대한 호감이 커져가는 것을 느꼈다. 그 마음을 담아 따뜻한 눈빛으로 청년을 바라보고 있으려니 노신사가 그 모습을 보고는 감사의 뜻을 담아 말했다.

"그건 그렇고 많이 힘드셨을텐데 아드님을 용케 혼자 두고 오셨네요. 그것도 파리처럼 유혹이 많은 도시에 말입니다. 아직 어린 청년을 그곳에 혼자 두고 오시다니 대단한 결단이십니다."

노신사는 예전에 해외 출장으로 파리에 며칠인가 체류했던 기억을 떠올렸다. 자기 아들에게 들려주고 싶지 않은 부분은 독일어를 써가며 한 두 가지 파리에서의 왕년의 이야기를 들려주었다. 노신사의 얼굴은 흥분으로 인해 대추 열매처럼 붉어졌으나 청년은 눈썹 하나 까딱하는 법 없이 고독한 모습으로 내내 딱딱하게 앉아 있었다.

말이 많던 노신사는 아들을 데리고 모나미를 떠났다. 그 후 가노조는 기분이 가라앉으면서 자신이 노신사에게 한 이런 저런 말들을 신경질적으로 되감아보았다. 노신사가 어린 아들을 파리에 두고 와도 괜찮겠냐고 물었을 때 가노조는 '그런 일로 유혹에 빠질 아들이라면 부모가 옆에서 감독을 하고 있다 하더라도 결국 제대로 된 인간으로 자랄 리 없다'고 답했다. 자신의 그 대답이 매우 신경 쓰였다. 그 대답은 되바라지고 고집스런 느낌을 주기 쉬운 말이었다. 부디 노신사가 그 대답만큼은 깨끗이 잊어 주기를 자랐지만 그 후 노신사가 '용케 혼자 두고 오셨네요'라고 했던 말이 또 다시 떠올랐다. 아들은 혼자 외국에, 자신은 이 도쿄에 돌아와 있다. 가노조는 아들과 자신의 거리를 실감했다. 더는 버틸 수 없다. 너무나 슬프고 암담한 기분이 가노조의 마음을 가득 메워왔다.

가노조가 아들을 파리에 남겨두고 남편 잇사쿠와 일본으로 돌아올 때 그녀는 필사적인 심경으로 한 가지 계획을 세웠었다. 아들과 상의하여 아들이 혼자 지내게 될 방 내부를 꾸며주기로 한 것이었다. 아들이 지낼 새 아파트는 파리의 신시가지, 몽파르나스에서 도보로 15분쯤 떨어진 한적한 곳에 위치해 있었으며, 오래된 빈민가 지대였던 곳을 모던한 주택들이 서서히 잠식해 가는 중인 지역이었다.

가노조는 아들이 지내게 될 아파트 주변을 돌아보았다. 아들이 일어나 커피 끓이기 귀찮은 생각이 들 아침이나 늦은 밤 집에 돌아오면서 들르게 될 지도 모를 작은 레스토랑, 가끔씩은 아들 손으로 밥을 해먹게 될 때 드나들게 될 채소 가게, 빵집, 잡화식료품점 등을 아들의 안내를 받아 하나하나 들러보았다. 때로는 터벅터벅, 때로는 기운차게, 때로는 부모에게 받은 용돈을 주머니 속에서 만지

작거리며 이런 가게들로 장보러 들어갈 아들의 모습을 떠올려보았다. 지금 눈앞에 있는 아들과 자신이 돌아가고 난 뒤 혼자 남을 아들의 모습을 머릿속으로 비교해 그려가며 가노조는 그 가게들에서 딱히 쓸 데도 없는 물건들을 조금씩 구입했다. 가게 사람들은 모두 너그러웠으며 친절했다.

"다들 좋은 사람들이라 잘 해줄 것 같구나."

"제가 곧 이 일대를 쥐락펴락하게 될 거예요."

"아주 친해지거나 하더라도 절대 외상을 져서는 안돼. 외상을 반기는 법은 없단다."

그 후 아파트로 돌아와 1주일 안으로는 엘리베이터가 작동할 것임을 확인하고 나서 계단을 통해 방에 올라갔다.

차분하면서도 밝은 느낌을 주는 방이었다. 화가 지망생이 쓸 공간답게 화실 안에 식탁이나 침대가 들여져 있었고 안방 밖으로는 아담한 부엌과 욕실이 있었다.

"아주 좋은 방이야. 혼자 살기 아까울 정도로구나."

가노조는 그렇게 말하며 문득 말이 지나쳤다는 생각이 들어 아들의 얼굴을 돌아보았다. 아들은 아무렇지 않은 듯 명랑하게 웃으며 말했다.

"좋은 걸 보여 드릴게요."

아들은 부엌에서 일본제 가위 한 자루를 꺼내왔다.

"여름이 되면 이걸로 싹둑싹둑 잘라줄까 해요. 화분이라도 사와서 말이에요."

"아니, 그런 게 어디서 났니? 좀 자세히 보여줄래?"

"프랑스인 친구가 시장에서 발견했다고 뿌듯해하며 제게 준 거예요. 웃긴 친구라니까요."

가노조는 번쩍번쩍 빛나는 가윗날을 보며 아들이 부모와 떨어지게 된 뒤 청년기의 우울함을 떨쳐내기 위해 이 가위로 뭔가를 싹둑 자르게 될 거란 생각이 들자 조금 오싹해졌다. 그러나 내색하지 않고 아무렇지 않은 듯 아들에게 실내 가구 배치를 어떻게 할 것인지 정하라고 했다. 욕실 거울 쪽 벽면으로 침대를, 그리고 그 반대편 구석에 피아노를 두고 그와 멀지 않은 곳에 커피용 테이블을 놓는다. 마지막으로 다도 도구들을 어디에 둘 것인지까지 세심히 살폈다.

그것은 아들이 편리한 생활을 하게 하기 위한 것이기도 했지만 무엇보다도 가노조 스스로를 위한 것이었다. 가노조가 일본으로 돌아간 뒤 아들의 모습을 떠올릴 때 아들이 매일 생활할 방과 도구의 모습, 장소 등을 묘사할 수 있도록 확실히 마음에 새겨두고 싶었다. 그것들 하나하나의 위치에 맞춰 생활해 나가게 될 아들의 모습을 보다 선명히 기억할 수 있도록 기억에 새기고자 하는 것이었다. 잇사쿠는 가노조의 느닷없고 유치한 계획에 질려하면서도 다른 한 편으로 대단한 발상이라 생각하며 감탄했다.

또한 떨어져 있으면 아들의 건강을 가장 염려할 것이 분명한 가노조를 안심시키기 위해 아들은 가노조가 영국이나 독일에 간 사이 사귀게 된 친구이자 파리에서도 유명한 어느 외과병원 청년

의사를 부모에게 소개했다.

가노조 부부는 아들의 일을 잘 부탁한다는 의미로 어느 날 그 청년 의사를 저녁식사에 초대했다. 가노조 부부는 생선요리로 유명한 레스토랑에 먼저 가 자리를 잡고 기다렸다. 나중에 아들이 데리고 온 청년은 아들보다 키가 세 배는 커 보이고 머리카락도 뺨도 눈도 빛나는 라틴계 미남이었다. 가노조는 이런 잘생긴 미남 청년이 아들의 친구라는 사실을 믿어도 되는 것인 지 의심스러웠다. 아들을 한 손으로 잡고 이리저리 돌리는 일도 가능해 보일 만큼 건장한 청년이었다.

"뭘 그렇게 넋을 놓고 계세요 어머니."

아들은 미남을 보면 순간 반해 아무 생각도 나지 않게 되는 어머니의 순수한 면을 알고 있었기에 피식 웃었다. 미남 청년도 어쨌든 호감을 느낀 듯 웃음을 보였다. 청년의 웃는 얼굴이 마치 아이 같았다. 그런 아이 같은 웃음이 가노조를 안심시켰다. 겉보기에는 그렇게 커보여도 청년은 이제 막 의과대학을 졸업한 스물다섯 살짜리 조수였다. 그렇다고 하더라도 스무살 밖에 안된 외국인 화가 지망생인 아들이 잘도 이런 착실한 청년과 친구가 되었구나 싶어 가노조는 영 미덥지 않던 아들의 숨은 재주 본 것만 같았다. 가노조의 몸집 작은 아들은 가늘고 예리한 눈과 눈 사이가 멀었고 좁은 얼굴에 조금 버거워 보이는 큰 코와 입이 자리해 있었다. 웃을 때 아래로 처지는 눈썹을 보면 가노조 부부는 어딘가 이 아이에게 모자란 면이 있는 게 아닌가 싶어 측은하고 안쓰러운 마음이 들었다.

많은 이야기를 나누고 많이 먹어가며 식사를 해가는 사이 청년이 보여준 모습은 매우 순수했다. 이 청년의 부모는 어떤 사람일까, 어떤 교육을 받으며 자랐을까. 가노조는 여자들이 흔히 하는 통속적인 생각에 빠져들다가 문득 아들이 어렸을 때 자신들 역시 너무나 어린 부모였다는 사실을 떠올렸다. 너무 어렸고, 본래 아이를 양육할 부모다운 자격도 갖추지 못한 자신들을 부모로 만난 아들의 어린 시절이 얼마나 비참했을지 헤아려보았다. 부모로서의 역할을 자각하기도 전에 부모가 되었고, 그 탓에 어찌할 바를 몰랐었다. 그런 부모 밑에 태어났으면서도 어느 순간 성인이 되어버린 아들의 강인한 생명력이 새삼 놀라웠다. 그 생명력에 대한 감사가 솟아오른다. 그러나 그 생명력은 아이가 성인이 된 후에도 가노조의 애욕과 대치할 것처럼 집요하다. 가노조는 들고 있던 포크로 그 집요한 어떤 것을 뿌리치는 듯한 동작을 했다. 자신의 생명 근처를 늘 집요하게 서성이고 있는 몇 개의 그림자 같은 것을 한 순간 느꼈을 때, 가노조의 현실 속으로 아들의 가늘고 예리한 눈이 뛰어들어오며 말을 걸었다.

"왜 그렇게 멍해 있으세요?"

미남 청년도 가노조를 보고는 웃으며 아들에게 물었다.

"어머니 우시는 거야?"

"아드님을 몽파르나스의 카페에서 자주 봤습니다."

적은 여비로 걸어서 세계일주를 하고자 파리까지 왔으면서도 아직 허세와 삐딱한 생각을 버리지 못한 어느 나이 든 교육자가 가노조 부부와 아들을 비난하듯 말했다. 아들이 부모 돈으로 몽파르나스에 놀러 다니는 것을 알고 있느냐고 따져 묻기라도 하는 것 같은 말투였다. 너무 알아 탈일만큼 잘 알고 있는 사실이었다. 혼자 남은 아들이 저녁에 몽파르나스 카페에라도 나가 유쾌한 기분을 즐겼으면 하는 마음으로 일부러 아들의 아파트를 몽파르나스에서 멀지 않은 곳으로 골랐을 정도였다. 파리의 진수는 몽파르나스의 카페에 있다고까지 할 정도인 곳인데 그마저 아들이 즐기지 못한다면 파리에 남겨두고 온 의미가 없었다.

어려서 부모와 떨어져
타국의 눈 내리는 거리를 거니는구나

혼자 파리에 남기로 한 것이 아들도 원한 것이었고 부모의 결단이었다고는 하지만, 스무살 남짓한 나이에 부모와 떨어진 아들을 해질녘 카페에조차 갈 수 없는 처지로 방치할 수는 없는 노릇이었다. 아들과 떨어진 뒤 가노조 역시 얼마나 쓸쓸한 생활을 해왔던가. 아들이 화려한 몽파르나스 카페에서 외롭지 않게 보낼 밤을 떠올리는 것은 오히려 가노조에게 있어 위안이었다. 아들은 순수 예술가이자 화가이지 도덕 선생이 아니다.. 가노조는 그렇게 생각했다.

도쿄 긴자에 있는 레스토랑 모나미의 테이블에 기대 앉아 파리의 몽파르나스 카페를 또렷하게 떠올리는 일은 두 곳이 가게의 설비나 고객층 등에서 차이가 크기 때문에 쉽지 않은 일이었다. 그러나 가노조는 낭만적인 면을 발휘하여 어렵지 않게 몽파르나스를 그려내고 있었다.

평소 가노조는 지구상의 땅을 자신의 기분에 맞춰 실제의 위치와는 다른 위치로 바꿔 배치하곤 했다. 감정적으로 가노조만의 독특한 세계지도를 가지고 있는 셈이었는데, 그런 그녀의 재주에 때때로 잇사쿠도 가노조 스스로도 경탄을 금치 못했다. 미국은 거의 사막 한가운데의 미개척지처럼 여겨졌고 유럽은 고베神戸 바로 근처에 있는 지역 마냥 친숙하게 느껴졌다. 그랬기에 4년 전 온 가족을 데리고 유럽에 유학을 떠나던 날 아침 역시 가벼운 기분으로 배에 올랐던 가노조였다. 가노조는 기모노에 나막신을 신은 차림으로 발걸음을 울리며 부둣가를 걸었다. 마치 여행으로 이삼일쯤 친척집에라도 가는 듯한 편안한 모습이었다.

그런가하면 가노조가 열정적일 때는 또 모든 것에 대한 인식이 극도로 달라졌다. 가노조의 주관에 따라 주위 환경 역시 질질 끌려다녔다.

몸에 한 자루의 굵은 막대가 관통하고 있는 것처럼 아들의 일만을 생각하면서 그 이외의 것은 자신의 건강에 대한 것이든 주변의 일이든 그녀 안에서 철저히 무시되었다. 그럴 때는 아들이 있는 파리가 손 뻗으면 잡힐 듯 느껴졌다. 그만큼 가깝게 느껴지는데도 정작 아들은 그녀의 곁에 없다. 눈빛, 미소, 버릇, 목소리, 청년다운 손이 가노조의 가슴에서 빛났지만 가노조에게 익숙한 그 사랑스러운 모든 것들이 일절 손 닿을 수 없고 안을 수 없는 곳에 있었다. 가노조는 분함과 슬픔에 몸을 떨었다. 이성의 발을 잃은 그녀의 그리움은 문득 파리의 번화함을 연상시키는 긴자 거리에라도 가면 아들을 만날 수 있을 것만 같은 기분까지 들게 했다. 아무리 그래도 설마 그럴 리 없다고 한 두 번은 생각을 고쳐먹었지만, 이번에는 그리움이 점차 차올라 그 그리움을 달래기 위해서라도 긴자에 가 아들의 모습을 찾아보지 않으면 안될 것 같은 강렬한 감정에 사로잡혔다. 그 탓에 가끔씩은 오히려 가노조 쪽에서 앞장서 긴자에 나가곤 했기 때문에 그럴 때면 잇사쿠는 가노조의 기분이 좋아진 것만 같아 반가운 마음이 들었다. 가노조는 꿈인지 현실인지 모를 기분에 이끌려 모나미에 들어가 테이블에 기대앉은 채 아들과 함께 갔던 파리의 카페를 떠올렸다.

몽파르나스의 카페 드 라 쿠포르의 천장과 벽에서 반사된 모던한 상들리에의 흰 불빛이 아련하면서도 강렬할게 반짝였다. 사람 키를 넘어서는 높이까지 자욱하게 낀 담배 연기는 넓은 카페 안의 공기를 위아래 층으로 갈라놓고 있었다.

위쪽은 대낮처럼 밝았고 바닥에 가까운 아래층은 잿빛 보라색 어스름 같은 카페 안에 다섯 명 혹은 여덟명씩 앉는 식탁들이 있었다. 식탁 사이로 앉으면 가슴 부근까지 오는 칸막이들이 설치되어 있다. 이런저런 사람들의 모습과 이런저런 빛의 눈빛, 그리고 수많은 국적 다른 언어들의 억양이 가림막 사이로 꽉 들어차 있다. 빠져나갈 곳을 찾지 못한 냄새와 웃음과 노랫소리 사이를 가르듯 지나며 장사치들이나 웨이터들이 접시를 옮기거나 주문을 받거나 했다.

"이런, 어머니, 좋은 자리를 놓쳤네요."

가노조를 몽파르나스의 카페 드 라 쿠포르로 데리고 온 아들은 더블 버튼 양복 주머니로부터 살짝 손을 빼 손가락으로 자리를 가리키며 그렇게 말했다.

그곳은 기댈 수 있는 가림막이 바둑판처럼 둘러싸여 있어 꽃의 심지 같은 곳에 위치한 자리였다. 유리와 청동으로 만들어진 작은 분수탑은 색이 변하는 네온사인이 뒤에서부터 빛을 통과시키도록 하는 양식으로 되어 있었다. 분수는 서너 단 높이로 물을 뿜었고 맨 아래에 설치된 분수 물받이에는 동양의 금붕어가 작은 숭어와 함께 헤엄을 치고 있었다.

"괜찮아, 괜찮아. 오늘 밤은 우리가 늦었지 뭐."

가노조는 전혀 상관없다는 듯 말했다. 그러면서 다른 장소를 찾으려는 듯 조금 늘어진 것 같으면서도 두툼한 아들의 어깨를 앞으로 밀었다.

분수의 네온사인 광선 때문인지 분수탑을 둘러싼 식탁과 가림막 근처의 사람들이 제대로 보이지 않았다. 하지만 그쪽에서는 이쪽을 잘 알아봤던 듯 서양인 특유의 억양으로 아들을 부르는 소리가 들렸다.

"이치로, 이치로"

"이치로"

아들의 이름을 부르는 목소리에는 여자 목소리도 있었고 남자 목소리도 있었다. 쿡쿡거리며 웃음을 참듯 속삭이는 목소리에 장난기가 들어있었지만 절대 악의가 있는 것은 아니었다.

"어머, 누구셔?"

가노조는 목을 움츠리며 아들의 어깨 너머로 네온사인 불빛 그림자를 슬쩍 엿보았다. 아들은 바로 대답하지 않고 중얼거렸다.

"아, 저놈들이 차지하고 있었네. 꽤 즐거워 보이는구만."

목소리가 들리는 분수 불빛 그늘 구석을 향해 아들은 손을 뻗어 인사를 건넸다.

"얘들아, 이제 가서 자야지. 숲속 버섯 요정들이 방아질 할 시간이야."

아들은 입에서 새어나오는 웃음을 그대로 머금은 채 아이들을 대하는 아버지의 엄한 목소리를 흉내 내가며 상대 무리들에게 농담을 건넨 뒤 다시 몸을 돌려 원래 자리로 돌아왔다.

"야 저 녀석 보게."

"이치로, 이치로"

여러 목소리와 외침이 큰 웃음과 뒤섞여 들려왔다. 대여섯명 정도의 서양인들은 선뜻 일어나 박수를 치기도 했다.

귀찮다는 듯 가림막에 몸을 기대고 등을 구부린 채 웃기만 하는 젊은 아가씨와 서서 박수를 치는 무리들 중 키가 큰 젊은 아가씨가 먼저 눈에 띄었다. 서 있는 아가씨는 둥글게 만 앞머리를 불빛 속에서 쓸어 넘기며 지혜로움과는 거리가 멀어 보이는 모습으로 멍하니 박수를 치고 있었다. 가노조는 그들을 향해 살짝 미소 띠며 목례를 했지만 일종의 묘한 불안함이 들어 그들로부터 아들을 보호하려는 듯한 자세를 취하게 됐다. 가노조는 무의식적으로 아들에게 다가섰다. 하지만 곧 그들에게 호감을 느끼면서 서서히 그들 쪽으로 시선을 돌렸다.

"어머니, 뭐하고 계세요. 어차피 저 녀석들 나중에는 이쪽 자리로 놀러오려고 할 거예요."

"너란 애도 참 대담하구나. 이렇게 사람이 많은데 아무렇지 않게 잘도 그런 농담을 다 하고 말이야."

그렇게 말하며 가노조는 자못 흐뭇한 표정으로 아들의 얼굴을 가만히 바라보았다.

귀한 도련님처럼 아들을 키워 온 가노조는 아들의 이런 모습마저 듬직하게 여겨졌고 아들은 그런 어머니가 애틋하면서도 한 편으로는 답답했다. 자신과 부모님 모두 세상에 대해 적극적이고 대담해져야만 한다고 생각했다.

"또 그러시네."

아들은 자신을 바라보며 감탄하는 가노조의 눈빛이 유쾌하지 않은 듯 시선을 다른 쪽으로 돌리면서 가노조의 손을 꾹 잡았다.

"불안해하지 않으셔도 돼요.. 아무것도 아니에요. 다들 우리와 다를 바 없는 사람들이에요."

"그럼, 저기 있는 여자들은 역시나 노는 여자들이니?"

"노는 여자들도 있고 예술가도 있어요. 개중엔 지독히 못된 사람도 있고요."

아들은 어머니 눈앞에 현실을 들이대기라도 하는 것처럼 일부러 짓궂게 말을 내뱉으며 움켜쥔 손을 통해 어머니의 두려움을 짐작하고 있었다. 가노조로서는 혼자 외국에 남을 아들의 비장한 각오가 전해지는 것만 같아 전율이 느껴졌다. 가노조는 스스로에게 용기를 북돋으려는 듯 먼저 아들의 팔짱을 끼면서 말했다.

"그래 다들 우리와 다를 바 없는 사람들이지. 자, 가서 다 같이 놀자꾸나."

그날 밤은 사육제 전날밤이었기에 한층 카페가 북적였다. 사람들의 시선을 받으며 모자는 테이블 사이의 통로를 이리저리 돌아다녔다.

지나가는 길 좌우에 놓인 가림막 너머로 아들에게 목례를 건네는 사람, 말을 거는 사람이 꽤 많았다. 수염을 기르고 넥타이 핀을 차려 입은 노년의 신사가 일어나 이쪽을 향해 다가오며 낮은 목소리로 예의 바르게 무언가 진지한 몇 마디를 건네자 아들은 의젓하게 철든 듬직한 사내처럼 잠시 깊이 생각하더니 간결하게 답했다. 노신사는 곧 돌아갔다. 그 사이 가노조는 아들이 평소 이런 사람들과 교제를 하고 있는 것이라면 용돈이 부족하지 않을까, 빡빡한 생활을 하면서 창피를 당하거나 하는 일이 생기는 것은 아닐까 하여 마음속으로 아들이 받는 학비의 지출 내역을 헤아려 보았다. 그러나 그보다도 아들을 향해 가림막 너머에서 말을 걸어온 한 젊은 여성에게 곧 신경을 빼앗겼다. 아름다운 얼굴의 그 아가씨는 어딘가 아픈 것처럼 핏기 없는 얼굴로 그저 새침하게 웃을 뿐이었다.

"쥬쥬, 아픈 건 좀 어때?"

아가씨는 엷게 웃을 뿐이었으나 가노조는 아들의 인사가 그저 남자가 느끼는 동정에 불과하다는 것을 알아채고는 그 아가씨가 틀림없이 노는 여자일 것이라 짐작했다. 노는 여자라고는 하지만 아들이 좀 더 상냥하게 대하면 좋을텐데라는 생각도 들었다.

"이치로, 빈자리가 있구나."

프랑스인답게 갈색 머리를 짧게 깎은 매니저가 사람들을 밀어내며 가노조와 아들을 안내했다. 매니저는 웨이터가 식탁보 위의 빵 부스러기를 털어내는 중인 큰 테이블로 가노조 모자를 데리고 갔다. 매니저는 말없이 양손을 어깨 근처까지 들어올리며 고개를 갸웃거렸다. 오늘밤은 너무 바쁘다는 뜻인 것 같았다. 웨이터는 새로운 식탁보를 깔고는 꽃병의 위치를 가노조 앞으로 옮겨놓았다. 가노조는 잠시 분홍빛 카네이션 꽃잎 위로 잿빛 그림자가 새겨져 가고 있는 모습을 바라보았다.

자그마한 테이블에 깔린 깨끗한 식탁보가 샹들리에 불빛을 반사하며 졸린 눈을 흰 눈빛처럼 자극시켰다. 게다가 정성스레 늘어놓은 은 식기나 도자기 접시, 반듯하게 접은 냅킨이 더욱 하얀 빛을 내면서 최면술사가 사용하는 도구인 작은 거울처럼 가노조의 눈동자를 집요하게 따라다녔다.

"벌써 졸립구나. 피곤하네."

가노조는 그렇게 말하며 몸을 쉬게 하고 싶은 생각이 잠시 들었으나 아들과 함께 있다는 사실을 떠올리면 그런 생각은 사라졌고 생생한 정신이 등 뒤를 타고 흘렀다. 가노조는 다시 가슴을 펴고 제대로 된 자세를 취하며 아들과 마주했다. 그러면서 눈부신 눈동자를 꽃병의 꽃이나 빵 위로 돌리며 안정시키고자 했다.

손수건 모양의 초콜릿 색 빵은 프랑스 특유의 방식인 듯 접시의 냅킨 위에 올려져 있었다. 그냥 접시에 담긴 것보다 그 편이 더 맛있어 보였다.

가노조는 가끔씩 눈을 들어 꽃 너머로 아들의 얼굴을 바라보았다. 웨이터에게 주문을 마친 뒤 아들은 화가답게 마음을 비운 듯한 표정과 비판적인 눈빛으로 기둥 위쪽 근처에 걸린 신고전파풍의 그림을 올려다보았다. 다갈색에 연한 복숭아빛을 띤 작은 얼굴은 내부의 듬직한 젊은 생명력으로 달아올라있어 따끈하게 빛났다. 자신 안의 열정을 소중히 다루려는 것처럼 아들은 양손을 상의 주머니에 나란히 넣은 자세를 취했다.

신고전파풍의 그림이 걸려있는 기둥 아래쪽 구석진 자리는 이 카페의 오래된 단골들이 앉기 좋아하는 자리였다. 구석 근처였지만 그런 만큼 중앙 쪽의 번잡한 분위기와 떨어질 수 있어 별세계 같은 느낌이 들었다. 중앙의 소란스러움을 비판적인 눈길로 둘러본 뒤 다시 자신들이 앉은 자리를 돌아보면 의연하고도 적막한 고독감을 느낄 수 있었다.

가노조는 아들이 눈길을 보내고 있는 기둥 근처 그림을 올려다보며 무의식적으로 그 옆 기둥, 또 그 옆 기둥, 그리고 소란스러운 무리들 위쪽 근처의 샹들리에 불빛으로 빛나는 기둥 위까지 눈길이 닿는 만큼 차례차례 그림을 올려다보았다. 그 그림들은 각각의 화풍들로 그려진 것들이었다. 여성이 그린 것 같은 표현파풍의 그림도 있었다. 이곳에 드나드는 오랜 단골 화가들에게 자유롭게 그려달라고 부탁해 받은 그림들이라 통일성도 없었고 잘 된 그림이 있는가하면 졸작인 그림도 있었다. 가노조는 아들의 안내를 받아 모던 그림을 보기 위해 화랑 거리로 나섰던 며칠 동안의 일이 떠올랐다. 그것은 아들이 좋은 집안의 여식과 만나는 자리에 동석하게 된 것처럼 즐거운 일이었다.

가노조의 눈이 다시 아들에게로 향했다. 이런 신기한 세상에서 아들과 함께하고 있구나 하는 생각이 새삼 몰려들어 가노조는 아들의 어른스러움이 갑자기 서운하게 느껴졌다.

"어느새 그렇게 자라버렸니. 부탁이니까 아이였던 모습으로 돌아와주렴."

가노조는 마음으로 이렇게 빌었다. 손을 뻗어 아들을 어루만지고 싶은 마음을 억지로 참아가며 있으려니 일종의 달콤씁쓸한 증오심 같은 것이 차올랐다. 아들의 상의 주머니 속 갈색 손수건이 가노조의 눈에 들어왔다.

"이런 멋쟁이 아드님을 보았나. 얄미울 정도로 잊지 않고 손수건까지 잘도 챙겼네."

그러고보니 아들도 어느샌가 그림을 보던 것을 멈추고 공허한 눈빛으로 무언가를 골똘히 생각하고 있었다.

가노조의 눈과 아들의 눈이 마주쳤다. 두 사람은 눈을 마주한 채 슬픔과 웃음의 경계선상을 오가며 감정에 끌려다녔으나 결국 웃어버리고 말았다. 두 사람은 격하게 웃어댔다.

"왜 웃는 거니?"

"그러는 어머니는 왜 웃으세요?"

"언젠가 네가 엄마에게 했던 말이 떠올라서 그래."

"무슨 말인데요?"

"언젠가 네가 그랬잖니, 저 어머니를 꼭 닮은 작은 여동생이 하나 생기면 여기 저기 데리고 다니면서 제 방식대로 잘 가르쳐 줄 거예요, 라고 했던 얘기 말이야."

"아, 그랬었나요? 하지만 지금은 아니에요. 어머니를 닮은 동생이라면 느릿느릿 할텐데, 데리고 다니기가 얼마나 힘들겠어요."

아들은 입술을 살짝 깨물며 재밌다는 듯 가노조의 얼굴을 슬쩍 넘겨 보았다.

"얘기가 나온 김에 말씀드리자면, 제가 외로울까봐 걱정된다는 이유로 혹시나 신붓감 후보자를 보낸다든지 하는 일은 하지 마세요. 미리 사양할게요. 충분히 벌어질 법한 일이라 그래요. 걱정하시는 어머니 마음은 잘 알지만 그런 일 만큼은 절대 싫습니다."

아들은 처음으로 손을 꺼내 식탁 위에 올려 깍지를 끼운 채 말했다.

"저, 어머니에 대한 감정적인 부담감만으로도 당분간은 얼마든지 벅차요."

아들은 혼잣말처럼 말끝을 얼버무렸다.

아들이 정면으로 이렇게 솔직한 마음을 털어놓자 가노조는 오히려 아들에게서 어린 아이 같은 인상을 강하게 받았다.

"그렇게 엄마 걱정만 하지 말고 너 스스로가 행복하게 될 수 있도록 잘 해보렴. 정말이야."

이렇게 말하며 가노조는 어머니로서의 자신으로 돌아왔다.

웨이터가 스프를 가져왔다. 별이 보이는 초여름의 저녁 하늘같은 연둣빛 스프 위에 웨이터가 솔솔 빵 조각을 뿌려주고 갔다.

"향기롭고 맛있구나. 쌀 과자 같은 맛이네."

가노조가 말했다.

아들은 가노조가 먹는 모습을 바라보며 자신도 먹기 시작했다.

"아버지는 오늘 밤에 중국 요리를 드신다고요."

"오랜만에 일본 손님과 만나 얘기가 길어질 것 같아."

"아버지도 그렇지, 독일 이야기만큼은 안 하셨으면 좋겠어요. 베를린을 자꾸 페를린, 페를린이라고 발음하신다니까요. 옆에서 듣기 민망해요."

"베를린이라고 알고 있어도 입버릇처럼 그렇게 발음하시는 걸 뭐."

모자는 잇사쿠에 대한 애정 어린 이야기를 하며 유쾌하게 웃었다.

가노조와 아들은 조용히 식사를 해나갔다. 외국의 식사 습관에 익숙해져 식사 중에는 무거운 이야기를 하지 않게 된 두 사람은 가볍고 유쾌한 이야기를 주고 받았다.

가노조는 처음 파리에 당도한 뒤 남편의 일로 영국에 잠시 체류하기 위해 파리를 떠났던 적이 있었다. 그 때 언어를 익힐 수 있도록 아들을 혼자 두고 갔었는데 가노조는 위로가 될 지도 모른다는 생각에 상하이上海의 선착장에서 산 카나리아와 새장을 아들에게 남겨 두고 갔다. 아들은 그 카나리아의 사료를 얻기 위해 당시 살던 집에다 뭐라고 말하면 좋을지 몰라 곤란했다는 이야기를 가노조에게 몇 번이고 얘기했었는데, 그 경험담은 시점을 달리해 다시 들어보아도 여전히 재미있는 일화였다.

아들이 꽤 경험을 쌓은 뒤 파리 외곽 고등학교 예비교의 기숙사에 유일한 일본인 학생으로서 입소하게 되었던 경험담도 등장했다. 아들은 거기서 프랑스 학생들과 동등하게 지리나 역사 수업을 받았다.

"화가라 하더라도 이곳에서 오래 머물 거라면 그에 맞게 상식적인 기초지식은 필요한 법이니까요."

가노조의 비약적인 성격과 낭만적인 구석을 잘 알고 있는 듯 아들은 어머니를 잘 이해시키려는 것처럼 점잖게 말했다.

"너에게 그런 사려 깊은 면도 있구나. 그런 점은 나보다도 나은 것 같아."

가노조는 말 뿐 아니라 태도로도 존경스러움을 나타내며 자세를 고쳤다. 그러나 이런 어머니를 바라보는 아들의 마음에는 안쓰러움이 가득했다. 그런 기분을 떨쳐내려는 듯 아들이 말했다.

"아니에요. 저나 어머니나 다를 게 없어요. 그리고 어머니야말로 아주 생각이 깊은 편이시잖아요. 단지 어머니는 여성이시니까 감정적인 범위 내에서만 움직이시면 그만이지만, 저는 남자라서 그렇게는 할 수 없어요. 의지를 강하게 만들고 구체적인 사실에 입각해서 고삐를 단단히 조이지 않으면 안되니까, 그런 점이 어머니와 다를 뿐이에요."

그러나 아들에 대한 존경심이 싹튼 이상, 밀려드는 여러 감상과 함께 뒤섞인 그 감정은 꼭대기까지 차올라갔다. 가노조는 아들에 대한 감탄으로 가득 찬 까만 눈동자를 크게 치켜뜨며 말했다.

"그래, 역시 이치로 너는 남자구나. 남자란 건 괴로운 법이지. 하지만 그렇기 때문에 위대한 거야."

이 말에 아들은 가늘고 예리한 눈을 눈부신 것처럼 깜빡거렸다.

"그렇게 진지하게 나오시면 제가 할 말이 없잖아요."

아들은 농담처럼 말하며 더 이상 이 문제에 관해 얘기하지 않겠다는 의사를 내비쳤다.

가노조가 오렌지에 발라진 브렌디 향 때문에 켁켁 기침을 해가며 디저트를 작은 포크로 먹고 있으려니 아들이 가만히 일어나 악수를 하며 누군가를 맞는 것 같았다. 가노조가 돌아보니 조금 전 새침하게 웃던 아가씨가 가림막 바깥에 와 서있었다.

"제가 방해가 된 건 아닌지.."

"괜찮으시죠 어머니?"

"물론이지. 자 이쪽에 앉아요."

가노조는 자신의 바로 옆자리를 가리키며 말했다. 아가씨는 가노조에게도 악수를 청하고는 고분고분 가노조 옆자리에 앉았다.

"누님이셔?"

"어머니셔."

아가씨의 질문에 아들은 간단히 답했고, 아가씨가 나른한 표정으로 가노조를 관찰하고 있는 사이 아들이 가노조에게 일본어로 말했다.

"이 여자애는 자주 남자들한테 차이는 재밌는 아이에요."

이번에는 가노조가 호기심 어린 눈으로 아가씨를 관찰했다. 그러자 아가씨가 아들에게 물었다.

"너, 어머니한테 나를 뭐라고 소개한 거야?"

"남자들한테 자주 차이는 애라고."

그 말을 들은 아가씨는 흥미를 보이며 생기 어린 얼굴을 했다.

"그건 사실이 아니잖아. 다시 어머니께 소개해. 남자를 잘 차버리는 여자라고."

그렇게 말하며 아가씨는 즐겁다는 듯 웃었다. 신비스러우면서도 영리해 보이는 기색을 이마로부터 아래로 베일처럼 드리우고 있는 이 젊은 아가씨가 그렇게 웃어보일 때면 입 안으로 아직 발육이 덜 된 작은 이가 두세 개 쯤 드러났다. 그 치아는 앞으로도 자라지 않고 그대로 머물 것만 같은 느낌을 주었다.

아들은 웃으며 아가씨의 반박을 어머니에게 전달했다.

"이렇게 소개해 달래요. 저는 절대 한 번도 제 쪽에서 남자를 차버린 적이 없습니다. 제가 좋아했던 남자들을 하나같이 다들 사정이 생겼다면서 파리를 떠나버리곤 했거든요."

"어째서 그랬을까."

"그러게 말이에요."

아들은 자꾸만 남자와 헤어지지 않으면 안 될 운명인 아가씨에게 그저 흥미를 느끼는 것 같았다.

쥬쥬라 불리는 그 아가씨는 점점 가노조에게 흥미를 느꼈다. 아가씨는 모국어인 프랑스어에, 쓸 줄 아는 영어를 조금씩 섞어가며 가노조와 직접 대화를 나누게 되었다. 아가씨는 상당히 아는 것이 많았고 가노조에게 일본 여성에 관해 물을 때에도 "게이샤, 그리고 요시하라吉原[15] 그런 여자들 말고 제대로 된 여성들이 많이 있는 거죠?"라고 하거나 "일본 여자들은 겉보기에 남자들에게 냉담한 취급을 받는 것 같지만 실은 굉장히 사랑 받는다고 하던데요?" 등의 소리를 했다.

아가씨는 '고양이의 목욕탕'을 그린 에조시絵草紙[16]를 본 적이 있다고 하며 부러운듯한 표정으로 이렇게 말했다.

---

15 에도 시대의 사창가

16 에도 시대 여성과 아이들 용으로 만들어진 삽화 소설이나 신기한 일을 담은 인쇄물

"만약 그런 게 일본 여성들의 목욕 습관이라고 하면, 같은 여성들끼리 이야기하거나 위로해가면서 목욕을 할 수 있는 셈이 되는데 그렇게 편리한 목욕 방식은 처음 봐요."

시곗바늘이 새벽 두 시를 지나고 있었다. 탁해진 실내 공기는 사프란 꽃을 밟은 것처럼 일종의 달고 야릇한 냄새로 가득 차 있었다. 몸은 나른했지만 정신만은 불안을 꿰뚫을 만큼 날카롭게 번득였다. 사람들은 삶에 관한 격언 같은 대화만을 주고받았고 그조차 형식적인 것에 그쳤을 뿐 진정한 의미는 서로의 몸짓이나 표정을 통해 전달되고 있었다. 회전문으로 들어오는 손님은 줄어들었고 그 대신 빽빽하게 들어찬 손님들은 모두 악마적인 감흥의 시간을 즐기겠다는 일종의 각오와 뻔뻔함을 입가에 띤 채 카페 분위기 전체를 무겁게 만들고 있었다. 실력 좋은 러시아인의 즉석 초상화가 옆 카페인 '르 돔'을 한 차례 들러 찾아왔다. 손님의 기분을 살펴가며 연필 끝과 상냥한 미소로 초상화를 권유했으나 아무도 상대해주지 않았다.

"드디어 나타났군."

배부르면 어느새 어린아이와 같은 응석을 부리며 누구하고든 놀고 싶어 하는 새끼 강아지처럼 아들은 아까부터 몸을 들썩거리며 흥미 가득한 눈으로 여기저기를 둘러보았다. 그러다 재밌어 죽겠다는 듯이 어깨를 흔들어가며 웃었다.

아까 실내 분수 옆 자리에 앉았던 남녀 일행이 무너져 내리듯 우르르 옆으로 다가왔다.

이마에 구불한 앞머리를 만 로자리가 앞장을 섰고 그 뒤로 남자의 팔짱을 낀 채 약간 영악하게 생긴 예쁜 아가씨 엘렌이 새침하게 다가왔다. 엘렌 뒤에는 소처럼 우직한 청년 한 명이 또 서 있었다.

가노조는 한결 기쁜 마음이 되었고, 마치 어린 시절 친구를 대하는 것 같은 기분으로 그들에게 자리에 앉을 것을 권했다.

초록빛 주름이 주황색으로 빛나는 옷을 똑같이 차려 입은 쥬쥬와 엘렌은 아들의 좌우 양옆에 앉았다. 구불거리는 앞머리 소녀 로자리는 가노조의 오른쪽에, 가노조의 왼쪽으로는 말쑥한 청년이 한 자리 건너 자리했고 그 맞은편으로 소 같은 청년이 앉았다.

소처럼 생긴 청년은 여자들이 많은 테이블에 남자들끼리 붙어 앉아 아무래도 허전한 느낌이 들었는지 가끔씩 가노조와 로자리가 나란히 앉아있는 쪽으로 눈길을 보내곤 했다. 하지만 여자들은 그 청년이 말끔하지 않은 느낌을 주었기 때문에 가급적 한 자리 떨어진 반대편에 둔 채 멀리하고 싶어 했다.

그런 말초적인 충격은 있었지만 가노조는 자리에 온 남녀들 모두를 호의와 친숙함으로 평등하게 대하고자 했다. 어떤 사람이든 아들의 친구가 되어준 사람들에게 어찌 호의를 갖지 않을 수 있을까. 대가족 속에서 맏딸로 자란 가노조는 막상 이런 일이 닥치면 도리어 대담한 태도가 되었다.

"이치로, 이 분들에게 뭐든 좋아하는 마실 것이라도 시켜 드리거라."

아들이 가노조의 말을 전해주자 그들은 얌전히 가벼운 알콜음료를 주문했다.

삼가는 태도를 보이면서도 뭔가 공통된 관심사를 찾아 분위기에 녹아들고 싶다는 생각을 저마다 하고 있었다. 그리고 밤을 새우느라 푸석해진 서로의 눈과 눈을 마주치며 음료가 든 유리잔 가장자리에 입술을 살짝 갖다 대었다. 모처럼 입이 풀려 수다를 늘어놓던 쥬쥬도 무리 속에 섞이게 되자 그저 평범한 노는 여자아이가 되어 한쪽 뺨을 공허한 미소로 장식한 채 가만히 앉아 있었다.

카페 안 주위의 분위기는 마치 에어포켓에 빠진 것만 같은 느낌을 주었다. 몇 분 동안 가노조는 이 무리의 사람들과 아들 사이에서 대치, 혹은 교섭하고 있는 듯한 무형의 전기가 흐름을 느꼈다.

가노조 옆에 있는 말끔한 예술 사진사는 겉보기에 산뜻해 보이지만 실은 가난뱅이라서 아들에게 의외로 무시당하고 있는 지도 모른다. 소처럼 생긴 청년은 맹수가 작은 상처에도 쉽게 아픔을 느끼듯 늘상 흐릿한 우울함에 빠져있다. 그리고 그런 그에게 아들은 뭔가 연민 같은 매력을 느끼는 것 같았다.

아들은 남자들을 대할 때 감수성이 풍부해지고 신경질적이 되는 반면, 여자들을 대할 때는 비교적 대담하고 압도적인 지도력을 발휘했다.

여자들은 아들에게 말을 걸 때면 눈을 내리 깔고 반쯤은 변명을 하는 듯한 목소리로 이야기했다. 그러면 아들은 딱히 감정을 신지 않은 무덤덤하고 굵은 목소리로 대꾸했다. 그것은 대답이라기보다도 판결을 내리는 것 같은 태도였다. 재판관의 판결이라기보다 술탄이 불같이 화를 내며 심판하는 쪽에 더 가까운 모습이었다. 그런 모습을 보고 있으려니 가노조는 예전 일이 생각났다. 일본에 있을 때부터 아들은 여자들에게 경외의 대상이었다. 가노조 주변의 부인이나 아가씨들 역시 이렇게 말하곤 했다.

"이치로는 뭔가 여자의 마음을 간파하고 있는 것 같은 눈빛을 하고 있어요. 어린데도 이치로가 무슨 말을 하면 울어버릴 것만 같다니까요. 무서운 아이예요."

그렇게 말하면서도 여자들은 가노조의 집에 올 때마다 이치로를 불러댔다.

어째서일까. 가노조는 자신이 원인을 제공하고 있는 것은 아닐까 하고 생각했었다.

가노조는 그녀의 수많은 고민과 부담, 탄식, 슬픔, 수치스러움 등을 단 한사람 아들에게만은 털어놓았다. 아들이 철들기 전부터 그랬다. 이해하든 이해하지 못하든 상관없었다. 차마 누구에게도 말하지 못할 아픔들을 언젠가부터 아들에게 털어놓기 시작했다. 그러면 어린 아들은 의아한 얼굴로 '응, 응'하며 고개를 끄덕였다. 그리고 우는 가노조를 따라 함께 울었다. 도중에 하품을 해가면서도 가노조와 함께 울어주었다.

여성으로서의 모든 감정들을 어머니를 통해 주입 받은 어린 레코드 판은 어쩌면 다른 것들을 들일 여지없이 포화상태가 되어 있는 것인 지도 모른다. 겨우 스무살 남짓 된 아들은 보통 사람이 한 평생 넘게 경험할 여자의 사랑과 증오같은 것들에 이미 질려버린 게 아닐까. 흔히 여자들이 느끼는 감정이나 남자에게 써먹는 트릭 같은 것에는 더 이상 아무 감정도 느끼지 못하게 되어버린 것 같았다. 그러고 보니 아들이 여자들을 무뚝뚝하고 거리낌 없게 대하는 모습 속에는 여자의 모든 것에 통달하여 그것을 애달파하는 마음과 동시에 일찌감치 체념하여 모르는 척 하고 싶어 하는 심리가 다 묻어있다. 그리고 그것이야말로 어머니인 가노조가 반평생 탄식해가며 깨우친 심리였다. 또한 세상 여자들이 솔직하게 부딪혀 나아가면 나아갈수록 결국 부딪칠 수밖에 없는 인정人情 밖의 영역이기도 했다. 차갑고 매정하고 쓸쓸함이 오가는 영역이다. 의식이 있는 만큼 죽음보다도 더욱 적막하게 느껴지는 영역이다. 여자는, 여자로 태어난 사람은, 사랑을 목숨처럼 여기는 사람은, 본능적으로 알고 있다. 언젠가 한 번은 세상 어느 곳에서든지 맞닥뜨리게 될 영역이라는 것을. 아들의 무심함에 많은 여자들이 무력해지거나 꼬리를 내리는 것 또한 이런 신비한 마력이 아들에게 내재되어 있기 때문은 아닐까. 이 마력을 가진 사람은 여자를 가엾게 여기면서 거느릴 수는 있다. 그러나 사랑에 빠지지는 못한다. 불쌍한 아들. 그리고 그것을 알면서도 어쩔 도리 없는 어머니의 심정. 참 딱한 아들과 그의 어머니였다.

"사봉 카디움!"

하고 엘린이 작지만 날카로운 소리로 대들며 외쳤다.

엘렌이 품에서 꺼내 손으로 장난치며 놀던 가루타(カルタ)[17]를 아들이 빼앗아버린 것이다.

"사봉 카디움! 사봉 카디움!"

로자리도, 얌전한 쥬쥬마저도 일어나 손을 뻗으며 외쳤다.

아들은 새어나오려는 웃음을 참기 위해 이를 꾹 깨물며 여자들의 소심한 반항을 고소하다는 듯 바라보며 아무것도 들리지 않는 척을 했다.

"사봉 카디움이라니, 무슨 뜻이니?"

가노조가 신경이 쓰여 왼쪽에 앉은 예술 사진가에게 물었다.

"어머님이 사봉 카디움이 뭐냐고 물어보시는데?"

명랑한 사진가 청년은 의기양양하게 일동을 향해 소리쳤다.

여자들은 독재자에게 맞설 유일한 무기를 찾아내기라도 한 것처럼 약올리듯이 말했다.

"어머니께 말씀을 드릴까 말까?"

'혹시 아들의 신상에 관한 비밀 얘기 같은 것이 아닐까'

이런 생각이 머리를 번득이며 스치자 가노조는 얼굴이 붉어졌다.

"묻지 않는 게 나았을텐데."

"그치만 물어보고 싶으셨을테니까"

17 게임을 하기 위해 만들어진 카드의 일종

"아무것도 아닌데 뭘"

아들은 프랑스어로 여자들에게 핀잔을 주더니 이번에는 가노조에게 일본어로 설명했다.

"카디움 사봉이라는 비누 광고가 거리 여기저기에 걸려 있잖아요. 거기 걸려있는 아이 얼굴이 저랑 닮았다고 저래요. 저를 아주 어린애 취급 하나봐요."

아들은 여자들 쪽을 향해 같은 내용의 말을 프랑스어로 전하고서는 이렇게 덧붙였다.

"이렇게 어머니께 설명해 드렸는데, 이의 있어?"

여자들은 심드렁한 표정을 지었다. 가노조도 맥 빠진 얼굴이었다.

"사봉 카디움!"

갑자기 가노조가 소리쳤다.

그것은 분명, 끊어진 분위기와 흥분을 되돌려놓기 위해 가노조가 던진 말이었다. 가노조는 무의식적으로 그렇게 외쳤다. 가노조는 이것저것 다 잊은 채 아이에게 장난치는 소박한 어머니가 되어 봄날 밤을 보내고 싶을 뿐이었다.

그러자 우울하게 잠자코 있던 소를 닮은 청년이 뭔가를 느꼈는지 갑자기 큰 소리로 외쳤다.

"어머니, 만세!"

"이 남자애는 아르투르라고 해요. 독일인 피가 섞인 프랑스인이에요."

아들은 다들 일본어를 모르는 것이 다행이라는 생각을 하며 가노조에게 노골적으로 설명했다.

"좋은 아이디어를 가진 상점 건축 도안가인데, 뭔가 감동적인 면을 발견하지 못하면 절대 일하려 들지 않아요. 결국 연애도 아주 힘든 연애만 하려고 든다니까요. 제 생각에는 누나나 어머니의 사랑 같은 감정을 연애를 통해 찾으려고 하는 것 같은데, 당사자는 어디까지나 연애일 뿐이라고 우기고 있어요. 서양인들 중에는 독단적인 녀석들이 꽤 많아요. 자기가 마음먹은 건 실제로 해봐야 직성이 풀리고, 끝까지 가서 머리를 부딪쳐봐야 납득하는 거죠. 여기 이 아르투르도 그런 녀석들 중 하나예요. 그렇다 보니 이 녀석만큼 쉽게 여자에게 모든 것을 걸었다가 지독하게 차이곤 하는 남자도 드물 거예요. 아르투르처럼 연애 경험이 많으면서도 아직 연애 초보자에 머물러 있는 사람도 많지 않을 거고요."

"그럼, 이치로 너는 연애 상급자라도 되니?"

"아, 그 얘긴 됐어요. 게다가 이상한 게 있어요. 아르투르가 어느 대목에서 연애를 실패하느냐하면, 너무 열정적인 나머지 미친 것처럼 보이기 때문이래요. 여기 있는 로자리나 엘렌도 그 미치광이 연애의 상대역이 되어봤는데, 여자애들 얘기로는 응석을 부리는데다가 너무 설설 기는 모습을 보여서 도저히 어쩔 수가 없더랍니다. 실제 연애를 할 때 애인을 여신 취급한대요. 그리스로마 신화에 나올 법한 이상한 옷을 준비해서 여자한테 입히거나 장미 화관을 머리에 두르게 하거나 하고 자기는 그 옆에 자못 진지한 태도로 앉아 있거나 한다니, 정말 답이 없는 거죠."

"더구나 희한한 건 그런 연애를 할 때 이 녀석의 영감이 더없이 높아져서 의뢰 받은 건축 도안을 척척 그려내고 감탄스러울 정도로 멋진 일을 하게 된다는 거예요. 완성된 상점들의 건축 양식이나 장식에는 하나하나 당시 사귀던 연인의 이름을 새긴대요. 엘렌의 베란다, 로자리의 아치 이런 식으로 말이에요. 그리고 완공을 축하할 때는 연인에게 여신이 입을 법한 옷을 입혀서 개업하는 가게에 데려간다니까요. 그 그리스로마신화에나 나올 것 같은 이상한 옷 말이에요."

"여자들은, 특히나 서양 여자들은 그런 대우를 받는 게 싫지 않은 모양이에요. 굉장히 좋아해요. 그래서 한동안은 들뜬 기분으로 지내지만 결국 공허한 느낌이 들어 견딜 수 없게 된다고 하더라고요. 왜 그런 걸까요?"

"모든 것을 다 준다고 해도 정작 여자에게 반드시 필요한 것은 결국 주지 않아서가 아닐까"

가노조는 즉시 대답했다. 이기적인 남자, 그리고 자신의 그런 이기적인 면을 깨닫지 못하는 남자. 가노조가 결혼생활 초반을 탄식과 고통 속에서 보내야 했던 원인 역시 그런 이유였지 않은가.

"그런가요. 그럴 지도 모르겠네요."

"아버지와 아르투르는 완전히 다르지만... 아, 생각났다. 옛날에 네가 어렸을 때 아버지와 새로 만들어진 배의 손님으로 초대를 받아 가느라 이삼일 엄마와 떨어져 지냈던 적 있잖아. 그때 집에 돌아오자마자 갑자기 엄마한테 달려들면서 엉엉 울었었는데. 뭔지는 모르겠지만 낯선 사람들 틈에서 아빠와 함께 지내는 게 굉장히 서러웠던 모양이지."

아들은 먼 옛날의 일이 새삼 기억난 듯 얼굴이 조금 붉어졌다. 그러더니 맥주를 입으로 가져가 마셨다.

"아버지가 막 유명세를 떨치기 시작하시던 때였어요. 세간의 일들이나 업무들이 신기하고 재미있게 느껴져 어쩔 줄 모르던 때였던 거죠.. 그때의 아버지와 비교하면 지금은 마치 새로 태어난 것처럼 다른 사람이 되셨죠."

"그래 정말 그렇지. 너나 내게는 넘치는 사람이었어 네 아버지는.. 지금 같아서는 아버지에게 옛날 일 같은 거 딱해서 말할 수도 없어."

이렇게 말하며 가노조는 일에 타고난 재능을 가지고 있으면서도 사람 사이의 진정한 인연이란 것을 모른 채 매번 연인에게 버림받을 뿐이라는 아르투르를 다시 바라보았다. 희비극을 보고 있는 것 같은 심정이었다.

"어떻게 자라온 청년이야?"

"글쎄요. 그런 얘기는 아직 듣지 못했는데 가끔씩 이래저래 물어봐도 자기 속마음은 절대 얘기하지 않는 고집스러운 면을 보일 때가 있어요. 그런 점에 대해 제가 얘기를 해줘도 딱히 이해를 못하는 것 같더라고요. 결국 단순한 천재라는 생각이 들어요. 그런 면에서 보면 아버지가 훨씬 나으시죠. 천재적인 면모를 뽐내던 시절의 인생과 친밀하고 서정적인 사생활을 즐기는 지금, 양면성을 다 갖고 계시잖아요."

가노조와 아들이 사적인 대화에 빠져있는 것을 봤는지 아르투르는 상당히 경쾌한 억양으로 다른 무리들에게 마치 강연하듯 말했다.

"흰색 니켈, 마호가니 목재, 윤기나는 대리석, 이것들만 있으면 나는 어떤 감정이든 형태로 만들어서 보여줄 수 있어. 그 어떤 섬세한 감정이든 말이야."

"연애도 좀 그렇게 할 수 없니?"

예술 사진가가 옆에서 비꼬듯 물었다.

"그렇지 않아."

아르투르는 사진가를 씹어 먹을 듯한 기세로 답했지만 곧 흥분을 가라앉힌 목소리로 말했다.

"연애에 관해서만큼은.. 예를 들어 질투라든가 증오라든가 하는 것도 생활에 여유가 있어서 감정을 반추해 볼 수 있는 사치스러운 자들의 전유물 같은 거야. 우리처럼 늘 바쁜 인간들의 감정은 소용들이 무늬 같아서 수입과 지출을 따져본 다음 절대 손해날 짓은 하지 않지. 감정조차 현금으로 지불하듯 하면서 이 현실에서 다른 현실로 그저 옮겨다닐 뿐이야. 질투라든가 증오라든가 하는 건 역사를 공부하듯 감정의 전후 관계를 따지는 일에 불과해."

아르투르의 이야기는 안에 또 다른 의미를 담은 이중적인 것으로서, 말하고 있는 표면적인 내용과는 다른 어떤 것이 그 안에 감춰져있는 것 같았다. 마음속에 어떤 두려움이 있어서일까, 타인과의 깊은 교제를 가능케 하는 아교 같은 감정은 처음부터 이 청년에게 싹도 터있지 않은 것 같았다.

넓은 실내를 메우고 있던 분주함과 떠들썩함도 기운을 다한 듯, 말라비틀어지고 쉬어 버린 울림만이 늙은 광대의 목소리처럼 일정하게 퍼져 나갔다. 천장 가까이에는 두 세 가닥의 긴 연기 구름이 잿빛을 띤 채 힘없이 누워 있었다.

가림막 구석에 놓인 꽃병 속의 화초가 하릴없이 잎사귀의 눈꺼풀을 덮어나가기 시작했다.

벽 앞에는 웨이터가 왼쪽 팔에 냅킨을 끼운 채 조각상처럼 꼿꼿이 서있었다. 웨이터의 머리가 묘하게 괴물 같아 보였다.

"모두들 우리 아들과 잘 지내 주세요."

가노조는 청년 무리들을 둘러보며 말했다.

"잘 부탁드려요."

때때로 가노조가 앉은 식탁 반대편 쪽에서 갑자기 누가 수류탄이라도 던진 게 아닌가 싶을 만큼 큰 소리가 들렸다. 가노조는 깜짝 놀라며 두려움에 떨었다. 벽 앞에 서 있던 웨이터도 가노조와 마찬가지로 놀랐는지 서둘러 그 쪽을 향해 달려갔지만 이내 폭죽을 한 가득 들고 돌아와 테이블 위로 던졌다.

사육제.

그 때 폭죽을 잡아당기며 터트리는 소리가 실내를 점령했고 장난감을 불어대는 소리, 색 테이프를 던지며 내지르는 소리, 그리고 여기저기서 종이로 만든 왕관을 머리에 쓴 채 아우성대는 모습들이 폭동처럼 순식간에 주변을 침범해갔다.

"어머니, 그게 뭐예요? 아, 피리네요. 그거 대신 이걸 쓰세요."

넘실대는 색 테이프의 파도. 흩날리는 종이 눈 속에서 아들은 재빠른 손으로 가노조에게 나폴레옹 모자를 건넸다. 가노조는 기뻐하며 그 모자를 받아 머리에 썼다. 쥬쥬를 제외한 나머지 사람들도 각각 머리에 무언가를 썼다. 쥬쥬에게는 모자 대신 일본의 가죽공 같은 것이 쥐어져 있었다.

활기가 넘치면서 풍경이 갑자기 달라졌다. 카페 안은 순식간에 끓어오르기 시작했다. 새로 술을 주문을 받기 위해 웨이터들 역시 활기찬 모습으로 바쁘게 여기 저기 뛰어다녔다.

가노조는 오직 아들을 위해 아들의 친구가 되어 놀아보고자 하는 마음이 되살아났다. 그저 단순히 던지거나 받거나 하며 놀고 있던 쥬쥬에게서 공을 받아 일본식 공놀이 시범을 보여주었다.

포르르 포르르
휘파람새야, 휘파람새야
어쩌다 도시로 간다고 하더니, 간다고 하더니
매화 가지에서 낮잠을 자다가, 낮잠을 자다가
무사들이 꿈에 나왔네, 꿈에 나왔네

가노조는 의외로 놀이 같은 것에 능했다. 손목과 둥근 손바닥이 바로 이어져있고, 손바닥으로부터 갈대 싹 같은 손가락이 뻗어 있는 가노조의 어린아이 같은 손은 의외로 재빨리 움직였다. 노래에 맞춰 손등과 손바닥으로 교대로 공을 튕기다가 다시 멈추곤 하는 기술은 서양인들에게 매우 낯선 것이었다.

"오오, 마치 곡예를 보는 것 같아!"

남녀 무리들은 진지한 얼굴로 가노조의 손을 뚫어지게 바라보았다.

가노조는 노래에 맞춰 공놀이를 하는 사이 문득 또 다른 생각에 빠져들었다. 공 하나 사주지 못했던 아들의 어린 시절, 그 아들이 지금은 스무살이 되었고 아들과 아들의 친구들을 위해 자신은 노래 부르며 공놀이를 하고 있다. 이 얄궂은 운명, 기구한 운명. 언제쯤 가노조 자신을 위해 공을 또 튕기게 될까. 어쩌면 이번이 마지막인 게 아닐까. 이런 생각을 하자 점차 목이 메어와 눈물을 보이지 않기 위해 가노조는 고개를 숙였다.

아들은 피리를 가볍게 입술에 댄 채 가노조의 하는 양을 지켜보고 있었다.

아가씨들이 공놀이를 배우려고 드는 사이 동이 터오기 시작했다. 창문 너머로 마로니에 가로수 그림자가 은회색의 어슴프레한 거리 공기 속으로 서서히 모습을 드러냈다.

실내의 인공적인 불빛, 조금씩 흘러들어와 카페 안을 침범한 새벽빛이 뒤섞여 기묘하게도 정기가 빠져 희끄무레해진 초현실 세계의 기물이나 광경을 물들였다. 사람들은 그림자를 잃은 납 조각처럼 평평하게 보였다.

가노조는 지금 여기 모인 남녀들이 노는 여자든, 건달 같은 남자든, 자신이 파리를 떠난 뒤 아들의 이름을 불러줄 사람들이라는 생각을 하자 정답게 느껴지기 시작했다. 가노조는 허무한 환영에 살아갈 의지를 주입하려는 듯한 필사적인 눈길로 무리의 사람들을 바라보았다.

어느 날 밤, 그날도 가노조는 잇사쿠와 긴자에 나와 모나미의 테이블에 앉아있었다. 그러나 삼사십분만에 자리에서 일어나 버렸다.

"여보, 갑시다. 밖이 꽤 소란스러워졌어요."

잇사쿠는 잠자코 웃으면 가노조가 칠칠맞게 잊고 간 화장품 꾸러미를 챙겨 가노조의 뒤를 따라나섰다.

번쩍이는 긴자의 네온사인은 전차가 지나는 골짜기 같은 길을 둘러싸고 사방에서 피어난 낭떠러지 위의 꽃들 같았다. 혹은 골짜기에 사람들을 몰아넣고 위협하듯 또는 어르듯 하는 요정처럼 보이기도 했다.

유심히 살펴보니 한사람 한사람 특색이 있고, 특히 화려하지 않은 남녀가 변덕스러운 비구름처럼 서로 밀쳐가며 때로는 의미없이 뭉치거나 흩어지거나 했다. 대개는 상점이 늘어선 길과 차도 위를 두 갈래로 나뉘어 스치듯 지나갔다. 그러자 이번에는 막 식사를 마치고 기쁨에 넘쳐 밤거리 산책을 나선 사람들, 특히 긴자 이외의 곳에서는 볼 수 없는 유형의 사람들이 무리를 지어 고상하고 우아한 장사진을 이룬 채 흘러갔다.

"엇!"

"아니!"

"잘 지내는 거야?"

"어쩐 일이야?"

"오랜만이야."

여기저기 던져진 인사말들이 발소리에 맞춰지다가도 이내 어지럽게 교차한다. 부채 가게, 식료품점, 모피 가게, 비단 가게, 화장품 가게, 액자 가게 등 가게 앞에 달린 등불이 통로를 환히 비춰주었고, 사람들의 발길이 잠깐 끊어지면 차도 위의 구정물을 비추었다.

언젠가 혼잡한 인파 틈바구니에서 가노조는 앞뒤를 가득 메운 사람들 가운데 선 채로 오히려 차분해짐을 느꼈다.

'안달해봐야 어쩌겠어. 그냥 따라가면 되지.'

도시 사람에게 수많은 인파와 혼잡스러움이란 운명 같은 지배력을 발휘한다. 얇은 안개가 김처럼 서린 거리 하늘에는 유독 높이 뜬 별을 깜빡이게 하는 동남풍이 불어와 강하게 뺨에 닿았다. 가노조는 신바시新橋 근처까지 가서 차를 타고 빨리 집에 돌아가고 싶었던 좀 전의 기분이 마치 다른 사람 일처럼 여겨지며 거리에 머물고 싶은 생각이 들었기에 천천히 교바시京橋 쪽으로 방향을 틀었다. 바람의 흐름을 타고 군중이 나아가는 방향을 거스르며 슬슬 걷기 시작했다.

사고력을 완전히 내면에 몰아넣어버린 뒤 방만한 상태가 된 가노조의 피부는 단순하게 반사적이 되어 있었다. 습기 머금은 바람을 정면으로 맞고 싶지 않다는 이유만으로 가노조는 바람을 따라 걷기로 한 것이었다.

본능 그 자체처럼 섬세하면서도 다른 한편으로 강인한 움직임을 보이는 가노조의 무비판적인 행동을 잇사쿠는 평소에도 호기심 어린 눈으로 살피며 가급적 그 상태를 방해하지 않기 위해 조심했다. 그리고 가노조의 변덕을 주의 깊게 눈으로 좇으면서 버드나무 밑에서 담배를 물고 물놀이하는 아이를 감독하는 수영 선생님마냥 미소를 머금은 채 일정 거리를 두고 가노조를 따라다녔다.

아무 생각 없이 걷기만 하던 가노조도 가끔은 사람 어깨에 부딪히거나 했다. 그럴 때마다 방향을 틀며 길을 비켜주곤 해야 하는 상황이 싫어졌기에 역방향으로 걷는 것에도 염증을 느꼈다. 한번은 왼편에 늘어서 있는 상점 앞 무리 속에 섞여 걸었던 적이 있었다. 마침 엇비슷한 때에 반대편에서 무리와 한 방향으로 걸어가던 학생 한 명이 사람들을 제치고 나오면서 그녀 앞에 갑자기 모습을 드러냈다.

"앗, 이치로!"

가노조는 소리 지를 뻔한 것을 간신히 면하며 마음을 다잡았다. 몸 안의 모든 신경들이 식초를 뒤집어 쓴 것만 같았고 목부터 턱 주변까지가 붉게 달아올랐다.

이 청년은 어째서 이치로와 이렇게나 닮은 걸까. 청년은 작은 몸집에 다부져 보이는 등, 왼쪽 어깨가 약간 올라간 몸으로 얇은 목과 고개를 약간 숙인 듯하면서 자세를 앞으로 한 채 걸음을 재촉하고 있었다. 아무렇게나 쓴 학생 모자 뒤로 살짝 나온 솜털이 솔직한 아이 같은 느낌을 주는 것까지도 이치로와 닮아있다. 청년의 교복에 몸이 닿기라도 하면 당장 아들 특유의 부드럽고 따뜻한 체온까지 느껴질 것만 같았다.

아들 이치로가 아니라는 것을 알면서도 가노조의 신경은 자유로운데다 관대해졌으며 두근두근 흥분되기 시작했다.

"여보, 이치로가.. 아니, 저 남자애가.. 이치로랑 아주 닮았어요. 여보.."

"그래, 그렇군."

"저 애를 잠깐 따라가봐도 될까요?"

"그렇게 해."

"당신도 같이요."

"그래."

가노조는 급히 잇사쿠 쪽으로 달려오는 동안에도 청년의 모습에서 눈을 떼지 못했고, 다시 서둘러 잇사쿠로부터 멀어지더니 잇사쿠보다 발 빠르게 청년의 뒤를 쫓았다.

미술학교가 끝난 뒤 집에 오는 길에 아들은 때때로 친구들과 모나미에 가서 미술과 관련된 논쟁을 하곤 했다. 아들이 나선 직후, 가노조와 남편이 모나미에 가게 되는 경우가 어쩌다 있었는데 그럴 때면 웨이터가 서둘러 귀띔해 주었다.

“아드님이, 아드님이 방금 나가셨어요. 지금 나가시면 만나실 수 있을 겁니다.”

아들의 기운이 전염되기라도 한 듯 웨이터들 역시 밝고 건강한 목소리로 말했다.

특별히 불러 세울 일이 없기는 했지만 웨이터의 말을 들은 가노조는 거리로 나가 아들을 찾아보았다. 친구와 간단한 인사를 나누고 서둘러 집으로 향하려 하는 아들의 뒷모습이 맞은편에 보였다. 가노조는 황급히 소리쳤다.

아들은 거리의 사람들 틈에서 가족을 만나면 조금 겸연쩍은 듯한 얼굴을 하며 인사도 제대로 하지 않았다. 하지만 이내 정다운 눈빛을 보여주었다.

그러나 사람들 틈에서 가노조와 만난 것은 역시 달갑지 않은 듯했다. 가노조 역시 어딘가 겸연쩍은 것은 마찬가지였다. 그래서 히죽히죽 시골 처녀 같은 웃음을 지으며 아들을 바라보고 있자면, 아들은 웃지 않으려고 입술을 깨물며 눈을 돌렸다.

“또 옷을 접어 입으셨네요. 단정하지 못하게.”

이것이 가노조에 대한 아들의 애정 표현이었다.

아들은 가노조와 함께 밖에 나갈 때면 조금 앞서 가다가도 이내 가노조를 재촉했다.

“왜 이렇게 늦으세요, 저 먼저 갑니다.”

그러고는 서둘러 앞장서 가지만 몇 미터쯤 앞에서 모른 척 가노조를 기다려주곤 했다.

다리가 약간 휜 아들은 학생화로 도로를 두드리듯 힘차게 걸으며 느리게 쫓아오는 어머니를 멀찍이 떼어 두었다. 나팔바지 뒤쪽에 생긴 주름이 얄밉다. 그 주름은 아들의 걸음걸이에 따라 안쪽에서 바깥쪽으로 엇갈린 채 바지통 아래로 이어져 내려갔다.

"무정하기도 하지. 제멋대로인 데다 바보같은 놈, 은혜도 모르는 놈."

이런 욕이 속에서 끓어오르며 서둘러 아들 뒤를 쫓아가려면 짜증이 나기도 했지만 이상하게도 기분은 좋았다.

지금 몇 발짝 앞서 가고 있는 청년의 걸음은 아들만큼 빠르지 않았지만 역시나 가노조가 서두르지 않으면 이내 놓쳐버릴 것만 같았다. 뛰다시피 한 걸음으로 부지런히 걸어 아들을 쫓아다닐 때와 비슷한 속도가 되자 신기하게도 초조했던 마음이 사라지면서 뭉클한 생각에 눈물이 날 것만 같았다.

가노조는 착각에 홀려있다는 것을 알면서도 청년의 뒤를 쫓아가며 밝고 상쾌하고 즐거운 기분에 빠져들었기 때문에 멈출 수가 없었다.

그 청년은 아들이었다면 열심히 들여다 보았을 새 줄무늬 양복이 장식된 상점의 쇼윈도나 신고전주의 도안으로 만들어진 전기 기구가 늘어서 있는 쇼윈도에는 눈길도 주지 않은 채 걸음을 재촉했다. 그 대신 식당 처마 끝 등불이 모여들어 있는 어두운 거리의 사람 그림자를 신경 쓰거나 카페 입구의 종려대나무를 스스럼없이 건드리거나 했다. 그런 모습이 영락없는 시골스러운 느낌을 주었기에 가노조는 실망하지 않을 수 없었다. 높고 어두운 빌딩 아래를 지날 때 청년은 잠깐 멈춰 서서 마치 적을 대하는 듯한 눈빛으로 건물을 올려다 보았다. 길을 건널 때도 사람들과 함께 건너는 것이 아니라 혼자 느긋하게 자동차 불빛 속을 지나 걸었다. 자동차의 경적 소리가 울려댔다. 가노조는 그럴 때마다

"저런 야만스러운 짓은 그만둬줬으면 좋겠는데."

하고 속으로 생각하며 이치로의 이름을 일부러 나지막하게 불러 보았다. 아들이 아닌 것을 알면서도 아들을 보고 있는 듯 꿈 속에 머물고 싶어하는 가노조의 마음은 좀처럼 잦아들지 않았다.

좌우의 전철노선을 보며 길을 건널 때 가노조를 감싸듯 한 손을 등 뒤로 둘러주던 잇사쿠는 가노조가 마치 몽유병자처럼 '닮았어요, 저 애 이치로랑 정말 많이 닮았어요.'하고 중얼대며 끝없이 청년의 뒤를 좇아 어느덧 긴자 동쪽 상점 거리의 혼잡한 인파 속으로 들어가는 것을 보고는 '좀 위험한데'라고 생각했다. 그러나 '참 드문 여자'라는 생각도 들었다. 가노조가 이런 낭만성을 가진 여자였기에 썩 내키지 않았던 세계일주도 함께 할 수 있었고, 인생에 대한 미련 같은 것도 없어진 데다 경험과 지식도 쌓였다. 지금은 어디라도 갈 수 있을 정도로 홀가분한 마음이다. 그에 비해 언제까지고 처녀와 같은 마음 상태를 유지한 채 거침없이 감정적으로 행동하는 가노조의 모습을 보고 있자면 그녀야말로 인생의 안내자 같다는 생각이 들었다. 그런 생각을 하며 잇사쿠는 버드나무 밑에 한쪽 발을 올린 채 천천히 다시 담배를 피우고 나서 감상중이던 연

극을 끝까지 지켜보자는 심정으로 사람들 속에 섞인 채 자신으로부터 떨어져 있는 가노조를 쫓아갔다.

긴자의 서쪽에 비해 동쪽 길은 도쿄의 서민 거리 같은 분위기가 강했다. 버드나무의 파란 가지에 전등의 전선을 칭칭 감아 불을 켠 채 늘어서 있는 노점들이 어딘가 친숙한 느낌을 주었다. 혼잡한 거리의 사람들 중에는 소매가 넓은 외투, 일본풍의 올림머리 등 서민적인 차림을 한 남녀들이 많이 눈에 띄었다.

혼잡한 사람들 틈을 걷다가 가게 옆에 멈춰 서거나 하는 등 청년의 걸음이 불규칙하고 예측하기 어려워지기 시작했다. 그러더니 긴자 산책과 구경도 이제 충분하다 싶었는지 늘어진 어깨로 신발을 질질 끌며 걷기 시작했다. 하지만 곧 다시 산책할 마음이 들었는지 아니면 흥미로운 무언가라도 발견한 건지 바지 주머니에 넣어두었던 양손을 꺼내 옷을 한 번 매만지고는 거칠지만 느긋한 걸음으로 다시 거리를 걸었다.

걸음을 예측하기 힘든 청년의 모습을 놓치지 않으려고 가노조는 어쩔 수 없이 청년 가까이서 걷게 되었다. 많은 사람들이 모인 노점은 그냥 지나칠 수 없다는 듯 일단 앞으로 갔다가도 다시 돌아와 노점을 살펴보곤 하는 청년 근처에서 가노조는 서성거렸다. 그러자 동안인데다 양장을 차려입은 가노조를 청년 역시 점점 의식하기 시작했다. 청년은 행인들을 돌아보는 척하면서 가노조의 생김이나 분위기를 살펴보려는 듯 여러 차례 뒤를 흘끗거렸다.

떨어진 곳에서 가노조를 지켜보고 있던 잇사쿠가 청년의 행동을 먼저 눈치채고 의아하게 여겼다. 하지만 가노조는 아닌 척 하는 청년의 모습에 완전히 속아 아무것도 모르고 그저 가만히 서있었다. 이따금씩 청년의 번득이는 눈빛과 자신의 눈이 마주치면 들켜서는 안된다는 생각으로 황급히 뒤를 돌아 걸었다.

청년의 얼굴을 제대로 보게 될 때마다 가노조의 꿈은 한 꺼풀씩 벗겨지기 시작했다. 청년은 아들과 전혀 다른 모습을 한 미남이었다. 무더위에 뒤로 젖혀 쓴 모자 챙 밑으로 청년의 넓고 둥근 이마 아래로 아들과 닮은 하관, 움푹한 볼, 좁지만 볼록하니 둥근 턱이 드러났다. 나폴레옹의 왕년을 연상시키는 야무진 얼굴이었다. 파랗게 반짝이는 눈에는 화가가 그린 소녀 같은 요염한 이슬이 맺혀있다. 이제 보니 입술마저 발갛게 달아올라 있는 것 같다.

'내가 무슨 짓을 한 거야.'

아들에 대한 그리움이 생각지도 못한 마음 한쪽에서 엄숙할 정도로 솔직하게 차올랐다. 그리고 그 감정과 눈앞의 이 청년에 대한 감각이 주는 쾌감이 맞닿은 순간 마치 신경이 감전된 것처럼 전율을 느끼며 잿속에 던져진 것처럼 허옇게 썩은 자기혐오가 밀려들었다.

가노조는 어지러울 정도로 불쾌한 느낌을 참아가며 걸어갔다. 이윽고 두 개의 감정은 각각의 자리로 돌아갔고 가슴에서 울리는 슬프고도 그리운 어찌 못할 심정이 다시금 가노조를 헛된 꿈에 사로잡힌 상태로 만들었다. 그 상태로 가노조는 다시 군중 속에 섞여 들어갔다.

비가 조금 내리기 시작했다. 거리에서 그림을 그리던 화가들이 이젤을 정리하고 있었다. 어쩌면 비는 아까부터 이미 내리고 있었는지도 모른다. 준비성 좋은 점포들은 일찍 문을 닫았고 왕래하는 사람도 드문드문 발걸음을 재촉했다.

등불이란 등불은 흰 밀랍 베일을 덮어썼고 네온사인 불빛은 먼 하늘로 흐르고 있었다.

이번에는 청년이 거리를 조절하며 갔기 때문에 가노조는 청년을 놓치지 않고 비에 젖은 전철 선로가 번쩍이는 오와리尾張에 당도했다.

다른 마음이 있다거나 덕을 보려는 생각은 없었다. 그저 쓸쓸한 마음으로 남겨지고 싶지 않을 뿐이었다. 그런 마음에 이끌려 가노조는 청년의 뒤를 좇아갔다. 뒷모습을 바라보며 아들을 그릴 뿐이다. 청년에게는 볼일이 없다.

신바시 근처까지 와서 전차로 서쪽 길을 건넜다. 가노조는 비에 흠뻑 젖은 상태로 갑자기 잇사쿠 쪽을 돌아보았다. 잇사쿠는 언제나 그렇듯 한 치의 흔들림 없는 발걸음으로 빗 속에서 가노조의 뒤를 따르고 있었다. 그의 단아한 얼굴이 비에 젖고 거리의 불빛을 받아 한층 다부지게 보였다. 그녀는 너무 제멋대로 군 것을 미안해하면서 포장도로 한 구석에 발끝을 세운 채 잇사쿠가 다가오기를 기다리고자 했다. 그때, 이미 어디론가 가버려 사라졌다고 생각했던 청년이 건물 모퉁이 그늘에서 나와 가노조에게 다가왔다. 그러고는 쭈뼛거리며 말했다.

"저한테 볼일이 있으신 거면 어디라도 들어가서 말씀하시죠."

가노조는 깜짝 놀라 눈을 부릅떴다. 아직 어린아이 같은 청년의 사랑스러운 얼굴을 바라보았다. 청년은 고개를 숙이고 있었지만 심지 강해보이는 미소를 띠고 있었다. 가노조가 뭐라 대꾸할 말을 찾으려고 하는데, 갑자기 숨이 막히며 정체 모를 두려움이 몰려왔다.

"여보!"

가노조는 잇사쿠를 부르며 마침 다가온 남편 옆으로 뛰어갔다.

당신은 O.K부인이시죠. 저는 지난밤 당신이 긴자에서 뒤를 쫓았던 청년입니다. 저는 처음에 어째서 여자분이 저를 따라오는 건지 몰라 의아했습니다. 더구나 그분이 그 유명한 O.K부인이라는 사실에 놀라, 마지막에 그렇게 헤어져 버리고 만 것이 너무 안타까워 견딜 수 없었습니다. 그래서 생각지 못하게 당신께 말을 걸었는데, 당신은 마치 불량배라도 마주친 것처럼 두려워하며 잇사쿠 선생님(저는 그 분이 당신의 남편이자 화가인 오카자키 잇사쿠(岡崎逸作) 선생이라는 것을 바로 알았습니다.) 쪽으로 도망을 치셨지요. 저는 모든 게 의아할 뿐이었습니다. 당신이 도망가고 난 뒤 저는 혼자 집으로 돌아가면서 어떻게든 당신을 만나보고 싶은 마음이 들었고, 지금도 그런 마음으로 가득 차 있습니다. 저는 당신이 유명한 여류작가라서, 연상의 아름다운 부인이라서 흥미를 가졌다든가 하는 단순한 의미로 당신을 만나고 싶어 하는 것이 아닙니다. 왜 당신 같은 분이 그날 밤 그런 태도로 저를 따라오셨는지, 마지막에 저를 불량배 보듯 두려워하며 도망가셨는지 그것이 궁금할 뿐입니다.

이런 내용을 담은 이 편지는 긴자에서의 일이 있고 난 이튿날 나폴레옹을 닮은 청년으로부터 온 것이었다. 가노조는 이 편지에 대해 뭐라 답을 해야 좋을지 알 수 없었다. 뭔가 기쁘기도 하고 바보 같기도 하고 귀찮기도 한 수치스런 자기혐오마저 들어 편지를 며칠간 그대로 방치해 두었다.

어느 정도 교양이 있는 좋은 집안의 자제임이 묻어나는 글이었으나 타고난 고집스러운 자아가 그 제재 밖으로 삐져나와 있어 그것이 오히려 신선하고 맑은 면을 드러내고 있는 듯한 문체였다. 그 이후에도 대여섯통의 편지가 가노조 앞으로 도착했다. 글자의 획수나 점을 아무렇지 않게 늘리거나 줄이거나 하는 등 이제 막 청년기에 접어든 나이대의 신세대다운 한자 필체였는데, 유감스럽지만 유치하게 느껴지는 면도 있었다. 청년의 이름은 가스가 기쿠오 春日規矩男라고 쓰여 있었다.

편지들은 처음 편지와 동일한 내용을 담고 있었으나 답장이 없어 초조해졌는지 분위기에 박력이 더해지기 시작했으며, 긴자에서의 일을 인연삼아 그저 한 번이라도 좋으니 가노조와 만나고 싶다라는 뜻을 노골적으로 드러내고 있었다.

글 쓰는 일을 직업으로 삼고 있어 늘 이름을 세상에 드러내놓고 살아가는 가노조는 자주 여러 남녀들로부터 만나자는 요청이 담긴 편지를 받곤 했다. 그것들을 하나하나 신경 쓰다보면 끝이 없다고 하면서 가노조는 교묘하게 감정의 도피를 하고 있었다. 그러나 청년의 편지가 하나 하나 더해질수록 점점 가노조의 마음은 흔들리고 있었다. 가노조는 긴자에서의 그날 밤 자신의 충동적이고 터무니없는 감정적 행동을 떠올리며 자기혐오를 느끼고 있었지만, 사실 만남을 요구하는 다른 요청들과는 달리 청년의 편지는 가노조 자신이 벌인 일의 결과였고, 따라서 가노조는 청년의 편지에 답장을 써야할 책임이 있다는 생각을 했다. 거기까지 생각이 미치자 가노조는 청년에 대한 부채감 같은 것도 느끼게 되었다. 그러나 이 모든 것은 감정적으로 청년에게 끌리기 시작한 가노조 자신의 변명거리에 불과했다. 만일 가노조가 정말 답장을 쓰고 싶지 않은 것이라면 쓰지 않아도 되었다. 진심으로 만나고 싶지 않은 것이라면 만날 필요 없었다. 청년에 대한 의무를 핑계로 양심의 가책을 덜어내고자 했으나 그것을 심술궂게 방해하는 마음이 가노조를 또 다시 얼마 동안 망설이게 했다. 그러던 어느 날 청년으로부터 재차 편지가 도착했다. 청년의 편지는 억지스러운 애원을 담고 있었고 가노조는 그것을 오히려 자신의 미련이나 망설임 같은 감정을 한꺼번에 뿌리 채 없애줄 것만 같은 절박함으로 느꼈다. 그런 느낌이 어째서인지 가노조를 마뜩찮은 감정으로 내몰았다.

"사람을 무시해도 정도가 있지. 답장을 한 통 써서 잘 알아듣게 타일러 볼까봐요."

한 번 얽히기 시작하면 끝을 모르는 가노조의 성미를 잘 알고 있는 잇사쿠는 한 마디로 잘라 말했다.

"깊게 생각할 문제네. 당신은 우리 아들에 대한 감정만으로도 벅차잖아. 그렇다 하더라도 어쨌든 지난밤 일은 당신 쪽에서 벌였던 거니까 만나주는 게 나을지도 모르겠어."

가노조는 결국 결정하지 못했다. 계속 고집을 부리며 이상한 쪽으로 울분을 터트렸다. 엄마에게 이런 갈등과 고민을 하게 만드는 애련한 아들이 밉살스러웠다. 아무 것도 모르고 파리에서 아침을 맞으며 평온하게 얼굴을 씻고 있을 아들이 얄밉고 원망스러워 어쩔 줄 몰랐다.

보름 정도가 지났다. 가노조는 청년의 편지가 더 이상 오지 않았기에 이제 끝인가 생각하며 가끔 가눌 길 없는 아련한 마음이 들다가도 그런 자신의 모습이 비겁하고 치사하게 느껴져 점점 더 자기혐오에 빠져들고 있었다. 그런 그녀에게 다시 청년의 편지가 날아들었다.

> 저와 단 둘이 만나는 것이 내키지 않으신다면 저희 어머니와 함께 만나주세요. 저희 모자가 당신에게 여쭤볼 것이 있어 그럽니다. 부탁드립니다.

이 편지에는 지금까지와는 달리 뭔가 심금을 울리는 구석이 있었다. 게다가 애착을 느끼던 대상이 멀리 떠나 있다 다시 돌아왔을 때 느끼는 희열 같은 감정이 여태껏 참아온 그녀의 마음에 반발하며 당장에라도 아무 조건 없이 만날 약속을 잡게끔 만들었다. 잇사쿠 역시 청년의 편지를 읽고 나서는 이렇게 말했다.

"그럼 만나 봐. 글 본새도 나쁘지 않군."

갑자기 가노조의 눈에 긴자의 밤거리에서 본 아들이자 젊은 미남 청년 나폴레옹의 모습이 아스라한 매력과 함께 떠올랐다. 가노조는 그때 가노조의 모성의 그늘에 숨어 있던 여자의 얼굴이 살짝 드러난 것만 같아 심장이 철렁했다. 하지만 서둘러 만날 약속을 하기 위한 편지를 청년에게 쓰는 동안 그런 기분에 사로잡히는 것도 왠지 성가시게 느껴졌다.

가노조는 프리지아 꽃이 산뜻한 느낌을 주는 그녀의 세련된 응접실에서 가스가 기쿠오와 만났다. 가노조의 편지를 받은 다음날, 무사시노武藏野에 사는 기쿠오가 가노조를 찾아온 것이다. 방에는 이미 불이 꺼진 큰 가스난로 위로 코발트색 수놓아진 천이 덮혀 있었다. 가노조가 런던에서 사가지고 돌아온 벨벳 소파는 팔걸이마다 하나하나 금술이 달려 있었다. 기쿠오는 푹신한 쿠션 위에 의젓하게 앉아 있었다. 오늘 밤의 기쿠오는 질 좋은 겉옷과 기모노를 세트로 입은 차림이었다. 스물두살의 기쿠오가 입기에는 중후한 취향의 옷으로, 셔츠도 입지 않은 채 목 언저리를 당겨 입은 모습은 마치 서양의 미남 청년이 일본 기모노를 입고 있는 것처럼 멋지고 우아했으며 그러면서도 소박하게 보였다. 가노조는 단발머리를 한 올도 흐트러짐 없게 단정히 손질한 머리에 코발트색 지리멘

縮緬[18] 겉옷을 입고 있었다.

이토록 조용하고 단순한 기분이란. 청년과 마주하기 전에 품었던 수상하고 성가신 감정은 전혀 느껴지지 않았다. 영리하고 심지가 굳은 청년 한 사람과 서정적이고 아름다우며 지적인 연상의 부인이 만난 자리. 대화 도중 가노조는 때때로 어머니가 되었고 청년도 얼마쯤은 그녀의 아들 같은 모습이 되었다. 즐겁고 따스한 봄날의 밤이었다. 그런 밤이 며칠 간격으로 서너번 계속되는 사이 가노조는 긴자에서 기쿠오의 뒤를 따라다녔던 이유에 관해 설명했고 기쿠오는 자신의 신상에 관한 이야기를 들려주었다.

외교관치고는 제멋대로인 행동이 잦아 구설수에 오르내리던 기쿠오의 아버지 가스가 에쓰코春日愛越後는 자연히 상사들이나 동료들의 호감을 사지 못했다. 근무를 위해 주재하게 되는 나라들 역시 국제관계에서 중요하지 않은 곳들만을 전전했다.

일이 한가했기 때문에 에쓰코는 본래 좋아하던 술을 한층 더 마시게 되었는데 그러면서도 공부를 곧잘 이어나갔다. 그는 주재지의 재류민들과 서민적인 교제를 잘 해나갔고 평판도 좋았다. 국제외교상으로는 변방 지역의 끝이나 다름없는 작은 나라에 머물면서도 세계 정세에서 눈을 떼지 않았기 때문에 늘 풍부한 식견을 갖추고 있었다. 요청이 들어오면 자신의 의견을 고국의 지식인들

18 주름이 촘촘하게 들어있는 견직물

에게 거침없이 피력했다. 저널리스트들은 그런 점을 높이 샀다. 임명에 관해 품고 있는 불만이 그의 표현 방식을 더욱 격한 어조로 만들었다.

나라들을 전전하면서 만년 공사公使라는 별명이 붙은 무렵, 명예대사로의 진급이라는 명목 아래 그는 관직에서 물러나게 되었다. 두세 군데의 신문잡지가 그의 처지에 관한 유감의 뜻을 표명했다. 그러나 다른 언론들은 그가 역시나 고지식한 옛사람이라는 평가를 하기도 했다.

그는 이미 각오를 하고 있었던 듯 딱히 이렇다 저렇다 불평할 생각조차 없는 것 같았다. 그보다도 전부터 마음에 품어왔던 이상적인 인생을 살아봐야겠다고 생각하며 그를 위한 준비에 들어갔다.

"진짜 인생을 맛봐야지."

아버지가 돌아가시기 전까지 늘 입에 달고 사시던 말이었다고 이야기하며 기쿠오가 쓴웃음을 지었다.

아버지 에쓰코는 일본의 여러 지역 중에서도 가장 향토적인 느낌을 깊이 간직하고 있는 곳이라 여겨지는 무사시노를 선택해 별장풍의 주택을 지었고 그 뒤 결혼을 했다.

기쿠오가 말했다.

"꽤 늦은 나이에 결혼을 하셨어요. 아버지와 어머니는 나이 차이가 스무살 이상 나세요. 아버지는 결혼 당시 이미 쉰 살을 넘기신 상태였다니까 아무리 생각해봐도 자신에게 아이가 태어나면 철들 무렵까지 그 아이를 돌보고 키울 시간적인 확신이 없었을 거예요. 그런 점에서 보면 아버지도 꽤나 이기적인 사람이었고, 어머니도 대책없는 결혼을 하신 게 아닌가 싶어요."

기쿠오의 어머니 교코鏡子는 지역 부호의 딸이었다. 평범한 여성이었지만 기쿠오의 아버지와 만났을 무렵 사랑에 실패한 참이었다. 상대는 같은 지역 재력가의 아들 오다織田라는 남자로 패기 있는 청년이었다. 부잣집 아들로 자란 이 청년은 시대적인 의식도 있었고 반대로 서민적인 것을 즐기는 경향도 강했기에 교코가 싫은 것은 아니었으나 공주님처럼 자란 부잣집 딸이라는 그녀의 위치에 대한 반발심으로 혼담이 성사되기 직전에 거절을 했다. 그리고는 중산층 집안의 딸이면서 여성해방 운동에 참여하고 있는 여자와 결혼을 했다. 자신의 이념을 증명하기 위해 분발하고자 선택한 것 같은 결혼이었다.

평범한 교코는 사랑에 실패했을 때 신기하게도 대범하고 호기로운 여자로 변신했다. 교코는 즉시 기쿠오 아버지와의 혼담을 받아들였다. 아버지는 교코의 메이지明治 시대 느낌이 나는 갸름한 얼굴을 일본 여자의 전형 같은 모습이라며 좋아했고, 어머니는 초로에 가까운 늙은 남자이긴 하지만, 긴 시간 외국에서 생활을 하며 몸에 밴 아버지의 세련된 일처리나 이국적인 성격에 흥미를 느꼈다. 두 사람의 결혼은 일사천리로 진행되었다.

소나무 숲 속 별장풍의 서양식 주택에서 이른바 진정한 인생을 맛보기 위한 에쓰코의 가정 생활이 시작되었다.

"하지만 진정한 인생이란 게 과연 그런 식으로 의식하면서 목소리를 높인다고 살아지는 것일까요? 마테를링크[19]는 아니지만, 인생의 행복이란 역시 날개 달린 파랑새에게 있는 거잖아요."

기쿠오는 잠시 말을 멈췄다.

아버지는 이제껏 여러 일들을 경험하며 살아온 사람인만큼 그에 어울리는 활력을 지니고 있었다. 지식과 교양도 있었다. 그 모든 것을 쏟아부어 이상적인 생활의 구도를 정비하고자 했다.

"머잖아 분명 부인께도 보여 드릴테지만, 저희 집 뒤에 한 번 가보세요. 작긴 하지만 과수원도 있고 양을 키우는 우리도 있어요. 들새가 날아와 자유롭게 둥지를 틀 수 있는 새장, 최근에는 그것도 꽤 일반적으로 쓰이는 것 같지만 일본에 처음 들여온 건 아마 아버지일 거예요."

아버지가 말하는 진정한 인생이란 다름 아닌 즐기는 삶이었다. 자신은 지금껏 너무 방랑하며 떠돌았다. 그 탓에 아무것도 손에 넣지 못했다. 조용하게 안정된 행복이야말로 진정 의미있는 인생이다. 그의 생각은 그랬다. 그는 세계 곳곳에서 보고, 듣고, 생각하며 쌓아온 행복의 집대성과 같은 것을 만드는 일에 돌입했다. 아내를 얻은 것도 그 일을 위한 작업 중 하나였다. 그는 이런 생활 도면 설계 속에 배치할 점경인물로서 아내를 점찍었고, 아내가 도면에 적

19 벨기에의 시인, 극작가

합한 포즈를 취해주길 바랐다.

교코는 처음에 그런 남편이 마땅치 않았다. 중압감을 느낀 그녀는 남편의 나이가 많고, 설령 외교관 일을 더 이상 못하게 되더라도 그동안의 경험을 살려 아내인 자신의 생활을 화려하고 자극적인 것으로 만들어 줄 것이라는 기대를 품고 있었다. 그런 점이 남편과 자신의 나이 차이도 보상해 줄 것이라 생각했다. 그러나 남편은 매일아침 마시는 커피를 자신이 요령 좋게 직접 갈아서 내려 먹는 것 외에는 문화인다운 취향이 없는 사람이었고, 매일같이 그저 시골 노인의 모습으로 늙어갈 뿐이었다. 그녀는 남편에게 복종하며 길들여져갔다.

"이상한 건 이 도시 근처의 시골이라는 곳은 시장에 갖다 파는 야채, 과일들이 그런 것처럼, 사람들마저도 도시 쪽에 생기를 빼앗긴 채 비굴한 형태만 남아버린다는 거예요."

기쿠오는 아버지에 대해 관찰한 바를 이렇게 설명했다. 여자아이가 태어났지만 곧 숨을 거두었고, 그 다음으로 기쿠오가 태어났을 때 아버지는 이미 완전히 노년에 접어들어 있었고 오랜 시간 술에 빠져 지낸 결과 치매기와 삐딱한 성미마저 나타나기 시작했다. 여자로서 한창인 때를 맞은 아내 교코는 일부러 나이 들어보이는 머리 모양과 몸치장을 한 채 나이든 남편을 보살펴야만 했다. 그녀의 편협하고 히스테릭한 성격도 이 즈음 시작되었다.

"아버지는 돌아가시기 얼마 전, 서재 창문을 통해 밖에 파놓은 연못으로 낚싯대를 던져놓고는 우울한 표정을 한 채 하루 종일 생선을 잡으셨어요. 관절염 탓에 움직일 수 없으셨거든요. 어머니는 고집 센 아이를 대하듯 아버지를 어르고 달래셨어요. 식사 때는 한 잔 씩 포도주를 드렸는데 아버지가 한 잔 더 달라고 조르셔도 어머니는 몸에 나쁘다며 거절하셨죠. 그런 것들로 늘 시끌벅적 싸움이 벌어지곤 했어요."

중학교 수업을 마친 뒤 집에 돌아온 기쿠오가 인사를 드리러 가면 늙은 아버지는 반가운 얼굴로 방긋방긋 웃었다. 그러고는 입버릇처럼 말했다.

"너는 지금부터 노력해서 진정한 인생의 맛을 봐야만 해."

그것은 부디 인생을 즐기라는 아버지의 당부였다.

이제는 나이 들어버린, 비참한 모습의 아버지가 그런 말을 하면 기쿠오에게는 그것이 지옥의 말처럼 들렸다.

아버지가 돌아가신 뒤 그동안의 짐을 벗은 어머니는 정숙한 미망인이면서도 한편으로는 어딘가 들뜬 생활의 여유를 되찾기 시작했다.

"재밌는 건요,"

기쿠오가 말했다.

그 옛날 어머니에게 실연을 안겨준 상대 오다나 그녀의 연적이라 할 수 있는 오다의 아내가 지금은 평범하게 나이를 먹고 두세명의 아이를 가진 부모가 되어있으며, 어머니가 그들 가정과 교류를 하기 시작했다는 것이었다. 게다가 오다는 재산을 모두 잃고 자기 땅에서 잡화점을 운영하며 근근이 살아가고 있었다. 그의 지적인 아내도 해방운동 따위에 관해 더는 언급하지 않게 되었고 가게일이나 가정에만 충실했다. 기쿠오의 어머니는 기쿠오의 양육에 관한 상담자로서 그래도 믿고 의지할만한 옛 지인 오다의 집을 가끔 찾는 것이었다.

기쿠오 자신에 대해 말하자면 기쿠오는 부립府立 00중학교를 졸업한 뒤 제1고등학교 00부에 들어갔고 졸업 무렵 폐에 문제가 생긴 탓에 대학에 가는 것을 잠시 뒤로 미룬 채 요양 겸 현재 휴학중이라고 했다. 하지만 폐는 진작에 다 나은 상태였다. 요양이란 것은 세상 사람들에게 둘러댈 구실일 뿐이라며 기쿠오는 어린애 같은 얼굴을 붉게 물들이며 코끝으로 웃어보였다.

"그럼 아버님이 말씀하신 진정한 인생이라는 걸 당신도 지금부터 찾기 시작할 건가요?"

가노조가 웃으며 묻자 기쿠오가 솔직하게 말했다.

"저는 아버지처럼 안일하고 낙천적이지 못해요. 하지만 지적 욕구나 감수성의 발달이 한창인 제 나이에 학교만 다니고 있어봐야 별 수 없죠."

"그래도 대학에서는 비교적 시간을 자유롭게 쓸 수 있잖아요."

"글쎄요. 저는 그렇게 할 재간이 없어요. 저란 놈은 학교에 다니기 시작하면 학교 일에 충실해야만 직성이 풀리는 성격이라서요. 성격이 비교적 복잡하고 까다로운데다 꽤 그늘진 구석도 있는 주제에, 다른 한편으로는 유치한 우등생 같은 면모도 있어서... 저도 이런 제 성격이 싫습니다."

기쿠오는 또 어딘가 부적절해 보이는 웃음을 지으며 한층 얼굴을 붉혔다.

"그래서 제 나름대로는 학교 따위 서른살 전에만 졸업하면 되지 않나 생각하고 있는데, 어머니나 오다 씨 부부가 이런저런 잔소리를 해대는 터라 어쩌면 올해 여름이나 내년부터 다시 학교에 다니게 될지도 모르겠어요."

어머니와 함께 만나달라고 썼던 기쿠오의 편지가 무색하게도, 그 후 한 달 사이에 서너 차례 가노조를 데리고 무사시노를 안내하고 산책하면서 가끔 집 근처를 지날 때에도 기쿠오는 자기 집에 가노조를 데리고 들어간 적이 한 번도 없었다. 따라서 그의 어머니를 만날 일도 없었다. 가노조는 기쿠오에게 나름의 생각이 있을 거라 여겼고 딱히 급하게 기쿠오의 어머니를 만날 생각도 들지 않았지만 어느 날 무심코 기쿠오에게 물었다.

"언젠가 편지에 어머니와 함께 만나달라고 쓰지 않았나?"

기쿠오는 곤란한 듯 얼굴을 붉혔다.

"부인께서 만나주지 않으시니까 저처럼 제멋대로인 사람도 그런 통속적인 수단을 쓸 수밖에 없었어요."

"아하하."

"지금 그 얘길 꺼내시다니. 부인께서는 잡지 같은 데서 자주 '부인은 자녀분의 교육을 어떻게 하고 계신가요' 따위의 질문에 대해 답을 하곤 하시잖아요. 그 내용을 떠올리고는 정 안되면 어머니 이야기라도 써야겠다 했던 거죠."

"그렇게나 날 만나보고 싶어했다니."

"이것 참, 그런 말씀을 그렇게 노골적으로 하십니까."

기쿠오의 얼굴이 점점 붉게 물들었기 때문에 가노조는 더 장난치고 싶은 생각이 들었다.

"만약에 말야, 그때 내가 '그럼 어머니와 함께 만나자, 꼭 어머니를 모시고 오라'고, 어머니와 함께 오지 않으면 만날 수 없다고 그랬으면 어쩌려고 했어?"

"그런 상황이었다면 어머니와 같이 가서 만났을지도 모르죠."

"그랬으면 아이의 교육법에 대해 어머님이 물으셨겠지. 기쿠오의 교육 상담자가 될 뻔한 거였네."

"하하하하, 그렇게 되는 것도 재밌었겠네요. 하하하"

기쿠오가 큰 목소리로 개구지게 웃었다.

"뭐야, 그렇게 크게 웃다니."

기쿠오는 다시 진지한 얼굴로 말했다.

"하지만 운명이 그렇게 되도록 두지 않았을 거예요. 저는 이 세상일들이 타당한 이치에 따라 만들어져 있다고 믿거든요."

"그럼 그 타당한 이치에 따라 우리가 이렇게 만나 친해졌다는 거야?"

"당연하죠. 부인이기 때문에 제가 그토록 가까워지고 싶어했던 거예요. 부인이 아닌 다른 누군가, 어머니 같은 사람이 긴자에서 그런 식으로 뒤를 따라왔다면.. 아마 소름끼치게 싫었을 거예요. 어쩌면 주먹을 날렸을지도 몰라요."

"어머, 불량배같은 소리를 하네."

"부인이야말로 불량소녀처럼 남자 뒤를 따라오셨으면서."

"그럼 불량소녀인 내가 불량청년인 기쿠오의 눈에 띄었다는 타당성 덕에 우리가 이렇게 친해진 셈인 거네."

마침 눈앞의 도로 근처에 황매화나무 꽃이 잔뜩 핀 개천이 보였다. 기쿠오는 황금색으로 봉긋하게 피어오른 황매화나무 꽃에 시선을 고정한 채 갑자기 진지한 눈으로 가노조를 바라보며 물었다.

"잇사쿠 선생님은 말이 잘 통하는 분이신가요?"

"그럼, 잘 통하는 사람이지."

"부인께서는 선생님을 꽤 존경하고 계신 것 같네요."

"그렇지. 존경하고 있어."

"선생님을 처음 뵀을 때부터 저는 그분께 상당히 호감을 느꼈습니다. 선생님이 좋은 분이 아니었다면 부인을 이렇게 좋아하지 않았을지도 몰라요."

이 말을 하며 기쿠오는 다시 얼굴이 붉어졌다.

"그럼 우리 남편도 기쿠오와 내가 친해질 수 있었던 타당성의 일부인 셈이네."

"아드님도요."

"어머, 마음 씀씀이가 크기도 해라."

"맞아요. 저는 씀씀이가 있는 사람입니다. 그런 말을 들으니 기쁘네요. 아무리 부인께서 제가 좋아하는 얼굴이나 아름다운 정서, 탁월한 지성을 지니셨다고 해도 몹쓸 남편, 바보 같은 자식과 함께 살아가야 하는 당신이었다면 아마도 저는.."

가노조는 자신이 사랑하는 남편, 아이를 마치 자신의 일부처럼 받아들이고 있는 기쿠오를 보며 갑자기 묘한 애정에 사로잡혔다. 그러자 문득 아들이 떠오르면서 순간 번득이듯 자신과 아들 사이의 정情의 본질에 대해 생각해 보게 되었다. "나의 원초적인 모성애 본능 이상으로 아들에 대한 내 애정이 나의 시인적인 낭만성의 무대에까지 등장해 합리성의 범주마저 잠식하고 있다. 넘치는 모자의 정이다. 이런 모자의 정이 과연 좋은 것일까 그렇지 않은 것일까. 하지만 모든 본질이란 본질 그 자체로서 충분한 것이다. 남들과 다르다고 해서 좋은 것도 나쁜 것도 아니겠지."

이런 생각을 하는 가노조의 눈에 어째서인지 옅은 눈물이 배어 있었다.

그것을 본 기쿠오가 물었다.

"제가 말이 좀 심했나요?"

"아니, 솔직히 말해줘서 고마운 걸. 아하하."

기쿠오도 '하하하'하고 웃었다. 그 후 두 사람은 의외로 태연하게 걷기 시작했다. 감정 변화에 능숙하게 대처할 수 있는 것으로 보아 두 사람 모두 균형 잡힌 감각을 갖고 있는 것 같다고 가노조는 생각했다. 그런 자각이 가노조를 굉장히 유쾌하고 산뜻한 기분으로 만들어 주었다. 가노조는 목에 감기는 낮은 목소리로 나지막이 노래를 부르며 걸었다. 기쿠오는 한동안 말없이 걸었다.

그렇게 걷는 사이 두 사람은 어느샌가 기쿠오의 집 근처에 도착했다. 잠자코 있던 기쿠오는 갑자기 확신에 찬 목소리로 말했다.

"조만간 만나게 해드릴게요. 다만, 저희 어머니를 만나시기 전에 부인께서 들어주셨으면 하는 이야기가 있어요.. 제가 말씀드릴 때까지 기다려 주세요."

"그래? 우등생들은 주변 상황들에 대해 이런 저런 순서를 정해 놓는 모양이지?"

"그렇게 놀리실 것까지도 없는 이야기예요."

기쿠오의 집은 양옆이 소나무 숲으로 되어 있어 마치 연극 무대의 배경 그림처럼 한가운데 길 막다른 곳 정면에 현관문이 보였고, 넝쿨로 뒤덮여 있는 오래된 서양식 주택이었다.

"멋진 집이네."

"고풍스러운 맛이 있어 좋은 것 말고는 뭐. 곧 안내해 드릴게요."

그렇게 말하며 기쿠오는 어쩐지 거세당한 사람처럼 웃었다. 그 웃음에는 약간 코막힌 소리가 섞여있어 듬직한 나폴레옹처럼 보이는 얼굴과 어울리지 않는 나약한 면모가 보이는 것 같았다.

"기쿠오, 너를 보고 있으면 이따금씩 요즘 청년이라는 걸 잊게 될 때가 있어."

그러자 기쿠오는 어두운 그늘을 이마에서 뺨으로 흘려보낸 뒤 서둘러 평소 표정으로 돌아왔다.

"아마 그럴 거예요. 저도 그렇게 느낄 때가 있어요."

기쿠오는 윤기가 도는 볼을 손바닥으로 문지르며 말했다.

"저는 부인의 아들과는 다른 어머니 밑에서 자랐으니까요."

"그게 무슨 뜻이야?"

"저의 적극성은 어머니 밑에서 자란 탓에 3분의 1정도 줄어들어 버렸거든요."

가노조는 이만큼이나 잘 가꿔진 몸에도 생리적으로 어딘가 고르지 못한 데가 있는 것은 아닐지 생각해 봤다. 이때까지 함께 하는 사이 알게된 것들만 하더라도 반찬, 과자 등의 취향이 남달랐다. 신맛이 나는 과일은 굶주린 사람처럼 허겁지겁 먹어댔다. 길거리 나무에 맺힌 청매실도 임산부처럼 놓치지 않고 찾아내 깨물었다.

"식성이 독특하네."

"신 음식뿐이에요. 제 부족한 부분을 자극한 낭만적인 맛은."

기쿠오는 산책 장소를 고를 때에도 유별난 취향을 발휘했다.

그는 어머니 심부름으로 식료품을 사러 일주일에 한 번 정도 긴자에 나가는 일 외에는 다른 곳에 갈 일이 좀처럼 없을 정도로 도쿄의 이곳저곳에 대해 잘 모르는 것 같았다. 무사시노 지역은 자세히 알고 있었지만 그마저도 한계가 있었다. 그의 집이 자리한 게바자와下馬沢를 중심으로 반경 10킬로미터쯤 떨어진 다소 굴곡진

원 안의 범위만이 그가 알고 있는 지역의 전부였으며 그건 무사시노의 극히 일부분에 불과했다. 자신이 아는 범위 밖으로 나가게 되면

"제가 잘 모르는 곳이에요. 돌아가시죠."

라며 가노조를 데리고 발길을 돌렸다.

그럴 때 기쿠오의 어머니에게도 이런 소극적이고 제멋대로인 면모가 있을까 하는 생각이 들어 가노조는 아직 본 적도 없는 기쿠오의 어머니에 대해 얼마쯤 반감을 가지기도 했으나, 여기에 어머니의 영향을 받은 아이가 또 있구나 싶어 기쿠오도 그의 어머니도 안타까워졌다. 게다가 기쿠오의 유별난 취향의 범위 안에는 아주 아름다운 것이 포함되어 있었다. 가노조는 기쿠오와 함께 마음껏 무사시노를 누볐다. 오래된 철쭉나무가 절벽 가득 뿌리를 내리고 있는 언덕에서 정상에만 흰 눈이 쌓여 있는 후지산富士山을 볼 수도 있었고, 어느 거리 뒤편 넝쿨로 우거져 있는 좁은 길을 따라가면 가노조의 비취색깔 옷에 방울져 떨어지며 물드는 게 아닐까 싶을 정도로 서늘한 그늘이 나오기도 했다. 도심지 근처에 이런 곳들이 있다는 것을 가노조는 새삼 알게 되었다.

두 사람은 어느 날 오쿠사와奥沢에 있는 구혼부쓰九品仏 절 마당에 서 있었다.

"이 은행나무는 가을이 되면 노란색으로 은근하게 물들어서 하늘과 닿을락 말락 한 저녁 하늘에 마치 달이 떠있는 것 같은 착각을 불러일으키기도 해요."

차분하게 설명할 때의 기쿠오의 그림자는 기쿠오가 늘 이야기하던 그의 고전적이고 아름다운 어머니의 모습을 연상시켰다.

이런 장소들은 흔히 무사시노의 명소라고 불리는 곳들보다 조금 멀리 떨어진 곳에 있었다. 하지만 무사시노의 정취를 아주 잘 드러내고 있었기 때문에 가노조에게는 오히려 한층 깊이 있게 느껴졌다. 그렇게 걸어가는 동안 가노조는 기쿠오가 편하게 느껴지기 시작했고 기쿠오를 그저 눈치 빠르고 친절한 안내인 정도로 무감각하게 여기기 쉬운 기분에 빠져들었다. 긴자에서 기쿠오를 봤을 때 어째서 아들의 모습이 겹쳐보였던 것인지 의아하게 느껴졌다. 이제 그 일도 먼 옛날 일처럼 느껴졌고 기억 저편으로 사라져버린 듯 싶었다. 그러나 기쿠오는 아직도 가끔씩 가노조의 아들에 관해 묻곤 했다.

"저는 알 것 같아요. 아드님은 부인을 여동생처럼 아끼고 사랑하지 않나요. 겉모습은 부인과 전혀 다르지만 부인의 성격을 꼭 닮은 아드님 말이에요."

가노조는 아들에 관해 이 청년에게 이야기하는 것이 최근 그녀가 아들에 대해 느끼고 있는 감정을 모독하는 일처럼 여겨져 선뜻 내키지 않았다. 기쿠오가 아들에 관해 물을 때마다 그녀의 가슴 속에서 불안감이 일었다. 가노조는 아들에 관한 질문을 기회 삼아 반대로 기쿠오의 신상에 대한 것을 되물었다.

"그보다, 기쿠오의 어머니를 만나기 전에 내게 할 얘기가 있다고 했지. 무슨 얘긴데?"

가노조는 잠시 생각하더니

"혹시 그거 기쿠오의 러브 스토리 같은 거야?"

라고 덧붙여 말했다.

"어떻게 아셨어요?"

"그야 기쿠오처럼 성숙한 사람이 이 나이까지 연애담 하나 갖고 있지 않을 리 없잖아. 그걸 지금까지 말 안해줬을 뿐이지. 기쿠오에 관한 이야기는 우선 대략이라도 다 들었고. 남은 건 연애 이야기 뿐이야. 혹시 제일 중요한 이야기라서 마지막에 하려고 남겨두었던 거 아닌가?"

"당해낼 수가 없네요. 그렇다고 해두죠. 너무 빈약한 얘기라서 좀 창피해요."

기쿠오는 정말 부끄러운 듯 했다.

"그보다 오늘은 부인께서 나막신을 신고 무사시노의 풀들을 밟고 지나가는 소리를 천천히 감상하고 싶어요."

기쿠오는 일부러 점잖은 척 하려하는지 혹은 원래 섬세하고 고상한 취향 때문인지 파악하기 힘든 무표정한 목소리로 말하며 곧 넓은 길에서 밭길 쪽으로 접어들었다. 기쿠오는 먼저 앞으로 가며 쑥의 새싹으로 뒤덮인 들판에 들어섰다. 오랜 외국 생활을 해오느라 아직 나막신이 불편했던 가노조는 기모노를 입을 때면 보통 신발을 나막신처럼 보이도록 만들어 신고 다녔다. 고무 밑창으로 만들어진 신발 덕에 가노조는 소리 없이 미끄러지면서 아가씨의 살결 같은 어린 새싹 들판 위를 걸을 수 있었다.

기쿠오가 먼저 털어놓지 않는 연애담을 너무 추궁해서는 안될 것 같아 가노조는 기쿠오가 구두 나막신이라고 표현한 자신의 오른쪽 신발을 앞으로 내밀며 살펴보았다.

"딱 구두 나막신이네요. 이름을 잘 지었네."

보통의 여성용 나막신 끝에 둥근 부리를 붙이고 바닥이나 끈을 같은 색 펠트지로 감싼 다음 바닥은 전부 구두 형태로 만든 신발이었다.

"이 구두 이상해보이나? 사람들이 자꾸 쳐다봐서 창피할 때가 있어."

"아뇨, 전혀 안 이상해요. 부인께서는 필요한 일이면 뭐든 솔직하게 해내는 분이신 것 같아요. 그것 때문에 일반적인 사람들에게 오해를 사는 일도 꽤 있으시겠어요."

가노조는 기쿠오의 말에 동감했다. 하지만 기쿠오의 통찰력이 새삼 고맙게 느껴지거나 하지는 않았다. 가노조는 만에 하나 오해를 사게 되는 한이 있더라도 자신의 마음이 끌리는 쪽을 택해 왔고 그 탓에 많은 오해를 하거나 곤경을 당해온 덕에 지금은 근성이 자라 있었다. 가노조를 딱하게 여기는 동정심 같은 것은 그저 모른 척 웃어넘기면 그만이었다.

"독창적이고 훌륭한 신발이에요. 어깨 펴고 당당히 걸으세요. 이렇게 봄날 교외를 산책하며 풀 위를 걷기에는 더할 나위 없이 좋은 신발이에요."

기쿠오는 잠시 생각하더니 다시 말을 이었다.

"그런 독창적인 면 같은 것이 저희 어머니에겐 없어요."

"어중간한 독창성 같은 건 오히려 없느니만 못해."

"그런가요. 부인께서는 타고난 성격이든 뭐든 일단은 부정하고 보는 버릇이 있으시네요. 버릇인지 성격인지 모르겠지만.. 그런 성격이 부인을 괴롭게 하지 않나요? 하지만 그런 면이 부인의 탁월한 지성과 낭만성, 독창성에 그늘을 드리워 오히려 효과적으로 드러나게 하는 지도 모르겠네요."

"남편은 그런 점 때문에 손해를 보는 거라고 늘 말하는데."

"선생님은 사실 부인의 그런 내향적인 면을 가장 사랑스럽게 여기고 계시지 않을까 싶어요. 아드님도요."

가노조는 아들이 파리 거리 한복판에서도 가노조를 감싸안 듯하며 차들로부터 보호하려고 들던 것이나 이러쿵 저러쿵 잔소리를 하면서도 걱정하듯 그녀의 등을 어루만져주던 생각이 났다. 가노조는 자신의 이성이나 열정을 일단 부정하거나 창피해하고 보는 버릇이 느긋한 성격 때문인지 어떤지 확실히 알 수 없었으나 자신의 어리숙하고 내성적인 성격이 또 다른 자아인 강인한 지성에 대응되는 일종의 '순진무구함'에서 비롯된 것이 아닐까 생각해 보았다. 가노조가 스무살 가까이 어린 기쿠오에게서 거의 세대차이를 느끼지 못하는 것처럼 기쿠오 역시 그랬는데, 그러한 교감 상태는 가노조의 어리숙한 백치 같은 면이 그녀는 물론 상대 역시 마취 상태로 만들기에 가능한 게 아닐까. 가노조는 엄격하게 스스로를 나무랐다. 가노조에게는 강렬하게 용솟음치는 지성 외에도 아주 어리숙하고 바보 같은 면이 있어서, 그 부분이 작동하기 시작하면 그녀가 교감하는 사람들을 자신의 세계로 끌어들여 나이 차이라든가 계급에 대한 것을 완전히 잊게 만드는 것 같았다. 언젠가 의사가 실제 나이보다 열 살 이상 어린 몸을 가지고 있다며 가노조가 먹을 약에 어린이용 가루약을 탔을 정도로 가노조의 몸은 젊었다. 언제부터인가 잇사쿠는 가노조를 아내라기보다도 딸처럼 여기는 듯했고 아들은 여동생을 돌보듯 가노조를 챙겼다. 그리고 지금은 기쿠오라는 영리하고 심지 굳은 청년이 또래나 연하의 여자 아이를 대하듯 가노조를 대했다. 신기하게도 가노조는 스물대여섯 정도의 젊은 남녀들을 보고 있으면 그들이 자신보다 현실 세계에서 훨씬 굳은 의지와 생활능력을 보여주는 것 같다는 생각이 들었다. 일반적인 상식 면에서 보자면 백치처럼 모든 사람을 좋게만 보는 그녀의 생각이 이따금 그녀의 지성보다 훨씬 크게 작동하여 가노조를 겸손하게 만들거나 반대로 방심에 빠져 상대방을 관대한 사람이라 믿어버리거나 하는 것 같았다.

가노조가 말없이 생각에 잠겨 있는 것을 기쿠오는 알아차렸다.

"제가 연애담을 털어놓지 않아 기분이 나쁘신가요?"

"아니야. 나는 가끔 터무니없는 생각에 갑자기 빠져버리는 버릇이 있어."

그렇게 대답했어도 기쿠오는 그 말이 미덥지 않았는지 그의 약혼녀에 관한 이야기를 들려주기 시작했다.

"제 약혼녀는 처음에 부모님들이 정해주신 사이로 시작해 나중에 사랑을 느끼게 된 경우였어요. 지금은 다시 감정이 식어버려서 그저 보통의 약혼이라고 생각하고 있습니다만.. 약혼녀는 독창성도 열정도 없는 주제에 겸손하거나 하지도 않아요. 열정적인 척하고 싶어 하는 여자랄까요. 괜찮은 점을 찾자면 그저 가정일이나 그룹을 좌지우지할 정도의 추진력 같은 게 있다는 정도예요. 저는 그런 점이 별로지만요."

"그렇구나. 하지만 누구의 어떤 장점이든 잘 살펴보면 분명 좋은 면이 있지 않을까?"

"그렇게 말씀하시면 끝이 없죠. 좋은 점이고 나쁜 점이고 분간할 필요가 없어져 버릴테니까요."

"그도 그렇네."

아스팔트 도로를 울리며 다마多摩 강을 따라 달리는 버스가 도착했다. 가노조와 기쿠오는 버스를 피해 밭길로 올라섰다. 밭에는 늦은 봄부터 초여름까지 이 지역에서 도시로 내다파는 야채, 과일들이 가득 심어져 있었다. 도시 사람들의 다양한 취향을 말해주기라도 하듯 밭에 심겨진 작물들과 야채는 각각 여러 종류였다. 가지밭이 보인다 싶으면 그 바로 옆에는 완두콩이 심겨져 있거나 하는 식이었다. 비늘처럼 촘촘하게 겹쳐져 있는 연둣빛 이파리 사이로 서양 참외가 살갗을 드러내고 있는 것이 엿보였다. 두렁에 일렬로 심어진 옥수수로 구역을 나누고 있는 밭은 달달한 냄새가 피어오르며 식탁 위에 오른 식전 음식처럼 야채를 한가득 담고 있었다. 죽 둘러보니 소나무 숲과 도심으로부터 멀리 떨어져 있는 주택들 사이로 채소밭 여기저기 하숙집을 아파트처럼 개조한 집들이 드문드문 눈에 띄었다. 그 집들 2층 창문으로 사람 얼굴이 어른거리기도 했다.

산책하는 날에 따라 가노조와 기쿠오의 기분은 달라지곤 했다. 가노조의 기분이 훨씬 좋을 때도 있었고 기쿠오의 기분이 더 좋을 때도 있었다. 오늘은 00대학 앞에서 차를 내려 가노조를 기다리고 있던 기쿠오의 기분이 우위를 점하고 있었다. 경험상 이런 날 기쿠오의 마음 상태는 뭔가 초초하게 위축된 모습을 보였고, 어딘가 분석적으로 가노조에게 들이대듯 따지기도 했다. 이야기 끝에 어쩌다 약혼자의 이야기가 나오면 기쿠오는 마치 가노조가 무리하게 그 여자를 자신에게 갖다 붙이기라도 한 것처럼 트집 잡는 말투로 투덜댔다. 그런가하면 가노조가 잠시 고개를 숙인 채 걷고 있는데 느닷없이 악당 같은 어조로 말했다.

"부인께서는 한결 같아 보이시면서도 실은 상당히 비교해 버릇 하는 면을 갖고 계신 것 같아요. 제 약혼녀와 파리의 아드님을 비교하고 계신 것 아닌가요?"

어린아이처럼 유치한 억지였다.

"왜 그런 식으로 말해? 무슨 일 있어?"

가노조는 불쾌하다는 듯 되물었다.

"비교해서 말하자면, 여자를 보는 취향 면에 있어 저는 부인이나 부인의 아들 취향을 닮은 것같아요."

기쿠오는 멍하게 맥 빠진 얼굴로 콧속 깊이 숨을 쉬었다.

"불쾌하셨다면 죄송해요. 아무래도 오늘은 감정 조절이 쉽지 않을 것 같은 생각이 들어요."

기쿠오는 아이가 도리질치듯 고개를 흔들었다.

"아들에게 여자가 생겼는지 어떤지 잘 모르지만, 나는 아들이 좋아할 만한 여자를 길에서든 어디에서든 발견하면 욕심이나. 하지만 그런 욕심에 여자 특유의 매개성이 섞여있는 게 아닌가 하는 생각이 들면 때때로 석연치 않지."

가노조는 아들에게만 집착하는 것 같아 기쿠오에게 조금 미안해져 일부러 자기 비하하는 듯한 이야기로 말을 맺었다.

밭 작물들에 가려 보이지 않았지만 가까이 다가가 보니 새로 파낸 용수로가 있고 그 위에 난간 없는 다리가 걸쳐져 있었다. 맑은 물에 옅은 구름 낀 하늘이 비치고 있었고 용수로 가장자리에는 벚꽃나무가 늘어서 있었다. 그 옆에 청년단 이름으로 주의사항을 적은 팻말이 세워져 있었다.

"다들 꼼꼼하네."

기쿠오는 여자 문제를 떨쳐낸 듯 혼잣말을 했다.

수로를 보고, 벚꽃나무를 보고, 팻말을 읽고, 하늘을 올려다보고 나서 뒤를 따르던 가노조에게 눈을 돌린 기쿠오는 안내하듯 앞으로 더 나아가며 오른쪽 풀숲 사이의 오솔길로 접어들었다. 그곳은 가노조가 따라가기를 주저할 정도로 덩굴이 우거진 곳이었다.

기쿠오는 다시 가노조 옆으로 돌아와서는 그녀의 양산으로 넝쿨들을 내려치면서 앞으로 나아갔다. 가노조는 그 뒤를 따라갔다.

잡목 숲의 경사면을 깎아 만든 최근 개척한 듯한 붉은 흙길이 눈앞에 펼쳐졌다. 오후 3시쯤으로 여겨지는 옅은 햇살이 갑자기 내리쬐며 주변을 진줏빛으로 밝혔고 그런 광경은 지금 들어선 것이 어느 산길인지 잊게 될 정도로 두 사람의 가슴을 먹먹하게 만들었다.

"이런 곳이 있었네."

가노조는 번득이는 감각을 '고양이 눈동자'라든가 '달콤쌉쌀한 빛의 웅덩이'라든가 하는 말로 표현하며 노트에 적었다. 그러자 기쿠오가 들뜬 목소리로 말했다.

"영감을 기록하고 계신 거예요? 시인가?"

"후훗, 맞아 시야."

가노조는 운동복 같은 옷을 입은 나폴레옹 닮은 미남 청년과 시에 대해 얘기하는 것이 무슨 의미가 있을까 싶어 무관심한 얼굴을 하면서도, 기쿠오의 기분을 상하게 하지 않기 위해 아까부터 꺼내 들고 있던 작은 노트에다 자기 눈앞의 광경에서 받은 인상을 멋대로 적어 내려갔다.

"어젯밤에 어머니가 부인의 시를 보여주셨어요."

"어머니께 나에 대해 말씀드렸어?"

"네, 말씀드렸어요."

"어떻게 알게 되었는지도 다?"

"그런 건 신경쓰지 않으셔도 돼요. 저도 한때 문학청년이었기 때문에 전혀 이상하게 생각 안하시니까요. 도리어 어머니는 기뻐

하시던걸요. 2,3개월 전 잡지에서 읽었던 부인의 시를 제게 보여주실 정도니까요. 어쩌면 일부러 찾아보셨는지도 모르죠."

"……"

"어머니가 보여주신 건 역시나 파리의 아들에 관한 시였어요. 『어린 엄마』라는 제목의 연작시였습니다."

"……"

"많은 시들 중에서 한 수는 외워두었어요. '거울 속 어리게 비치는 이 내 모습이 아들을 사랑하는 어머니의 모습인가 하여 눈물 짓네' 이 시 맞죠?"

갑자기 가노조는 기쿠오와 젊은 남녀의 데이트처럼 나란히 걷고 있는 자신의 모습을 깨달았다. 말할 수 없는 수치심이 가노조를 덮쳐왔다. 가노조는 불쑥 말해버렸다.

"약혼녀를 만나게 해줘."

가노조는 자리에 선 채로 눈을 감았다. 하지만 이윽고 뭐든 잘 이해하고 수용하는 잇사쿠의 관대하게 웃는 얼굴이 그녀의 눈꺼풀 안쪽에 떠오르자 가노조는 간신히 구제된 사람처럼 한숨을 내쉰 뒤 다시 걷기 시작했다.

"어디 안좋으세요?"

옆으로 다가오며 묻는 기쿠오를 옆으로 밀어내고 가노조는 성큼성큼 앞장서 갔다.

기쿠오의 집은 무사시노의 평지에 혹처럼 솟아있는 것 같은 언덕 위에 있었다. 천장이 높은 2층짜리 서양식 주택이 주변의 일본식 건물들을 내려다보고 있는 것처럼 보였다. 빨간 벽돌로 쌓은 벽은 빈틈없이 넝쿨로 덮여있었다. 오랜 외국 생활을 하는 동안, 가장 안정감 있고 차분한 정서를 느끼게 하는 집은 영국식 주택이라는 사실은 깨달은 기쿠오의 아버지는 순 일본풍으로 지어진 주변 집들과 어울리지 않을 것 같다는 객관적인 걱정은 접어두고 영국식 집을 건축하기로 과감히 결정했다. 외국에서 사용했던 영국풍의 세간을 객실에 가득 채워 풍부하면서도 강인한 느낌을 주는 주택이었다. 집을 지을 당시에는 무사시노 논밭의 푸른빛과 대비되어 경박하게 보였으나 그것이 오히려 이 집의 고독하고 쓸쓸한 정서를 돋보이게 했다. 무사시노 땅에서 자란 덩굴이 차츰 빨간 벽돌로 된 벽을 둘러싸며, 평지의 풀빛을 이 집 위에 덧입히자 집은 대지에 뿌리를 내린 큰 바위처럼 위용을 뽐내기 시작했다.

정면의 돌계단을 올라가자 좁은 띠 같은 빗장을 건 나무 대문이 양쪽으로 열렸는데 다소 어두워 보였다. 한쪽에는 이층으로 가는 계단이 있었는데 약간 급경사이면서 묵직한 느낌으로 자리를 차지하고 있었다. 곰팡이가 슨 검붉은 색 양탄자가 깔려 있었고, 여기 저기 외국산으로 보이는 동물 박제가 놓여 있었으며 석고 여신상이나 무사 동상이 질서 있게 늘어서 있었다.

가노조를 맞이하며 응접실로 안내한 기쿠오의 어머니는 허리를 굽히고 머리 숙이며 인사를 건넸다.

"매번 기쿠오가 신세를 지고 있습니다."

그렇게 인사하며 가노조의 모습을 흘낏 훔쳐보는 것 같은 시선이 느껴졌지만 가노조는 다른 부인들에게서도 그런 모습을 자주 봤던 지라 그 부분에 대해 크게 신경쓰지 않았다.

가노조는 평범한 인사를 주고 받았다.

이야기는 거기서 딱 끊어졌다. 호기심으로 가득 차 있던 가노조는 오히려 관찰할 시간이 생긴 셈이라 다행이었지만, 상식적인 사교 예절을 중요시하는 부인은 굉장히 초조해하며 차를 권하거나 과자를 내오거나 하며 침묵의 시간을 메워보려고 애쓰는 것처럼 보였다.

가노조는 첫 대면에서 부인이 미인이라는 생각을 했다. 옛 사람들의 형용사구를 가슴 속에 떠올리게 할 정도로 미인이었다. 오똑한 코에 희고 갸름한 미인형 이목구비가 그린 것처럼 제 자리에 들어가 있고 눈썹은 약간 길고 짙었다. 가노조는 잇사쿠의 소장품 중 메이지 초기의 풍속을 그린 우키요에[20] 나 단색의 삽화를 보아 알고 있었다. 이른바 로쿠메이칸鹿鳴館 시대[21] 라 불리는 화양혼효[22]의 문화가 성행하던 시기라 여성의 의복에도 특징이 있었다. 에도 시대 풍의 활달하고 대범한 여장남자 배우처럼 생긴 여자들이 앞머리로 이마를 가리거나 묶은 머리에 망을 덧씌우거나 했다. 그리고 앞섶이 깊지 않은 긴 소매의 양장 차림을 했다.

---

20 에도 시대의 서민 풍속화

21 1880년대, 문화 등 여러 측면에서 서양화가 진행되었던 시기

22 일본 문화와 서양 문화가 뒤섞임

기쿠오의 어머니는 머리나 복장이 현대적이었지만 얼굴은 로쿠메이칸 시대의 미인 계통을 잇고 있었다. 무사시노에 사는 본고장 여성들이 원래 그런 것인지 기쿠오의 어머니가 특별한 경우인 것인지 궁금했다. 그러나 조건 없이 통속적인 표준으로 보더라도 결국 이런 것이 미인이다라고 할 수 있지 않을까 생각했다. 넝쿨잎 모양의 옷이 큰 키가 두드러지지 않도록 해주고 있었다.

"이 주변에는 덤불이 많아서 늦은 봄이면 모기가 많아져요. 조심해서 다니세요."

이렇게 말하면서 모기를 쫓듯하는 우아한 손짓을 하거나 하녀가 내온 과자를 권하거나 했다.

줄곧 조심스러운 태도로 대접하면서도 결코 가노조의 얼굴을 정면으로 바라보지 않는 부인의 모습이 가노조는 불만스러웠다.

"사모님, 이제 괜찮습니다. 제가 알아서 먹을게요."

가노조는 음료수 병의 뚜껑을 열고 컵에 따라주려는 부인을 가볍게 손으로 제지하면서 말했다.

"그보다 사모님도 이제 편히 말씀 나누시죠."

"감사합니다."

부인이 드디어 소파 끝자리에 앉았다. 그러나 양손으로 소매 끝을 당기고 송구한 듯 무릎을 가지런히 모은 채 턱을 당기며 역시나 어딘가 편치 않은 듯한 모습이었다.

가노조는 조금씩 안달이 나기 시작했다. 혹시 자기 아들과 친분이 있는 연상의 여인을 수상히 여겨 느끼는 일종의 반감을 이런 태도로 나타내고 있는 것은 아닌지 하는 삐딱한 생각마저 들었다. 가노조는 어떻게든 분위기를 바꿔야만 한다고 생각했다.

"기쿠오는 굉장히 착실한 청년이에요."

이렇게 말하며 가노조는 너무 빨리 본론을 이야기한 것 같아 본인이 지나쳤던 것이 아닌가 하는 생각이 들었다.

아들의 이야기가 나오자 부인은 흠칫 놀란 듯 했다. 처음으로 정면으로 가노조를 바라보았다.

"그런가요. 남편 사후에 저 혼자 키워와서 부족한 점이 많지 않을까 하는데요."

부인의 정돈된 아름다운 얼굴 중 기쿠오는 어디를 닮았을까 생각하던 가노조는 처음으로 닮은 점을 찾아낼 수 있었다. 바로 기쿠오가 이성에게 뭔가를 애원하면서 싱거워지는 순간의 얼굴이었다. 그 찰나를 통해 기쿠오의 이목구비가 어머니의 미모를 꽤 닮았다는 것은 확실히 알 수 있었다.

부인은 여전히 안심하지 못한 얼굴로 말을 이었다.

"대학에 들어가는 것도 미루고 그저 어슬렁어슬렁 놀고만 있는 데다 가끔씩 엉뚱한 소리를 하질 않나.. 저 혼자 키우기 벅찬 아이라서 부인처럼 훌륭하신 분과 친분을 쌓게 된 것이 얼마나 다행인지 모르겠습니다. 아들에게 많은 말씀 들려주시고 앞으로 교육 방법에 대해서 저에게도 많은 말씀 들려주세요. 제가 너무 모자라서 질문 드리기조차 송구하지만 말입니다."

가노조는 부인이 안쓰럽다고 생각하면서도 못내 실망스러웠다. 그만큼 복잡한 영혼의 소유자인 청년을 아들로 두었으면서도, 아들에 대해 아무것도 알지 못하는 어머니. 그저 비굴하고 형식적인 평안을 바라는 별 볼일 없는 어머니에 불과했다. 가노조는 기쿠오가 가노조와 자신의 어머니 만날 자리 마련하는 것을 주저했던 것도 무리는 아니구나 하고 생각했다.

"그렇지 않아요. 그리고 저도 아들 가진 엄마로서 어느 분이 됐든, 어떤 이야기든 할 수 있습니다."

가노조는 그렇게 말하며 상대의 반응을 살피는 사이 분노마저 살짝 느끼기 시작했다. 기쿠오 모친의 한심한 모습을 보고 있자니 '그런 식으로 할 거면 당신의 귀한 아드님은 내가 데려가겠어요.' 라고 말하고 싶을 정도가 되었다.

그러나 부인은 가노조의 그런 긴장감을 다른 방향으로 돌려버렸다.

"실례지만 부인께도 저만한 아들이 있다는 게 잘 실감나지 않아요. 너무 젊으셔서."

가노조는 이 때 '젊다'라는 말에 들큰한 혐오를 느꼈다.

지금까지 받은 대접들에 더해 이번에는 하녀가 다시 멜론을 가져왔다. 그러자 부인이 그 쪽으로 시선을 돌리며 근처에서 멜론을 재배하는 사람에게 받은 것이라느니 이 쪽이 씨가 적다느니 하는 등 멜론을 권하며 호의를 보였다.

그런 일에 연연해하는 기쿠오 모친의 모습에 낙담하면서 이제 아무래도 상관없다는 기분이 들었다. 내 아들이 중요하지 다른 사람 아들이나 그 모친에 관한 것 따위를 걱정하는 사치 부릴 필요 없다는 생각이었다. 그러나 타오를 듯 말 듯한 기쿠오의 영혼을 떠올리면 그 모친에게도 뭐든 해주고 싶은 미련이 남았다. 창문 밖 나무들의 이파리가 속삭이는 소리를 들으며 가노조는 잠시 슬픔을 느꼈다. 그러자 어디에선가 '메-'하고 산양이 바람을 반기듯 울었다.

아까부터 가노조의 눈동자를 야유하듯이 빛이 반사된 반점이 멘톨피스 위에 걸린 초상화의 어깨 부근에서 깜빡이며 그녀의 시선을 어지럽혔다. 창밖의 화초에 닿은 석양빛 때문이었다. 가노조는 앞에서 깜빡거리는 그 반점을 계속해서 응시하던 끝에 초상화의 전모를 바라보게 되었다.

빛으로 인한 반점이 다행이 옅었기 때문에 초상화 주인공의 얼굴을 알아볼 수 있었다. 금모로 지은 대례복을 입은, 이마가 넓고 코가 오똑하며 수려한 외모를 자랑하는 대머리 신사의 초상화였다. 프랑스인의 수염 같은 것이 양쪽 턱 근처까지 굵게 뻗어 있었는데 기쿠오의 얼굴과 꼭 닮아있었다.

가노조는 자리에서 일어나 큰 액자 밑에 서서 허리를 살짝 굽히며 물었다.

"기쿠오의 아버님이신가요?"

낚시 바늘에 걸린 사람처럼 가노조 옆으로 다가와 나란히 액자를 올려다 본 부인은 경계심을 푼 듯한 목소리로 말했다.

"네"

하지만 이내 마음을 다잡은 목소리로

"별로 비슷하지는 않아요. 나이 들었을 때의 모습이라."

하고 덧붙였다. 기쿠오 아버지의 말년의 노망에 대해 이야기를 들어 알고 있던 가노조는 부인이 핑계를 대고 있구나 하는 생각이 들었다. 나이 차이 많이 나는 결혼을 부인이 아직 뼈저리게 질려하고 있는 것 같다는 느낌을 받았다.

"훌륭한 모습이시네요."

가노조는 진심을 담아 말했다.

"아뇨, 안 비슷해요."

거듭 강조하는 부인의 말에 가노조가 깜짝 놀라 부인의 얼굴을 쳐다봤을 만큼 증오심이 가득 담긴 강한 어조였다. 그리고 더욱 가노조를 놀라게 한 것은 부인의 얼굴이나 태도에서 지금까지 전혀 볼 수 없었던 닳고 닳은 면모가 드러나기 시작했다는 것이었다.

"아하, 아하하"

부인은 별 생각 없이 웃은 것 같았으나 고풍스런 미모로부터 나온 그 표정이나 목소리에서 나이든 사람의 심술이 느껴졌다.

부인은 자신의 변화를 가노조가 눈치챘다는 사실을 알아차리고는 조금 당황한 모습을 보이며 옛날식으로 묶은 머리 뒤쪽으로 손을 가져갔다. 머리를 매만지며 정숙함을 찾을 생각으로 침착하기 위해 노력하는 것 같았지만 이마의 잔머리 사이로 힘줄이 펄떡이고 있었다. 비꼬는 듯한 코의 주름도 더 패인 듯 보였다.

가노조는 눈앞의 위험으로부터 도망쳐버리고 싶다는 생각으로 다른 이야기를 꺼냈다.

"기쿠오는 남편 분을 닮은 것 같아요."

"기쿠오는 남편하고 겉모습만 닮았을 뿐이에요. 그 아이는 절대 남편처럼은 되지 못할 거예요."

부인은 다시 차갑게 웃었다.

가노조에게 하는 말인지 혼잣말인지 모를 말투였다.

"사모님, 당신이 아까 기쿠오를 착실한 청년이라고 말씀 해주셔서 정말 감사했습니다. 하지만 사실 기쿠오는 불량배 같아서 세상의 손가락질을 받는 일도 자주 있어요. 중학교나 고등학교 때는 잘 했었는데 그 뒤부터 마음을 다잡지 못하고 있습니다. 아마 노망난 아버지가 죽기 전까지도 쓸 데 없는 얘기를 늘어놓았던 탓일 거예요."

"그 얘기는 기쿠오로부터 들었습니다. 하지만 기쿠오도 그 문제에 관해서는 지금 꽤 깊게 생각하고 있어요."

가노조가 드디어 이야기에 끼어들 기회를 잡았다.

"괜찮지 않을까요."

"그럴까요? 저는 기쿠오가 아무래도 남편처럼은 되기 힘들 것 같으니까 제대로 된 근무지의 회사원이나 뭐라도 하면서 참한 부인을 얻어 기반을 닦게 해주고 싶어요. 그러려면 대학만큼은 반드시 졸업해야 할텐데."

가노조는 기쿠오의 어머니가 아내에게도 아들에게도 포악하게 굴었던 남편을 향해 저주와 같은 감정을 노출하고자 하는 조짐이 아슬아슬하게 느껴졌기에 긴장을 한 채 지켜보고 있었다. 그런 기분은 곧 잦아들었으나 부인이 기쿠오에게 이런 평범한 기대를 가지고 있을 줄은 몰랐기에 어머니나 자식이나 딱하다는 생각을 했다.

가노조는 문득 '기쿠오의 혼처는 벌써 정해져 있나요?'라고 묻고 싶어졌다. 아들은 둔 엄마라는 같은 처지의 입장으로써 배려 차원의 질문을 던져도 괜찮지 않을까 하는 생각이 들었기 때문이었다.

그러자 부인은 꽤나 의기양양한 얼굴로 말했다.

"네, 조금 친분이 있는 지인의 딸인데 굉장히 싹싹한 구석이 있는 아가씨예요. 부모들끼리는 대략 혼인을 약속해 두었는데 아무래도 당사자들의 마음이 가장 중요하니까 우선은 둘이 교제해보게끔 하고 지켜보는 중입니다."

부인은 슬쩍 가노조의 얼굴을 보며 말을 이었다.

"당사자들도 서로를 마음에 들어 하는 것 같아요."

그렇게 말하며 부인은 다시 가노조에게 뭔가 대접하기 위해 방을 나섰고 하녀에게 지시를 내렸다. 전 애인의 딸을 아들의 신부로 삼으려 하는 제멋대로인 발상이나 손님에게 차와 과자를 끊임없이 권하는 고집스러운 면은 무지함이라는 측면에서 보면 다를 바 없는 행위라는 생각이 들면서 가노조는 심드렁해졌다. 그때 기쿠오가 까부는 어린아이와 같은 순진한 얼굴을 하고 돌아왔다. 가노조를 자신의 집에 데려다 놓고는

“여성분들끼리 첫 대면하시는 자리에 있기가 꽤 부끄럽네요.”

하며 얄밉게 서재로 도망을 갔던 기쿠오였다. 가노조는 그런 기쿠오의 행동을 기쿠오가 자신을 친숙하게 여기고 있는 방증이라 여겼다. 가노조는 기쿠오의 어머니를 만난 후 기쿠오를 다시 마주하게 되자 기쿠오가 자신의 절절한 ‘모자母子의 정’을 매개로 하여 자신에게 다가올 운명을 지닌 존재처럼 여겨졌다. 자신의 마음을 이토록 사로잡고, 자신에게 응석을 부리며 달려드는 이 청년을 그녀는 얼마든지 끌어안고 사랑해주고 싶어졌다. 그런 생각이 마음 깊은 곳에서 솟아오르는 것 같았다.

오늘은 기쿠오의 서재를 둘러보았다. 이층의 맨 끝쪽에 해당하는 7평쯤 되는 서양식 방이었다. 연둣빛 바닥이 방의 두 방향에 자리한 유리창으로부터 들어오는 초여름 같은 햇살을 빨아들이고 있었다. 높은 천장은 다른 방과 마찬가지로 영국 귀족의 저택 마냥 꽃무늬로 조각되어 있었고, 고대 그리스 형태의 간소한 시계 하나가 서재를 가득 메운 큰 책상 위 벽에 버튼을 붙여둔 것처럼 걸려 있었다. 그 외에는 장식품다운 물건이 없었다. 얼핏 봐서는 어느 나라의 물건인지도 모를 정도로 크고, 조각이 잘 된 소파가 방 한 구석에 길게 놓여 있고 그 옆으로 벽을 없앤 통로를 통해 조금 어두운 일본식 다다미방이 있었는데, 그 방에 살아있는 국화를 놓아둔 작은 마루가 있었다. 그것이 가장 가노조의 눈에 띄었다.

서양식의 방 양쪽으로는 도서관처럼 책장이 있고 그곳에 일본

책 서양 책 등 잡다한 서적들이 꽂혀 있었다. 하지만 책상 위에 잔뜩 쌓인 서류들도 서가에 꽂힌 책들도 비단 같은 얇은 천에 덮여있어 책 제목이 거의 보이지 않았다. 가노조가 무심코 그 천을 들추려 하자 기쿠오는 손을 흔들며 말렸다.

"오늘은 책에 관한 이야기를 하고 싶지 않아요."

"꽤 독서 애호가인 사람이 웬일로"

"뭐, 글쎄요."

기쿠오가 히죽 웃으며 말했다.

"좋아하니까 그만큼 질리기도 해서 며칠씩 덮어둔 채 책 표지를 보는 것조차 싫어질 때가 있어요. 지금이 딱 그런 시기고요."

"사람한테도 그렇게 질리거나 하는 건 아니고?"

"뭐 그런 경향이 없다고는 하기 어렵지만 그래도 사람에 대해선 책임감 같은 게 있으니까 아무리 질리기 잘하는 저라도 그런 내색을 막 드러내지는 않죠."

"한때 연인이었던 사람과도 그저 약혼자일 뿐인 관계로 돌았다고 하길래."

"아, 그 일 말씀이시군요. 그 무렵엔 저도 아직 여자를 잘 몰랐고 그저 좀 신기했을 뿐이에요."

"그럼, 지금은 신비롭지도 않고 여자에 대한 것도 잘 아나보네."

"그렇게 말씀하시면 약혼자에 관해 말씀드린 걸 후회하게 돼요. 부인은 대단해 보이지만 역시 여자시네요. 사람을 아느냐 모르느냐에 있어 순서나 나이만이 중요한 건 아니죠. 책을 읽거나 나이를 먹거나 몸이 자라거나 하는 것만으로도 그 사람의 감정이나 취향, 취미 같은 건 바뀌기 마련이니까요."

"그건 그렇지. 하지만 어느 한 사람의 중심을 이루고 있는 정서나 취향이나 성격 같은 건 그리 쉽게 바뀌지 않아."

"맞아요. 그렇기 때문에 자신의 중심과 부딪혀보지 않으면 결국엔 허물어져 가게 되는 수밖에 거죠."

"방금 그 말을 들으니 알겠어."

"정말이세요? 책도 마찬가지예요. 스스로가 그 안에 담긴 것에 대해 고민하면서 집착하지 않고는 못 배기게 만드는 책이 있잖아요."

"요즘 그런 책을 읽고 있어?"

"셰스토프Shestov[23]를 읽고 있어요. 셰스토프의 허무를 꽤 고민해가며 음미해 봤습니다. 하지만 서양인의 허무란 '부정否定'이란 정의定義의 상대가 있기에 존재 가능한 허무이죠. 그래서 감정적으로는 통쾌하지만 철저하게 이성적인 것이라고는 말하기 어려워요. 그에 반해 동양인의 허무는 자연보다도 냉정한 허무예요. 돌이나 나무가 가질 법한 사상이에요. 따라서 우리는 '어디로 가야만 하는가'를 고민하게 되는 거죠."

---

23 러시아의 철학자

"지금 얘기한 그것이 바로 동양의 노장老莊사상에서 말하는 허무야. 대승철학에서 말하는 '공空'이나 '무無'와는 달라. 모든 것을 받아들이고 그것을 일단 '무'의 가치까지 되돌린 다음 거기서부터 자유성을 끄집어내어 막힘없이 통하게 한다는 거야. 그래야만 거기로부터 활달하게 모든 생명이 빛을 낼 수 있다는 거지. 하지만 청년이란 사람들은 뭐가 되었든 일단 부정하고 보는 성향이 있어. 긍정은 낡은 것이고 부정은 새롭고 신선한 것이라 여기는 모양이야. 생명의 풍부한 자원을 제대로 가려 쓰기보다 부정하고 마는 것이 오히려 단순하고 편하기 때문에 그런 걸까?"

"그 말씀을 듣고 보니까 제가 싫어서 어쩔 줄 모르면서도 셰스토프의 책에 끌리는 이유를 알 것 같네요."

하녀가 홍차를 두 잔 가져와 기쿠오의 큰 책상 위 책들 사이에 두고 나갔다. 기쿠오는 한 잔을 가노조에게 건네고 다른 한 잔은 자신이 마시면서 말했다.

"오늘은 어머니가 안 계시니까 대접이 소홀하네요. 하지만 공격적으로 음식을 권하거나 하는 일을 당하지 않아도 되니까 편하시죠?"

그런 말을 듣자 가노조는 이것저것 음식을 권하는 것이 기쿠오 어머니 나름의 미덕이 아닐까 하는 생각을 하게 됐다. 성가시게 여겨졌던 것은 그 권유가 형식적이었기 때문이었다. 그 외의 감정상의 다른 의미를 상대가 느끼지 못하고 일방적인 형식만이 두드러지게 느껴졌기에 성가시다는 생각이 들었던 것이다.

"기쿠오의 어머니께서는.."

가노조가 입을 떼려 하자

"저희 어머니 얘기는 그만 됐습니다."

이렇게 이야기를 가로막으며 기쿠오가 말을 이었다.

"고리키Gorkii의 '어머니'라는 소설을 읽어보셨나요?"

"응, 읽었어."

"거기 등장하는 어머니는 감탄스럽다기보다 사랑스러운 느낌이었어요."

"맞아. 어머니가 처음부터 아들의 이론을 이해하거나 공감하지 않는 점이 오히려 사랑스러웠지. 아들이 신神을 문제 삼자 괴로워하면서도 아들을 사랑하는 동시에 아들의 사상에 물들어 가는 거야."

"그건 그렇고 부인은 아들이 골라 준 모양이나 색깔의 옷을 사서 입으신다고 하셨죠? 지금 입으신 옷깃의 빨간색과 검은색 조합 역시 아드님이 골라주신 건가요?"

"맞아."

"흠, 독특한 모자서정의 표현법이네요."

가노조는 베개맡의 스탠드 불을 끄고 자신의 뺨과 나란히 하여 베개 위에 놓아두었던 기쿠오의 편지를 어둠 속으로 던져버렸다. 기쿠오의 편지를 다 읽고 나서 지금껏 스탠드의 불빛 그늘 하나만을 바라보고 있었다. 어둠속에서 지그시 감은 그녀의 눈꺼풀 안쪽으로 스탠드 불빛의 잔상과 함께 기쿠오의 편지 속 글자들이 교차하며 지나다녔기 때문에 좀처럼 잠들지 못하고 있었다.

기쿠오의 편지에는 가노조와 만나지 못했던 그 단시간 동안 느낀 그의 고통스러운 기분이 고스란히 담겨 있었다.

....(전략) 부인께서는 의식적인 것이 아니었다고는 하나 부인의 모성을 매개로 젊은 남자와 가깝게 지내는 것이 모성을 이용하고 있는 것만 같아 견디기 힘들다고 말씀하셨죠. 저 역시, 제게 내재되어있던 불만스러운 연애 감정을 부인과의 접촉을 통해 만족시키고자 했다는 소리를 들어도 할 말이 없을 정도입니다. 아니, 오히려 제가 제 자신을 그런 식으로 보고 있습니다. 부인의 결벽이 부인의 모성을 더럽혔기에 부인 스스로가 그것을 용납할 수 없다고 하는 것과 마찬가지로 저도 당신의 그 결벽을 해쳐서는 안되겠다고 생각했습니다. 그래서 저와의 만남을 이 이상 지속할 수 없을 것 같다고 하신 부인의 말씀을 받아들일 수 있었습니다. 하지만 제 얘기를 좀 들어주셨으면 합니다.

부인과 저의 성별이 다르다는 점은 제외하고, 우리의 만남이 불가능하게 된 원인을 생각해보니 그 이유를 확실히 알 수 있었습니다. 제가 오기를 부리는 것이 아닙니다. 우리의 만남을 프로이트가 이야기한 성욕의 본능이라는 말과 결부시키는 것은 옳지 않은 일 같습니다.

왜냐하면 그 본능이란 어디까지나 보다 기본적인 차원의 인간 감각에서 공허라는 절대적인 감정, 그 이상의 깊숙한 부분과 맞닿아 있기 때문입니다. 언젠가 부인과 이야기를 나눈 적 있습니다만, 로렌스의 문학을 구성하고 있는 성(性), 바로 그겁니다. 로렌스 문학에 등장하는 성의 근본적인 의의에는 물론 성욕도 포함되어 있지만 그보다는 양성(兩性)의 세포가 보유한 플러스와 마이너스 전자 배합이라는 문제로 보고 싶다고 부인이 말씀하셨었죠. 지금 돌이켜 생각해보면 우리는 우리들의 교제를 그렇게 해석해야 하지 않을까 싶습니다.

당연하면서도 신기한 일이지만 부인도 저도 열정적이면서 자기중심적인 데다 공허한 심경을 느낀다는 점에서 같은 측면을 갖고 있습니다. 그러나 우리의 다른 점, 즉 플러스와 마이너스의 차이에 관해 말하자면 부인의 허무는 어디까지나 교양을 통해 얻은 것이고 저의 허무는 자아와 열정을 강하게 밀어붙인 끝에 짊어지게 된 허무입니다.

저는 부인에게서 어렴풋하게나마 강인한 힘을 느꼈습니다. 이 이상 말로 설명하기는 어렵지만 그래도 말씀드리자면 당신의 공허함은 빛나고 있는 것의 공허함, 존재 의식을 확인시키는 공허함, 열중한 상태로 살아 움직이는 공허함, 자연에 비유하자면 살랑살랑 불어대는 바람결에 흔들리는 꽃줄기가 인정하는 공허함, 사람에 비유하자면 일종

의 독단적이고 무심한 상태에 빠졌을 때 드러나는 무한하
고 단아한 정체 모를 공허함..(후략)

가노조는 자신을 허무라는 영역 안에 집어넣으려 하면서도 아직 그 안에서 빛을 발견하고자 애쓰는 기쿠오의 열정, 검붉은 넝쿨 같은 그의 마음을 느꼈다. 하지만 그 넝쿨 끝은 위로 올라가려고 애쓰다 오히려 밑으로 깊이 잠겨 버린다.. 가노조는 자신을 깨끗하게 하기 위해 죽어가는 그 넝쿨을 외면하고자 하는 자신의 모습이 너무나 제멋대로인 것 같아 슬퍼졌다. 가노조는 자신이 어린 시절에 느꼈던 쓸쓸하고 외로웠던 번민을 떠올렸다.

산에 와 스무 날이 지나도록 우리를 따뜻이 위로하는 나무 한 그루 없네

(어린시절의 가노조가 읊었던 노래 중에서)

넋이 나간 채로 해소되지 않는 마음을 가눌 길 없어하며 흐느껴 울던 가노조의 풍만한 몸은 그녀가 기쿠오의 육체를 온전히 느꼈던 그 날을 떠올렸다. 그날 가노조는 무사시노에 기쿠오를 버려두고 왔다. 그것을 마지막으로 가노조는 기쿠오와 헤어져버리고 말았던 것이다.

그 날 기쿠오의 서재를 나선 두 사람은 무사시노의 초여름 같은 오후를 여기저기 걸어다니며 보냈다. 한때 그늘이 지면서 어두

워진 풍경을 만나기도 했지만 그것을 마지막으로 하늘이 다시 맑아지기 시작했다. 나무들마다 싹이 움튼 풀숲은 새싹들이 풍기는 아스라한 향으로 가득차 있었다. 산 속 작은 고개의 내리막 같은 좁은 길은 축축하고 붉은 흙길이었기 때문에 가노조의 구두굽이 적당히 쏙쏙 박히곤 했다.

기쿠오는 여전히 세스토프에 관해 이야기하고 있었다. 그리고는 충성스러운 감상을 늘어놓은 것이 부끄러웠는지 일부러 호방한 태도를 취했다. 그럼에도 오늘 역시 그에게서는 고독하고 그늘져 보이는 기색이 느껴졌다. 기쿠오는 등을 뒤로 젖히며 오른손을 쉼 없이 흔들고 있었다.

"허무라는 감정처럼 무한하고 절대적이면서도 나긋나긋한 매력을 지닌 감정이 아닌 이상 인간에게 감동을 주기는 어렵죠."

기쿠오의 말이 점점 혼잣말처럼 변해 갔고 무슨 의미인지 가노조는 알아듣지 못할 정도가 되었다. 급기야 기쿠오는 나폴레옹 만년의 비극을 연상시키는 가냘프고 둥근 턱을 안으로 집어넣으며 쓴웃음을 지었다. 어린 티가 나는 송곳니에 가느다란 금관이 씌워져 있었다. 가노조는 갑자기 기쿠오가 가여워져 어쩌지 못했다. 가노조의 가눌 길 없는 애처로운 정이 자신도 의식하지 못한 사이 행동으로 드러났고 그녀는 기쿠오 가슴에 붙어 있던 풀잎을 떼어 주었다. 기쿠오는 고등학교 교복을 단추가 터질 듯할 정도로 꼭 맞게 입고 있었다. 가슴 근육이 단추 줄을 따라 계곡을 이룰 정도로 불룩 튀어나와 있었다.

감색 옷감 위로, 무슨 말이든 꺼내려고 애를 쓰며 쓸데없이 요동치는 기쿠오의 심장 고동이 느껴지자 연약하고 사랑스러운 이 젊은이를 어서 빨리 끌어안아 달래주고 싶은 열정이 안개처럼 가노조 내부에서 피어올랐다.

...가노조는 말없이 기쿠오의 손을... 그저 그뿐이었다...

가노조는 갑자기 기쿠오로부터 도망쳐 무사시노의 어느 거리가 나올 때까지 무작정 달렸다. 그러는 동안 잡목림의 아랫길인 완만한 언덕을 돌아 죽자초 숲 같은 덤불 옆을 지났고 흰 국화가 한가득 피어 있는 들판의 한켠이 눈에 들어왔다. 이윽고 박하풀 향이 솔솔 나는 마을 근처 거리에서 가노조는 택시를 잡아 타고 도쿄의 야마노테에 있는 집으로 돌아왔다. 가노조의 얼굴색은 하녀가 수상하게 여길 정도로 파랗게 질려있었다.

가노조는 자신의 방에 들어가 반쯤 병자가 된 사람처럼 책상 앞에 앉았다. 그러고는 '이제 안 만나. 이제 안 만날 거야."라고 혼잣말을 하며 기쿠오에게 절교의 내용을 담은 간단한 편지를썼다.

그날 밤, 가노조는 늦은 시간 이런 일을 털어놓을 수 있는 자신과 잇사쿠의 부부 사이를 내심 신기하게 여기며 기쿠오와 자신의 일을 잇사쿠에게 이야기했다.

"하하하, 그랬군. 그래? 하하하. 하지만 그 덕분에 이치로에게 지나치게 열중했던 당신 모습이 요즘 상당히 나아지는 것 같았는데 말이야. 기쿠오 군을 가끔 만나지 그래. 그렇게 하면서 이치로에 대한 지나친 애정도 좀 조절하고 당신도 안정을 취해가면서 다시 일을 해보면 어떨까?"

잇사쿠는 이렇게 말하며 담배에 불을 붙였다. 그리고 계속해서 가벼운 웃음을 지은 채 가노조를 지그시 바라보았다.

"기쿠오군의 약혼녀나 나에게는 미안하다고 생각하지 않으면서 이치로에게만 미안함을 느끼다니 당신 참 재밌어, 하하하"

"당신이나 약혼녀에 대한 미안함도 내 마음 어딘가에 막연하게 잠재되어 있어요. 다만 그건 단순히 도덕상의 미안함 같은 거라서 그렇게 대단한 건 아니에요. 나는 정말 찌릿찌릿하게 본능의 피부로 느꼈어요. 무엇보다 애초에 이 문제는 아들을 매개로 해서 시작된 거니까 아들에게 미안한 마음이 가장 많이 드는 건 당연한 일이에요."

가노조는 그렇게 말하면서 울컥 눈물이 고였다. 가노조가 어떤 변명을 하든 도덕이나 의리보다도, 그리고 그렇게도 애절한 기쿠오를 향한 애정보다도 더욱 간절한 곳에서 우러나는, 아이를 더럽히고 싶지 않다는 어머니로서의 본능, 그런 본능에는 '아들에게 미안하다'와 같은 뜻뜨미지근하고 흔해 빠진 말이 어울리지 않음을 가노조는 새삼 깨달았다. 아들의 존재를 매개로 발전한 이 일들이 결국.. 그에 대해 엄마로서의 본능이 분노한 것이다. 아들에 대한 그 어떤 모독도 용납하지 않는 모성의 격노함이 가노조를 기쿠오로부터 떨어트려 놓은 것이었다.

4, 5년의 세월이 흘렀다.

화가로서 아들의 일은 순조롭게 진행되고 있는 모양이었다. 『랭트랑시장L'intransigeant』[24] 인가하는 견실한 파리 신문 학예란에 유망 화가 10인 중 한 사람으로 아들의 이름이 보도되기 시작했다. 아들은 그 중에서도 최연소자이자 유일한 일본인이었던 만큼 특별한 기대를 받고 있는 모양이었다.

"세상에, 이치로가, 믿기지 않는 이야기에요. 정말 감사한 일이네요. 역시 착실하게 잘 해주었어요."

가노조에게 요행이라 생각하는 마음과 당연한 결과라는 확신에 찬 마음이 교차했다.

예술이란 험난한 세계에 남편을 보내고 자신도 그 속에 있다. 누구보다도 그 세계의 덧없음과 변덕을 잘 아는 데다 세간의 풍문에도 초연하게 된 가노조였다. 그런 과정을 겪어온 덕에 거친 풍랑 속을 여행하면서도 가노조의 아들만큼은 방향키를 옳게 쥐고 있을 줄 알았다. 건전하고 씩씩한 내 아들, 가노조는 마음속으로 되뇌었다.

"역시 당신 아들이야."

남편 잇사쿠는 기뻐 어쩔 줄 모르면서도 의젓해 보이는 태도를

---

24 프랑스의 일간지

취하고 있었다. 화가 지망생이었던 어린 시절, 가난 때문에 포기해야만 했던 파리 유학이라는 꿈을 그는 이제 아들을 통해 실현시킨 셈이었다. 그 덕에 운명에 대해 복수를 한 것만 같은 통쾌함을 맛보고 있다. 그것만으로도 충분히 만족스러웠다.

게다가 아들은 진지하게 발톱을 갈고 닦아 견고한 예술의 철벽에 하나의 구멍을 내어가고 있다. 잇사쿠는 그것을 요행이 아닌 아들의 본능이라고 볼 수밖에 없었다.

"역시 당신 아들이야."

잇사쿠는 가노조에게 했던 말의 의미와는 또 다른 감회를 담아 같은 말을 다시 반복했다.

"하긴 예술 아귀餓鬼들의 자식이니 뭐."

가노조는 그 말을 듣고는 깔깔거리며 웃었다.

예술 아귀라는 말에 화가 나거나 기쁘거나 하지도 않았고 그저 웃을 뿐인 가노조의 웃음에 차가운 기운이 흘렀다.

형제들 중 두명이나 예술의 길에 들어섰으나 목숨을 잃고 말았던 경험을 지니고 있는 가노조는 가족들 중에서 예술의 길을 걷고자 한 마지막 인간이었다. 나무 새싹 같은 연약한 마음과 불같은 격정적인 성격을 가진 초현실적인 아가씨가 이만큼 크게 성공한 아들을 갖게 되기까지 이 세상을 살아온 것이 신기하게 느껴졌다. 그리고 예술의 정수精髓를 추구하며 끈덕지게 매달렸던 어린 시절의 자신과 마찬가지로 누에가 뽕잎을 갉아 먹듯 밤낮으로 예술에 매달려 있는 아들의 존재.

잇사쿠는 인간의 취향이나 의지 같은 것 이상으로 가노조 일가 전체를 타고 흐르는 무형의 강인함 같은 것이 일족의 보루인 가노조를 지켜주고 있는 것이 아닌가 생각했다. 이미 본능화 된 무엇인가였다. 맹목적인 위대한 힘이었다. 지금은 그것이 아들에게로 옮겨가 봉화 불처럼 타오르고 있다. 잇사쿠는 실로 감탄하며 칭찬해주고 싶은 마음이 들었지만 평소처럼 가노조에게 '예술 아귀' 운운하는 별명을 붙여가며 놀려댔다.

어느 날, 일을 마치고 돌아온 잇사쿠가 가노조에게 말했다.

"저기, 얼마 전에 파리에서 돌아온 시마무라島村 군이라는 회사 사람이 일부러 나한테 일러줬는데, 이치로와 파리에서 자주 만났대. 아주 착실하게 해나가고 있다고. 이치로가 '저는 저를 이렇게 생활할 수 있도록 해주시는 부모님 밑에서 태어난 덕에 행복해요. 아니, 행복하다고 여겨야만 한다고 늘 생각합니다.'라고 했다는데 시마무라는 그 말이 매우 좋게 들렸던 모양이야."

가노조는 손을 모아 빌고 싶어졌다. 누구에게 비는 것인 지는 모르겠으나 그저 감사할 따름이었다. 허무맹랑하게 큰 이상을 품는 사람은 어리석고, 스스로 행복해질 수 없는 사람은 미약하다. 그러나 내 아들 하나만큼은 훌륭하게 성장한 남자로서 완전한 행복 안에 살아가고 있다. 그것으로 부모로서의 책임을 한 시름 어깨에서 내려놓은 것만 같았다. 가노조는 늘 생각했다. 살아가기 버거운 이 세상을 부모로 인해 태어나 살아갈 수밖에 없는 아이. 아이에게 이 세상에 태어나고자 하는 의지가 있었거나 자진해서 나오려는 마음이 있었던 것도 아니다. 따라서 부모는 본능적인 사랑 뿐 아니라 명백한 책임감을 가지고 세상에 태어난 아이의 운명을 살필 의무를 지지 않으면 안된다. 아이가 행복하다고 하면서 한 마디라도 감사의 뜻을 부모에게 전한다는 것은 부모의 책임감과 절실한 마음이 아이에게 전해진 결과인 것이다. 또한 아이가 느끼는 부모에 대한 감사는, 아이를 충분한 책임감으로 키워 온 부모가 받을 수 있는 보상이자 행복이다.

수년간 파리의 아들로부터 가노조 앞으로 도착한 편지는 백 통 이상이나 되었다. 자신의 근황을 알리거나 예술의 경향을 논하기도 했고 짧은 몇 문장을 여행지에서 적어 보내기도 했다. 가노조는 아들이 아직도 어리숙하고 대기만성으로 살아가고 있는 이 엄마를 강하게 만들어주는 한편 인생에서 어떠한 현실을 만나더라도 상처입지 않도록 확실한 근성과 저항력을 길러주기 위해 본능적으로 애쓰고 있다는 사실을 알 수 있었다.

가노조는 편지를 읽을 때마다 눈물이 그렁해지며 미소를 머금었다.

"이건 네가 너 자신에게 거는 주문 같은 말 아니니. 부모 자식은 공통된 약점을 가지고 있지. 그걸 잘도 알아차렸구나."

게다가 아들은 역시 남자였다. 아들은 고독한 적적함과 타인들 속에서의 고충을 겪으며 그런 약점을 훌륭히 극복해 나가고 있었다. 그리고 먼 곳에 있는 엄마에게까지 힘을 주고 있다. 빈정거림을 싫어하는 아들은 어머니에게 힘을 실어줄 때도 일부러 감정을 보이지 않고 무뚝뚝한 말을 던졌다. 가노조를 거칠게 다루는 듯 하면서도 자신의 근황을 전할 때 세세하고 섬세한 배려를 일부러 드러나지 않게끔 하며 조용히 어머니의 힘을 북돋아 주었다. 가노조는 아들과 함께 파리의 거리를 걸을 때 아들이 보여주던 모습을 줄곧 떠올렸다.

"어리숙하게 굴지 마세요."

"저도 이제 몰라요."

가노조가 무언가 공상에 빠져 자동차나 수레가 지나다니는 큰길을 신호도 모르고 휘청휘청 가로지르거나 차도 위로 발을 내딛거나 하는 모습을 보이면 아들은 이런 거친 표현으로 화를 내면서도 양손으로는 끊임없이 가노조의 어깨를 부드럽게 감싸안았다. 유치원에 다니는 아이를 다루는 듯한 세세한 보살핌이었다.

"이 얼룩 좀 봐."

아들은 이렇게 말하며 가노조의 턱에 뭉쳐진 분가루를 양복 소매로 문질러주곤 했다. 가장 곤란했던 것은 가노조가 자꾸만 xxxx[25]를 내리는 일이었다.

"이치로, 안돼. 됐어."

---

25 출간 당시 검열로 인해 삭제되었던 부분이 x로 표시되어 있어 원문 그대로 표기함

가노조는 얼굴을 붉히며 만류했다.

"잠깐만요. 이런 어머니가 세상에 또 어디 있어요? 저 실망했어요."

그렇게 말하면서도 아들은 슬쩍 그녀의 뒤로 가 그녀를 감싸듯 하면서 사람들의 눈에 띄지 않게 카페의 xx로 그녀를 들여보내 주었다.

편지를 통해 느껴지는 아들의 그런 배려와 깊은 마음은 해가 가도 변하지 않았을 뿐 아니라 점점 깊어져 갔다.

아들의 편지 1

지금 막 어머니 편지를 받았습니다. 어머니가 제가 그린 그림에 대한 세간의 평가(예를 들면 지지난 달 호 xx에 실린 것 같은 글)를 초연하게 받아들이셨다는 얘기를 듣고 안심했습니다. 제 안에 있는 땀, 때, 고름들을 부끄러워하지 않고 기쁘게 쏟아낼 수 있다면 저는 충분합니다. 제 그림의 의미와 그에 대한 반응이 어머니를 괴롭게 만들고 곤경에 처하게 할까봐 걱정했습니다만 초연하고 대범한 태도를 보여주신 어머니 덕분에 이제 더는 걱정하지 않습니다. 저는 파리에서 어머니와 함께 지내던 때에도 '세간의 말들을 신경 쓰는 어머니의 모습이 가장 싫다. 초라하고, 여자 특유의 기질 같아 싫다'고 자주 말하곤 했습니다. 하지만 그 땀이나 때가 보잘 것 없이 느껴진다면 그것은 제 갈 길이 아직 멀었다는 뜻이겠죠.

어쨌든 그런 초연함 심정에 도달하게 되셨다니 축하해야 마땅한 일입니다. 그런데 정말 괜찮으신 건가요?

모든 자기만족을 버리셔야 합니다. 아직 어머니는 연약하세요. 자기 가족에게만 애정을 쏟는 것은 자기만족입니다. 아버지는 어머니를 많이 사랑하시지만, 아버지의 그 맹목적인 사랑이 도리어 어머니에게 해를 끼치고 있다고 저는 생각해요. 아버지의 맹목적인 사랑은 장점인 동시에 단점이기도 합니다.

이제 정말 단단해지셔야만 해요.

아이 같은 면은 타고난 성격이시라는 걸 알지만 그래도 그만 두세요. 자신이 가지고 있는 유치한 면을 허용하며 방치하는 것은 데카당스들이나 하는 짓입니다. 자신이 가지고 있지 않은 것을 노력으로 쟁취해야만 합니다. 일단 자신의 것이 되고 나면 그곳에서 나오는 불순물, 더러움 같은 것은 늘 배출시켜야 합니다.

아들의 편지 2

(전략)

어머니는 너무 자신의 틀만을 맹신하시는 것 같습니다.

그래서 더 고통스러워하며 갈팡질팡 하시는 것이라고 생각해요.

인생의 목적은 깨달음이 아닙니다. 살아가는 것 자체입니다. 인간은 동물이기 때문이에요.

(후략)

아들의 편지 3

(생략)

그러니까 이제 그런 작품은 쓰지 마세요. 제가 어머니를 탓하는 것은 어머니의 좋지 못한 면을 일러드리는 것이 사랑받은 자식으로서의 사명이라고 생각하기 때문이에요. 어머니, 당신께서는 좋은 면과 나쁜 면 모두를 갖고 계세요. 크게 보면 좋지도 나쁘지도 않을지 모르지만, 제가 알고 있는 엄격한 삶이나 예술에 비춰보면 그렇다는 말입니다.

제가 아무리 말씀드려도 이해하지 못하시겠다면 어머니는 자기 자식의 말조차 귀담아 듣지 않으시는 셈이 됩니다.

요즘 읽으면서 감명 받고 있는 로트레아몽(Lautreamont)[26]의 책 『말도로르의 노래』를 보냅니다. 어머니께서 읽어보시면 좋겠어요.

---

26 프랑스의 시인

제가 불안하게 생각하는 어머니의 일면이 그 책을 보시면서 다소나마 바로잡아지면 좋겠다는 생각을 하고 있습니다.

(후략)

아들의 편지 4

(전략)

저는 이른바 xx와 예술이란 것 사이에 큰 간극이 있다고 생각합니다. 예술가에게 있어서는 예술이 전부이고 그것은 도덕적이지도 비도덕적이지도 않지요.

앞으로 예술가는 예술을 믿기 때문에 xx를 믿어서는 안 된다고 생각합니다. 예술가로서 xx보다 더 과학적인 xxxx라도 완전히 믿을 수는 없습니다. 예술가가 자신의 눈 앞에 xx보다도 뛰어난 예술의 모습을 보지 못한다면 그것은 기개 없는 빈약한 예술가이기 때문이라고밖에 볼 수 없어요. xx보다 숭고한 예술이 보인다면 그것이 바로 xx라거나 하는 억지를 쓰는 사람과는 마주하지 않을 겁니다. 거기에서 또 다시 xx에 집착해버리기 시작하는 법입니다. 한 마디로 말해 예술가에게는 사람이 만든 xx 같은 건 필요 없는 셈입니다. xx를 통해 예술을 보거나 xx적인 정신을 보유한 생활로부터 과연 예술이 태어날 수 있을까요?

앙드레 지드도 평생 xx와 싸우지 않았습니까.

지금까지 인간으로서 또한 예술가로서 xx를 갖지 못한 사람은 역사적으로 한 사람도 없었을 겁니다. 그것은 물론 사회 제도, 즉 전통 때문인 듯 합니다. 위대한 예술가는 모두 최후까지 xx에 연연하지 않았던 것 같습니다. 그들의 예술은 너무 위대해서 xx가 완전히 자취를 감췄던 것이지요.

(생략)

예술가는 어디까지나 혁명가여야 합니다. 창조를 해나가지 않으면 안됩니다. 여기서 xx의 과학성을 꺼내 들지도 모르지만, xx의 과학적 이론은 xx를 더럽히는 것에 불과하지 않을까요. 제가 어렸을 때 어머니가 설명해 주신 것은 베르그송의 『창조적 진화』에 보다 자세하게 설명되어 있습니다. 만물은 계속해서 창조되는 동시에 변화하고 있다는 것 말입니다.

(생략)

예술가는 예술만 믿으면 족합니다. 예술 역량이 적은 사람이 xx나 xxx에 가면 되는 거죠. 어머니, 당신은 그렇게나 뛰어난 예술가시면서 무엇을 고민하며 망설이십니까. 이 대목에서 한 가지 확실히 말씀드리고 싶은 것은 xx를 때려 부수자고 말하고 있는 것이 아니라는 점입니다. 바람직한 사회인으로서의 생활 속에서 xx는 훌륭한 의미와 생명력을 갖고 있어요. xxx의 의의도 그런 점에 있습니다. 모든 사람의 행복을 위해 투쟁한다고 하는 점에서 그것들은 의미를 갖습니다.

그러나 예술가가 된 이상, 이른바 사회인으로서의 역할 이외의 도덕이나 범주나 시대를 초월한 보다 힘겨운 예술이라는 것과 마주하게 됩니다.

앙드레 지드는 인간으로서 XXX가 되었지만 그의 예술까지 XXX에 넘겨주지는 않았습니다.

(생략)

아름다움을 위한 아름다움은 존재해서는 안됩니다.

예술은 XX도 XXX미(美)도 그 무엇도 없는 곳에 절실한 현실을 드러내는 것입니다.

(생략)

이 편지를 쓰면서 저도 놀랐습니다. 왜냐하면 어머니는 XX 사상의 정수를 이해하고 계시기 때문입니다. 천지간의 막힘없고 무한한 초월적인 사상으로 보면 지금 새삼 제가 이런 편지를 쓰지 않아도 되겠지요. 이런 번잡한 일을 누가 시키는 걸까요? 어머니, 다름 아닌 어머니가 시키고 계신 겁니다. 어머니는 그런 훌륭한 사상을 연구하시고 이해하실 수 있는 소질을 갖고 계시면서도 어머니의 개인적인 차원에서는 그와 어울리지 않는 유치하고 미성숙한 면 역시 가지고 계세요. 그래서 아들인 제가 그저 XX구나 라며 어머니를 떠올리고는 이런 편지를 쓰는 겁니다. 어머니는 어떤 면에서 정말 위대하십니다. 하지만 또 어떤 면에서는 너무 많이 부족하세요. 안타까운 것은 부족한 어머니 쪽이 어머니 자신에게도 다른 사람에게도 큰 영향을 미치고 있다는 사실입니다. 양쪽이 잘 조화되는 때가 어머니의 진정한 완성을 목도할 수 있는 때가 될 겁니다.

(후략)

가노조는 아들이 그렇게나 감정적인 자신에게 여태껏 한 번도 편지를 통해 쓴소리하지 않았다는 사실을 떠올리며 언젠가 원고지에 이런 글을 적었다.

아들은 엄격하고 엄마는 약하다
엄마는 여자이고, 아들은 남자다

"그게 뭐야?"
잇사쿠가 웃으며 글을 들여다보고 갔다.
가노조는 후에 또 다시 글을 적었다.

엄마는 여자이고 아들은 남자,
아들은 남자, 아들은 남자, 남자, 남자, 남자

남자다, 남자다라고 계속해서 적어 내려가다보니 듬직한 남성이라는 하나의 영토가 아들이라는 존재를 통해 조건 없이 자신이라는 여성 앞에 펼쳐지는 것 같았다. 여성의 앞에 펼쳐지는 다른 남성적인 영토, 즉 남편, 애인, 친구 그 중 어느 것이 어머니 앞에 제공된 아들의 것만큼 무조건적이며 엄숙한 영토가 될 것인가. 가노조는 그 사실을 어떤 대상에게 감사해야 하는가. 자신보다도 듬직한 골격, 강한 의지, 확고한 힘을 갖춘 남성이라는 믿음직스런 하나의 영토가 우연히도 자신에 의해 이 세상에 태어나게 되었다. 그 생명의 신비함에 가노조는 깊은 감명을 받았다.

가노조와 잇사쿠가 볼일을 보고 외출에서 돌아오니 집을 보던 하인 아이가 약간 흥분한 말투로 소식을 전했다.

"파리의 도련님 지인이라는 화가분이 오셨어요. 도쿄역에 도착하자마자 바로 오셨다고 하는데 가방도 그대로 들고 계셨습니다."

가노조는 그 손님이 파리의 전위파 화가들 중 현재 세계적인 대가가 된 K.S씨라는 것을 알았다.

"혼자서? 아니면 사모님도?"

"여성분도 함께 오셨어요."

K.S씨는 신혼여행 중일 터였다.

하인 아이는 K.S씨가 파리에 머물 때 아들에게 받았다고 하는 소개장을 내밀었다.

소개장에는 일부러 공식적이고 간결한 느낌으로 쓴 것 같은 문장을 통해 K.S씨를 잘 부탁한다는 내용이 쓰여 있었다.

"그래서, 그 분들은 어떻게 하고 계셔?"

"운전사에게 잘 말해서 T호텔로 모셔다 드리도록 했어요. 지금 두 분 모두 외출중이시라고 잘 말씀 드렸고요."

왠지 기분 좋아보이는 잇사쿠가 타고난 버릇을 꺼내 하인 아이를 놀려댔다.

"잘 말씀드렸다는데 정말 그랬나? 겨우 말씀드린 정도겠지. 초급 프랑스어 수준밖에 안되잖아?"

"아뇨, 두 분 모두 영어로 말씀하셨어요. 그래서 저도 오랜만에 영어를 써보자 싶어 자신있게 말씀 드렸습니다."

하인 아이는 웃으면서 혀를 날름 내밀었다.

더는 아이를 놀릴 소재가 없었는지 잇사쿠는 K.S씨를 일본 화단畵壇에 어떻게 소개하는 것이 좋을지 생각하기 시작했다.

"그 화가, 전시회를 할 만한 작품을 가져왔을까?"

"일단 오늘밤은 긴자라도 구경시켜 드리고 일본 음식을 대접하도록 해요. 바로 호텔에 전화해 보세요."

"그래, 당신은 새신부에게 꽃이라도 가져다주지 그래?"

가노조는 얼른 옷을 갈아입었다. K.S씨는 파리 화단의 대가들 중에서도 특히 아들과 친하게 지내고 있는 사람이었다. 선배라기보다도 형 동생 마냥 각별한 사이로 지내고 있다는 것을 가노조도 잘 알고 있었다. 그만큼 아들에게 후한 대접을 해주고 있으니 보답하는 차원에서라도 부모가 그들을 위해 분주하게 움직이는 것은 당연한 일이다. 혹시 자신이 아들의 어머니로서 K.S씨에게 나쁜 인상을 준다면 앞으로 K.S씨가 아들을 대하는 데도 영향을 미칠지 모른다. 더구나 새신부도 함께 있다니, 더욱 충분히 마음을 써야만 하겠다고 가노조는 생각했다. 어머니를 늘 생각하는 아들은 어머니에겐 엄하게 굴지만 정작 어머니가 없는 곳에서는 어머니를 자랑스럽게 여겼다. 어쩌면 그리움이 차올라 이 화가 부부에게 어머니에 대한 칭찬을 잔뜩 해놨는지도 모를 일이었다. 가노조는 옷매무새를 매만지면서 아들이 K.S씨의 뇌리에 심어준 어머니에 대한 이미지가 있다면 부디 그것을 망치는 일이 없게 해달라고 간절히 빌었다.

거만하고 질 줄 모르는 잇사쿠도 같은 생각을 하고 있었는지 드물게도 먼저 나서며 가노조의 나갈 채비를 재촉하며 말했다.

"이것 참 힘드네. 아들이 신세지고 있는 사람이라니, 왠지 약점을 잡힌 것 같아서 한 발 양보하게 되어버려. 무기력해지는 것 같아."

K.S씨는 생각보다 젊었고 재기 넘치며 영민해 보이는 신사였다. 차림새도 꼼꼼한 사무가의 느낌이었다. 그러나 신경질적으로 사람의 눈치를 살피고 호의를 저버려서는 안된다라고 하는 극도의 강박에 사로잡혀 있다는 점에서 볼 때 세속적인 소심한 예술가다운 면모가 보였다. 젊은 부인은 옆에 앉아 소박하게 핀 꽃처럼 얌전히 미소 짓고 있었다.

호텔에서 나와 바로 향해 간 긴자의 일본음식점은 다다미방이지만 테이블 밑에 다리를 넣을 수 있도록 된 곳이었다. 잇사쿠와 서양인 화가 부부는 테이블 밑으로 다리를 집어넣었고 가노조만 뒤로 다리를 굽힌 채 테이블을 향해 앉았다. 창문으로는 버드나무 너머로 긴자 거리의 수많은 사람들이 건너다 보였다.

"이치로는 저희들이 여행을 떠나오기 전날 밤에도 저희 집에 송별 인사를 하러 와서 늦게까지 이야기를 나누다 갔습니다."

K.S씨는 무엇보다도 아들의 이야기를 건네는 것이 부부를 위한 가장 좋은 선물이 될 것임을 잘 알고 있었던 듯 계속해서 아들의 이야기를 꺼냈다.

K.S씨는 몇 번씩이나 반복해서 얘기했다.

"이치로는 아주 잘 지내고 있습니다."

젓가락을 이상하게 쥐고 손을 움직이던 젊은 부인은 옆에서 이치로의 이름을 되뇌며 얕은 웃음을 웃었다.

가노조는 깜짝 놀라 아들이 무언가 저런 웃음 살만한 행동이라도 한 것은 아닌가 하며 가슴이 철렁 내려앉았다. 부인이 어떻게 웃고 있는가를 살펴보면 아들이 빈축 살 만한 행동을 했는지 어떤지를 가늠해 볼 수 있을 것 같았다. 하지만 가노조가 부인을 바라봤을 때 부인은 이미 고개를 숙이고 젓가락으로 국물 안을 휘젓고 있었다.

"이치로가 무슨 일이라도 저질렀나요?"

가노조는 자신도 모르게 큰 소리로 물었다.

그러자 K.S씨가 가노조의 걱정을 지워주려는 듯 서둘러 간략히 설명했다.

"저희가 결혼하고 얼마 지나지 않았을 때였어요. 이치로가 와서 맥주를 마시며 밤늦게까지 예술에 대한 토론을 했었죠. 파리의 새로운 화풍을 한마디로 추상화라고 하는데, 그 안에서도 각 개인들마다 주장하는 바가 다릅니다. 뭐 그에 관한 이야기들을 하고 있었는데 그러다 이치로가 졸렸는지 의자에 기댄 채 잠들어 버린 적이 있어요. 저희는 일본 미술가에게 경의를 표한다는 뜻으로 저희 침대를 양보했습니다. 말하자면 이치로를 침대로 옮겨 자게하고 저희 부부는 소파나 의자를 붙여 그 위에서 자게 된 셈이죠."

"저런, 그런 일이."

가노조가 안타까워하며 말했다.

"얘기가 더 있어요. 아침에 이치로가 일어나보니 자기가 이상한 곳에 누워있는 겁니다. 묘한 얼굴을 하고 있더군요. 하지만 자초지종을 알더니 진지한 표정으로 이렇게 말했습니다. 너희들의 신혼의 단꿈을 방해해서 정말 미안하다고요. 그리고는 돌아갔습니다."

이 얘기를 들으며 젊은 부인은 또 한 번 이치로의 이름을 되뇌고 웃었다. 가노조의 얼굴을 바라보며 지은, 호의가 담긴 웃음이었다.

가노조는 다시 한 번 '아' 하는 추임새와 함께 따라 웃었다. 잇사쿠는 아들의 기특한 모습을 떠올리며 흐뭇한 표정으로 웃었다.

그러나 가노조는 웃음에 둘러싸여 질식할 듯한 느낌을 받았다. 자신은 사람들의 오해를 사기 쉬운 성격으로 든든한 내편은 고사하고 막강한 적들이 생겨버리는 위기의 운명인 데 비해 아들은 가는 곳마다 사랑 받고 종횡무진으로 활약하며 자유롭게 세상을 살아가고 있다. 이 얼마나 손쉬운 세상살이인가. 그렇다면 이치로는 타고난 손쉬운 기질과 자연스러움만으로 오늘날과 같은 인생을 살아가고 있는 것일까. 아니, 그에게는 그 나름의 고생이 있고 지금도 그 밑바닥에는 꽤나 괴로운 어떤 것이 잠재되어 있을는지 모른다. 그러한 비애의 여러 모습들이 저절로 배어 나오기에 그가 종횡무진으로 막힘없이 살아가는 인생이라 할지라도 사람들의 반감을 사지 않는 것은 아닐까. 이치로는 어린 시절, 가노조가 한동안 병약했던 시기에 아동 시설에 맡겨진 적이 있었다. 승부욕이 강했던 이치로가 친구들과 다툼이 벌어질 때마다 자주 할퀴곤 했기 때문에 '원숭이'라는 별명을 갖게 되었다는 것을 듣고 가노조는 절절하게 이런 시를 지었었다.

어리고 순진한 남자 아이
그러나 사람들 입에 오르내리는 일도 더러 있을테지

어린 시절의 설움은 몸에 새겨진다. 하지만 그 고생을 날것으로 내보이는 것이 아니라 삶의 활력소로 삼은 점은 내 자식이지만 정말 장한 일이다. 역시 순수하고 강인한 부분을 가지고 태어난 덕분인 것일까.

가노조는 왠지 감사의 마음이 솟아올라 그 마음을 표현하기 위해 누구에게랄 것도 없이 '감사합니다'를 외치며 서양인들 앞에서 서투르게 일본식으로 머리를 숙였다. 잇사쿠도 그에 휘말려 살짝 고개를 숙였다.

식사를 마친 후 긴자 거리의 인파 속을 한 바퀴 걸으며 안내했다. 인형 수집에 열을 올리는 중이던 화가의 부인은 장난감 인형 가게를 여기 저기 다니며 찾아냈다.

K.S씨는 오가는 도중 거리를 둘러보며 말했다.

"이치로도 일본에 있을 때는 늘 이곳을 걸어다녔겠네요."

가노조는 아들이 함께 있었다면 얼마나 즐거울까 생각해 봤으나 손님이 소외감을 느낄까 싶어 입 밖으로는 말을 내지 않았다.

잇사쿠는 전람회장 섭외, 간행물이나 미술단체 소개, 작품의 판매 창구 등을 막힘없는 기세로 처리해 나갔다. 잇사쿠 말로는 화가가 작품을 소지하고 있는 이상 그것을 발표하고 싶은 마음은 넘치게 있을 것이고, 가급적 많이 판매하여 자금을 마련해 주는 것이 여행 중인 화가에 대한 가장 친절한 배려일 것이라고 했다. 잇사쿠는 평소에 호탕하고 내키는 대로 구는 것처럼 보였지만 처세상의 경제생활에 있어서는 겁쟁이라는 생각이 들만큼 소극적이고 조심스러운 성격이라, 그림들도 제 손으로 팔아본 일이 없었다. 그런 점 때문에 미술과 관련된 여러 방면에서 꽤나 신임을 받고 있었다. 그런 바탕 위에서, 그는 일단 일을 하기 시작하면 굉장하다는 감탄을 자아낼 정도로 철저한 성과를 냈다.

그런 연유로 K.S씨의 작품 전시회는 잇사쿠가 분주하게 움직인 덕에 일본에 도착한 지 며칠 지나지 않아 시내의 가장 목 좋은 장소에 있는 백화점의 작은 방을 빌려 성대하게 개최되었다.

"이렇게 빠른 일처리는 파리였다면 그 어떤 유력한 화가라고 하더라도 불가능한 일이에요. 파리에서는 아무리 빨라도 3개월은 걸려요."

K.S씨는 엄청난 속도의 일처리에 일견 질린 듯하면서도 내심 기쁜지 기분이 좋아보였다. 몇 번이고 감사 인사를 반복했다.

호텔 방 하나를 잡고 계속해서 전화를 하거나 소개 문건을 작성하거나 방문한 기자들을 상대하거나 하다 보니 피로와 담배에 찌든 얼굴이 되어 버린 잇사쿠는 아무 일 아니라는 듯 말했다.

"아뇨, 마음 쓰지 마세요. 당신들은 아들의 친구분들이지 않습니까."

그러면서 침통하게 입술을 다물더니 다시 사무를 보기 시작했다.

가노조는 잇사쿠가 아들이 어렸을 때 아들에게 정 없이 굴었던 것을 이제야말로 속죄하려고 마음 먹었구나 싶은 생각이 들었다. 때때로 눈을 감으며 머리를 가볍게 흔드는 것은 나오려는 눈물을 강제로 눌러 들여보내기 위한 행동이 아닐까, 혹은 빈혈을 일으켜 눈앞이 아찔해 그러는 것일까. 잇사쿠는 지나칠 정도로 훌륭한 아버지가 되어 있었다.

"여보, 번역 일 교대하도록 해요. 좀 쉬세요."

그러자 잇사쿠는 좀처럼 보인 적 없는 열정적인 눈동자로 가노조의 눈동자를 똑바로 바라보며 말했다.

"내가 만족스러울 때까지 하도록 놔둬."

가노조와 잇사쿠는 호시가오카星が丘 찻집을 나와 K.S씨 부부와 함께 오늘이 마지막이었던 전시회장에 들러볼 생각으로 어슬렁거리며 도라노몬虎ノ門까지 걸었다. 봄도 어느새 등장할 채비를 마친 듯 맑은 하늘에도 건물을 둘러싼 언덕의 덤불에도 따뜻한 기운이 감돌고 있었다.

가노조와 잇사쿠의 친구인 사업가가 불러준 덕에 K.S씨 부부를 다실의 농가로 초대했다. 그을린 대들보와 기둥에 검은 빛이 돌 만큼 세월을 고스란히 담고 있는 시골집의 응접실을 그대로 옮겨 놓은 듯한 공간에는 화로도 있고 등불도 있었다. 서양 사람들에게 일본의 향토색을 느끼도록 할 최적의 공간일 것이라는 사업가의 의도 덕분이었다. 머리를 땋아 고리를 만들어 묶고, 소매가 땅에 끌릴 정도로 길고 넓은 기모노 차림의 어린 여자 종업원이 음식상을 가져왔다.

K.S씨는 차려진 음식들 중에서 구운 조개 접시 위에 홍매화 꽃봉오리가 장식되어 있는 것이나 대나무 꼬치를 끼운 두부에 발라진 된장이 나뭇잎 향을 머금고 있는 것을 보고는 말했다.

"일본 사람들은 계절마다의 자연을 어떤 것에든 잘 반영하는 것 같아요."

잇사쿠는 그의 친구인 사업가가 K.S씨는 역시나 예술가라서 그런지 서양인 치고는 미각이나 후각이 섬세한 것에 감탄했다고 한 말을 전했다.

가노조는 젊은 부인에게 일본의 전통적인 머리모양에 관해 설명했다.

4명의 일행은 히비야日比谷 공원으로 들어섰다. K.S씨는 무언가를 깊이 깨달은 사람처럼 가노조에게 말했다.

"이곳에 와서야 이치로를 제대로 알 것 같은 생각이 듭니다. 여러 가지를 보여주시고 경험하게 해주신 덕분입니다. 이치로는 역시 일본이라는 나라의 이모저모를 배경으로 가진 예술가이군요. 빈말이 아니라 이치로는 저희들보다 훨씬 소질 있는 화가입니다. 저는 이치로보다 처세도 능하고 돈을 버는 요령 역시 잘 알지만 소질 면에 있어서는 젊은 이치로를 도저히 따라갈 수가 없어요. 어머님께서는 제가 이치로를 어떻게든 도울 수 있을 거라고 생각하시는지 모르겠지만, 이치로는 그런 도움조차 필요로 하지 않을 만큼 이미 훌륭한 화가가 되었습니다. 그저 아직은 그림을 팔지 않을 뿐입니다. 제가 가진 재능이나 경험으로 이치로에게 돈이 될 만한 일을 알려주는 건 아주 손쉬운 일입니다. 이치로는 그런 부분 역시 훌륭하게 해낼 게 틀림없어요. 하지만 바로 그렇기 때문에 두렵기도 한 겁니다. 이치로는 가급적 자유롭게 활동하면서 돈이나 생활에 관한 것으로 골치 썩지 않았으면 좋겠어요."

가노조는 자신이 이미 생각해오던 것을 새삼스럽게 에둘러 지적당한 듯한 느낌이었다. 그러나 나이의 많고 적음을 따지거나 유명한가 그렇지 않은가 하는 것들을 떠나 실제의 힘, 실력만으로 모든 것을 판단하는 몽파르나스의 예술가 기질이 담긴 말이었기에 존중하는 마음으로 경청했다. 상황에 따라서는 아들을 우리 부부의 아이만이 아닌 일본의 자랑으로서, 세계의 꽃으로서 바쳐야만 할 운명이 닥쳐올지 모른다. 멋쩍기도 하고 약간은 쓸쓸하기도 했다.

가노조는 일행과 히비야 공원의 화단이나 나무들 사이를 걸으며 봄과 초여름 꽃이 한꺼번에 꽃봉오리를 달고 마치 막이 열리듯 겨울과는 다른 모습으로 변모하는 파리의 봄을 떠올렸다. 짙은 푸른 하늘은 예쁜 빛을 머금은 채 저물 줄 몰랐다. 에펠탑은 길고 긴 그림자를 세느 강변 가로수 잎 위나 밀집한 건물들 위로 드리운 채 드넓은 물결을 내려다보며 섬세하고 듬직한 다리를 길게 뻗고 있었다.

길을 걷고 있자니 보라색이나 레몬색 실내의 전등빛을 배경으로 도로까지 늘어서 까페 식탁에 많은 손님들이 차를 마시며 행인들을 바라보고 있었다. 그 모습은 짙은 황혼을 음미하려는 표정이면서 동시에 얼마쯤은 무례와 탐욕까지 동반하고 있는 것처럼 보였다.

이런 해질녘, 가노조는 자주 파시Passy 거리에 있는 집을 나서 그다지 멀지 않은 곳에 있는 트로카데로Trokadero 정원으로 향하곤 했다. 파시 거리가 끝나는 곳에서 왼쪽으로 돌아 약간 경사가 진 좁은 길에 들어서면 고풍스러운 돌담이 한쪽으로 절벽을 막아서고 있었다. 얼마간의 나무숲을 지나면 세느 강 표면의 은빛으로 빛나는 물결이 보이고 석양에 타는 환영幻影과 같은 에펠탑이 보였다. 가노조는 시간마저 잊게 만드는 그 장소에 잠시 선 채로 머물다가 아들의 아틀리에가 있는 몽파르나스의 하늘을 바라보며 아들을 두고 일본으로 돌아갈 부모의 안타까운 마음을 지나 이제 얼마 남지 않은 시간이 빠르게 흘러가고 있음을 느끼곤 했다.

트로카데로 궁전을 지나면 마주하게 되는 작은 카페에 옛날식으로 마루에 톱밥을 깔아둔 것이 향기로웠다. 트로카데로 궁전 뒤편으로 돌아가면 나오는 넓은 정원은 세느 강변으로 이어지며 완만한 경사를 이루고 있었다. 그 광활한 장면은, 기하학적으로 만든 정원 연못의 단순한 원圓 구도나 화단의 복잡한 구름 형태, 활 모양 등으로 적절히 나뉘어져 있었다. 그것은 우연히 규칙적인 형태가 되어 큰 강의 밑바닥을 흘러 내려가는 얼음의 소용돌이처럼 보이기도 했다. 경사면 끝에 푸른 나무로 둘러싸인 멋진 다리가 사랑스럽게 걸려 있다. 여기에서 정면으로 보이는 에펠탑은 굉장히 커다랗게 보였다.

해지는 것을 아쉬워하듯 유람하는 사람들은 삼삼오오 설계된 좁은 길을 따라 걷거나 둘러보고 있었다. 겨우 얻은 인생의 안락한 시간을 오롯이 향유하며 일상의 생활 감각을 두절시켜 버린 사람들의 모습은 나비와 같았다. 혹은 아이처럼 보이기도 했다. 사실 아이들도 꽤 많았지만 서양 아이들의 울음소리는 그다지 들리지 않았다.

가노조는 화단 끝에 걸터앉아 언제까지고 멍한 상태로 있었다. 나중에 오기로 약속한 아들이 공부를 마치고 물감을 씻어내느라 사용한 비누 냄새를 손에 머금은 채 근처 풀숲에서 불쑥 나타날 것을 기다리는 것이었다.

아들이 굵고 소박한 목소리로

"어무이"

하고 부른다.

그것이 아득하게 오랜 옛날 꿈에서 들은 목소리처럼 느껴진다. 혹은 장차 영원히 듣게 될 거라고 약속하는 듯한 소리로도 들린다. 그리고 아들의 목소리를 듣고 있는 지금이야말로 현실이다.

가노조는 몸이 떨릴 정도로 기뻐진다.

하지만 아들은 이렇게 장성해서까지 어째서 '어머니'가 아닌 '어무이' 같은 어린 시절 그대로의 발음을 하는 것일까.

"네가 어렸을 때 말이야."

가노조가 입을 떼자 아들은 서둘러 오느라 비뚤어진 넥타이를 고쳐 매며 어머니의 이야기에 귀 기울였다.

"코가 막혀서 입으로 숨을 쉬길래 소아과 의사 선생님한테 진찰을 받으러 갔었어. 그랬더니 목 안 편도 하나에 이상이 있다는 거야. 그게 말썽을 일으키면 아이가 난폭해질 수 있다고 해서 입원한 뒤에 잘라내기로 했었지."

이 대목에서 가노조가 쿡쿡 웃었다.

"그 전부터 너는 엄청난 장난꾸러기였어. 친척 여자애들도 네 장난에는 입을 다물 정도였지. 의사 선생님이 한 얘기를 전해 듣고는 역시나 네 장난이 그 편도 탓이었다면서 저희들끼리 결론을 내어버렸단다. 수술이 끝나고 집으로 돌아온 네가 어떻게 좀 얌전해졌을까 하고 기대하면서 여자애들이 널 보러 왔었는데, 네가 여전한 장난을 즐기는 걸 보고는 맥 빠진 얼굴을 하고 돌아갔더랬지."

가노조는 여자애들의 실망한 얼굴이 떠올랐는지 다시 웃음을 터뜨렸다.

"뭐야, 그 얘기였어요? 부모들은 아무리 사소한 일이라도 자식에 관한 것이라면 잊는 법 없이 기억하면서 언제까지고 재미있어 하나봐요."

아들은 자신의 어린 시절 이야기를 듣는 것이 싫지는 않은 것 같았으나 어머니가 그 얘기에 너무 열중하며 재미있다는 듯 구는 것이 어머니를 평범하고 나이든 티 나는 노인으로 만들어 버리는 것 같아 내키지 않는 눈치였다.

"어머니도 이제 가급적 예전 일은 잊으시고 새로운 출발을 하셔야죠."

"출발이라니, 어떻게?"

"아버지를 보세요. 원래가 영리한 분이라 어머니의 생명력을 자양분 삼아 지금까지 일을 해 오셨잖아요. 이번에는 어머니 차례예요. 아버지의 장점을 취해가면서 앞으로 성장해 나가셔야죠."

"예를 들면 어떤 점 말이니?"

"무슨 일에든 태연하고 뻔뻔한 태도라든가. 어머니나 제가 앞으로 살아가는 데는 꼭 필요한 점이에요."

"그럼 네 아빠는 나의 어떤 점에 영향을 받으신 걸까?"

"어? 모르세요? 아버지의 자부심이라든가 순정 같은 게 전부 어머니로부터 퍼 올린 것들이잖아요. 퍼 올리는 줄도 모르게 가져가 버리니까 쉽게 알아차리기는 어렵지만요."

"너 꽤 예리한 데가 있구나."

"그렇게 아들 앞에 대놓고 감탄을 하시는 것 자체가 어머니가 아직 온실 속 화초를 벗어나지 못했다는 증거예요. 전 그런 거 싫습니다."

K.S씨는 일행과 걸으며 말했다.

"추상파라는 이름이 파리의 전위예술 화풍을 총칭하고 있는데, 실은 각각 다른 개성에서 출발한 이론을 비롯해 성장해 가는 양상이 다르다고 요전 번 말씀 드렸었죠. 제가 주장하는 네오 콘크리티즘[27] 주의主義는 단순히 객관적 분석을 하기 위한 주의가 아닙니다. 분석 해서 얻은 결과를 재료로 삼아 인간의 낭만성이나 창조성으로 뭔가를 만들어가고 싶은 겁니다. 따라서 종래의 분석력을 살리고 여기에 창조라는 활력을 주입하여 연결시키는 것을 화풍의 총합이라 한다면, 저의 네오 콘크리팀은 총합주의라고도 할 수

---

27 정치 · 사회적인 의미를 작품에 담아 표현하고자 하는 근대 추상화 운동의 한 계열

있겠네요.

이치로 군은 이치로 군만의 독자적인 길을 걸어가고 있습니다. 그는 자연 현상으로부터 예술의 힘을 통해 아름다움의 추상을 끄집어낸다는 이론을 내세우고 있는데 그 바탕에는 칸트의 미학이 영향을 미치고 있습니다. 이치로는 꽤 오랫동안 소르본 대학에서 그에 관해 연구했어요. 하지만 이치로의 화풍에는 이론만 앞세우는 딱딱함은 털끝만큼도 없습니다. 사물을 파악하는 그의 총명함, 일본인 특유의 단순한 도식. 게다가 애련한 깊은 아름다움을 어찌나 상징적으로 잘 표현하는지. 저는 늘 이치로의 그림을 보면서 반해버립니다. 특히 사람을 감동시키는 점은 누가 뭐래도 이치로의 시적 감수성이에요. 그 요소가 그의 지독한 리얼리즘을 신비함으로 끌어올립니다. 이치로는 현재 전위파의 유명 화가들 중에서 가장 나이가 어리지만 제일 큰 기대와 흥미를 모으고 있어요. 이치로를 보면 예술가란 역시 소질을 타고나는 수밖에 없다는 생각이 듭니다."

K.S씨의 말은 여행 중 신세를 지게 된 친구의 부모님을 위한 예의상의 칭찬이나 감사의 표시 같지는 않았다. 사실 가노조는 최근 권위 있는 미술 비평 계간지인 『랭트랑시장』의 기사에서 열 손가락 안에 드는 화가 중 한 명으로 아들의 이름이 거론되고, 추상파 기관지에 세계적인 미술 원로들의 작품과 나란히 실리곤 하는 아들의 엄격하고도 시적인 그림에 대해 일말의 의심도 갖고 있지 않았다. 정력적인 서양인들 사이를 비집고 들어가야 하는 아들의 체

력이 걱정될 뿐이었다.

"이치로는 여전히 몸집이 작은가요?"

그러자 K.S씨는 역시 어머니들은 어쩔 수 없다는 듯한 표정으로 가노조를 쳐다보며 말했다.

"걱정 마세요. 이치로는 부인께서 생각하시는 그런 어린 아이가 아닙니다. 듬직하고 훌륭한 청년이에요."

만약 그렇다면 그것은 그것대로 또 걱정이었다. 다음에 아들을 만났을 때 어색하지는 않을까, 쑥스럽지는 않을까. 하지만 가노조는 자신의 방식으로 아들에게 다가가면 될 거다, 아들이 다른 사람처럼 변해있을 리 없다고 되뇌면서 마음을 다잡았다. 어느새 공원 출구에 이르렀다. 가노조는 젊은 부인에게 말했다.

"너무 걸어서 피곤하신 건 아닌지. 이제 차를 타고 가시죠."

전람회장은 만원滿員이었다. 잇사쿠가 분주하게 뛰어다닌 것이 효과를 발휘한 것도 있었으나, 파리의 최신 화풍 작품을 원본으로 볼 수 있다는 점이 사람들의 흥미를 자극했다.

올리브 색 벽에 채색화가 일고여덟점, 부식腐蝕 판화가 서른점 정도 걸려 있었다. 그 앞을 사람들이 겹겹이 에워싼 채 감상하고 있었다. 해질녘이 되자 샹들리에의 희뿌연 불빛이 사람들의 열기 탓인지 우윳빛으로 혼탁해져 갔다. 화분의 종려나무 잎이 끊임없이 미세하게 떨렸다. 서로 밀고 밀리며 이동해가는 관람객들과 떨어져 실내에는 삼삼오오 무리를 지어 이야기 중인 화가로 보이는 그룹들이 있었다.

K.S씨 부부는 전시회를 구경 온 일본 체류 중인 프랑스인에게 잡힌 채 계속 이야기 중이었다. 잇사쿠는 입구에서 대기하던 미술 관련 기자와 잡지에 실을 작품에 대해 이야기하며 실내를 돌아보고 있었다. 가노조는 혼자서 전시회장 중앙에 있는 의자 위에 웅크리고 앉아 있었다.

관객들 어깨와 어깨 사이로 K.S씨의 작품이 얼핏얼핏 보였다. 메커니즘처럼 규칙적으로 표현된 사물을 밀어 올리듯 로맨틱하고 강렬한 음영이 일종의 끈끈한 인간성을 발산하는 것 같은 그의 그림은 어딘가 신중세기 취향 같은 느낌을 주었다. 그 느낌은 아까 가노조가 설명을 들었던 네오 콘크리티즘 이론과는 또 다른 것이었기에 가노조는 예술가의 예술가적 모순이라는 것에 흥미를 느꼈다. 그러면서 이 방에 들어왔을 때부터 흘낏 훔쳐보며 가슴 설레던 한쪽 벽의 그림과 그 앞의 사람들을 주의 깊게 지켜보았다.

가노조가 흘낏거린 곳에는 딱 한 점, K.S씨가 가져 온 가노조 아들의 데생화가 걸려 있었다.

가노조를 불안하게 한 것은 늘 그 앞에 사람들이 모여 이런 저런 얘기를 속닥였던 것과 다르게 오늘은 사람들이 아들의 그림 앞을 그냥 확 가로질러 가거나 한다는 점이었다. 가노조는 홍수로 다리가 떠내려가버린 다음 미끄러지듯 흐르는 물결을 보고 있는 듯한 극도의 불안감을 느꼈다. 어째서일까. 아들의 그림에 벌써 질렸나? 사람들이 더 이상 그림에 매력을 느끼지 못하는 것일까?

가노조는 불안을 억누르지 못하며 아들의 그림쪽을 계속 바라보다가 결국 자리에서 일어섰다. 사람들 틈으로 빈 올리브색 벽만이 보였고 그곳에 아들에 그림은 없었다. 가노조는 당황한 기색으로 다가섰다. 착각이 아니다. 아들의 그림은 자취를 감춰 버렸다. 그 대신 팻말 하나가 접혀 있을 뿐이었다.

"어떻게 된 거지? 이치로의 그림이.."

가노조는 혼잣말을 중얼거리며 방 안을 이리저리 둘러보던 끝에 갑자기 생각이 난 듯 전시회장 입구 옆에 설치된 그림 판매대로 갔다. 가노조는 약간 숨을 몰아쉬며 물었다. 양복 차림의 젊은 점원이 놀란 기색으로 바로 변명하듯 대답했다.

"아, 그림이 팔린 것 같은데요. K.S씨께서 일본에 한 장이라도 남겨두는 게 좋겠다고 하시며 그림 가격을 매기셨거든요."

가노조는 찬물 뒤에 다시 따뜻한 물을 뒤집어쓴 듯한 기분이었다. 여전히 놀란 상태였지만 마음에 안정이 돌아오는 것 같았다.

"그래요? 어느 분이 그림을 사셨는 지 알 수 있을까요?"

"오늘 밤 기차로 떠나실 분이라고 했는데, 꼭 자기가 직접 들고 가고 싶다고 하셔서 이제 끝날 때도 되고 했으니 그렇게 하시라고 그림을 포장해 드렸습니다. 방금 전에요. 아, 여기 이 분입니다."

사무원이 내민 판매 장부에는 옛날 글씨체 그대로 '가스가 기쿠오'라 적혀 있었다. 가노조는 다급히 전시회장 밖으로 뛰쳐나갔다. 그때 가노조 앞에 엘리베이터에서 계단으로 이동해 가는 한 무리의 사람들이 보였다. 내려가는 엘리베이터마다 만원인 탓에 기다리다 지친 사람들인 것 같았다.

계단으로 향하는 사람들 가운데 종이로 감싼 꾸러미를 겨드랑이에 끼고 외투를 입은 청년의 모습이 보였다. 기쿠오였다.

기쿠오의 뒷모습을 본 가노조는 기쿠오도 자신을 알아본 것 같다고 생각했으나 그 이상 한 발자국도 움직이지 않았다. 그리고 가노조는 그대로 멈춰선 채 '하, 기쿠오도 희한한 짓을 하는구나.'하는 단순한 생각을 했다. 하지만 곧 사무칠 정도로 몸에 스미는 아픔을 느꼈다.

가노조는 무사히 일본 여행을 마치고 프랑스로 돌아가는 K.S 씨 부부를 배웅했다. 그 뒤 자신의 방 책상 앞에 앉아 그동안 외국인을 맞이하고 또 보내느라 피로해진 몸과 마음을 달랬다. 그때 편지가 도착했다. 기쿠오로부터 온 편지였다.

> 오랜만에 연락드립니다. 저는 지금 센다이(仙台) 시내에 있는 주택가에서 살고 있습니다. 저는 부인이 '무(無)', 그 자체가 충만하기에 적극적인 생명력을 가진다고 하셨던 말씀을 기억하고는 그것을 연구하여 입증해보고 싶은 욕심이 들었습니다. 일반적으로는 철학에 속하겠으나, 현대사회의 제반 사정을 참작해가며 순수과학이론의 물리학을 선택했습니다. 부인과 헤어졌던 그 해 가을 도호쿠(東北) 대학의 이과(理科)에 입학해 지금은 연구실에서 조수 일을 하고 있습니다.

이번 봄방학에 잠시 도쿄에 갔었지만 얼마 안 있어 다시 도호쿠 대학 쪽으로 돌아왔습니다. 연구 결과는 졸업 논문으로 발표했습니다. 향후 연구를 계속해서 한 권의 책으로 정리할 예정인데, 책이 나오면 보내드리도록 하겠습니다. 연구 결과는 그 때 봐주세요. 지금은 말씀드리지 않겠습니다. 그보다는 저희 어머니가 3년 전에 돌아가셨다는 사실을 알려드리고 싶었습니다. 또한, 여담입니다만 저는 부인과 만남을 가질 무렵 말씀드린 적 있는 약혼자와는 결국 제 의지로 헤어졌습니다. 해서 지금도 독신입니다.

실은 K.S씨의 전시회장이었던 긴자의 백화점에서 부인이 사람들 틈에 섞여 있던 저를 보시고는 계단 위에서 서성이고 계셨다는 걸 알고 있습니다. 제가 왜 아드님의 그림을 샀는지 말씀드려야만 할 것 같아 이렇게 오랜만에 연락을 드립니다. 앞으로 또 다시 편지를 보낼 일은 없을 겁니다. 제 생활도 나름대로 궤도에 올라 있으니 걱정 마세요.

저는 '이 세상에 기적과 같은 행복을 느끼며 살아가는 아들도 있구나. 그런 사람이 그린 그림이라면 귀한 것이니 내 방에 걸어두고 바라보자' 하는 마음으로 아드님의 그림을 구입했습니다.

가스가 기쿠오 드림

가노조도 이 편지에 답장을 쓸 마음은 없었다. 하지만 기쿠오. 기쿠오. 헤어졌지만 잊을 수 없었던 기쿠오였다. 엄격하고 청정한 모성의 중심 바깥으로 향기로운 듯, 은근한 듯, 상처입은 듯, 그렇게 기쿠오의 그림자는 가노조 안에 머물러 있었다.

새삼 가노조는 그녀의 한가운데로 기쿠오의 그림자를 데려와 볼까 하고 생각했다. 가노조의 아들도 이제 충분히 성장했고, 고생도 이별도 경험해 온 가노조의 모성은 부드럽게 손을 뻗어 기쿠오를 맞이할 것이다. 가노조의 남편 잇사쿠는 어쩌면

"당신도 젊어 고생 많이 했지. 못 다 이룬 꿈의 여운을 좇아보는 것도 좋을지 몰라."

이렇게 너그럽게 말해줄 지 모른다.

당신 가는 길에 구름이 끼면 그 구름에게
눈이 쌓이면 눈에게 내 마음을 물어볼까

당신이 떠난 뒤 마음도 어두워지고
내리는 저녁 눈도 검게 보이네

노기초老妓抄

노기老妓의 원래 이름은 히라이데 소노코平出園子였다. 그 이름은 가부키歌舞伎 배우의 호적상 이름처럼 정작 본인에게는 낯선 측면이 있다. 그렇다고 일할 때의 이름인 고소노라고 부르는 것은 순수한 처녀의 마음으로 돌아가고자 하는 그녀의 기질과 어울리지 않는다.

여기서는 그녀를 노기라고 부르겠다.

한낮에 백화점에 가면 그녀를 자주 볼 수 있다.

머리를 평범하게 묶고 견직물로 지은 기모노를 조신하게 입은 채 여자애 하나를 데리고 침울한 얼굴로 백화점을 돌아다닌다. 키가 크고 몸집이 실한 그녀는 양손을 힘없이 늘어뜨린 채 흐느적흐느적 걸으며 같은 곳을 맴돈다. 그런가 하면 생각지도 못한 멀리 떨어진 매장에서 우두커니 서 있기도 했다. 그녀는 한낮의 적적함 말고는 아무것도 느끼지 못했다.

자신이 쓸쓸하고 외로운 한낮에 한가롭게 돌아다니고 있는 중이라는 사실조차 느끼지 못했다. 불현듯 마음에 드는 물건이 그녀를 자극시키면 푸르고 길쭉한 눈을 천천히 떠서 꿈속의 모란꽃을 보듯 지그시 바라본다. 처녀 때처럼 입술이 살짝 올라가며 미소를 띠었다가도 이내 우울한 표정으로 돌아온다.

하지만 일터로 나와서 제대로 된 상대들을 만나면 처음엔 조금 멍하니 있다가도 곧 활발히 이야기를 하기 시작한다.

신키라쿠新喜楽[28]의 전 여주인이 살아있을 때는 여주인과 노기, 신바시에 살던 히사고ひさご까지 뭉쳐 놀곤 했는데 이쪽 일을 하는 여자들 특유의 재치와 비약 넘치는 이야기들이 신나게 오고갔다. 꽤 나이가 있는 유녀들마저 손님을 버려두고 이야기를 듣겠답시고 모여들었다.

노기는 혼자 있을 때도 마음에 드는 어린 유녀遊女들에게 경험담을 들려주곤 했다.

철없던 어린 유녀 시절, 손님들과 선배 유녀들이 주고받는 노골적인 이야기를 들으며 배꼽 빠지게 웃다가 소변을 지려 버려 울음을 터뜨린 일, 첩이 되어 살림을 차렸다가 다른 남자와 눈이 맞아 도망을 쳤는데 남편이 어머니를 인질로 삼은 바람에 다시 돌아왔던 일, 유녀 두 세 명을 거느리고 마담 노릇을 할 때 5엔 빌리겠다고 요코하마까지 왕복 12엔을 들여 인력거를 탔던 일 등, 젊은 유녀들이 웃다 쓰러질 정도로 재미난 이야기들을 들려주었다. 들이대는 듯한 이야기는 어떤 때 어린 유녀들의 젊음을 질투한 늙은

28 도쿄의 요정(料亭)

유녀가 후배들을 교묘하게 괴롭히는 것처럼 보이기도 했다.

젊은 유녀들은 머리가 흐트러진 채 옆구리를 감싸 쥐며 괴로운 듯 말했다.

"언니, 그만해요. 이렇게 웃다가는 숨 막혀 죽겠어요."

노기는 현재 살아 있는 사람에 관한 이야기는 절대 하지 않았고, 이미 죽은 사람들 중 친한 사람에 대해서만 이야기했다. 그녀 특유의 세련된 관찰력을 바탕으로 이야기를 풀어놓았는데 그녀가 이야기한 사람들 가운데는 일반인 뿐 아니라 유명인도 있었다.

중국의 유명 배우였던 메이란팡이 제국 극장에 공연하러 왔을 때, 그녀가 공연을 주선한 아무개 부자에게 가 "비용이 얼마든 상관없으니까 메이란팡과 만날 자리를 마련해 주세요."라고 울며불며 매달리는 통에 부자가 간신히 달래 돌려보냈다는 이야기가 전해지고 있었다. 그 이야기의 진위는 알 길이 없다.

눈물이 날 정도로 웃다 지친 유녀 하나가 반격 삼아 질문을 던졌다.

"그때 허리띠에서 통장을 꺼내 보여가며 돈은 얼마든지 있다고 했다면서요? 정말 그랬어요?"

말이 끝나기 무섭게 노기는 어린애처럼 발끈했다.

"말도 안돼. 애도 아니고 허리띠 속에서 통장을 꺼내긴 무슨."

노기의 순진한 반응을 보고 싶은 마음에 젊은 유녀들은 사실 여부와 상관없이 종종 짓궂은 질문을 던지곤 했다.

"그런데 얘들아"

노기는 이야기를 마치더니 살짝 귀띔하듯 말을 이었다.

"남자들이 아무리 많다 한들 결국 한 사람과 엮이는 거야. 지금 돌아보면 이 남자, 저 남자 각각 매력이 다른데 우리는 모든 매력을 다 갖춘 사람을 찾고 있는 거지. 그렇기 때문에 한 사람으로는 만족 못하고 금방 헤어지고 마는 거야."

"그럼 언니가 찾아 헤맨 남자는 어떤 남자예요?"

젊은 유녀들이 물었다.

"그걸 알았으면 내가 이 고생을 했겠니?"

노기가 찾는 남자, 그 남자는 첫사랑으로 지나간 남자일 수도 있고 앞으로 만나게 될 새로운 남자일 수도 있다. 그녀는 일상생활에서만 볼 수 있는 우울한 아름다움이 어린 표정으로 말을 이어갔다.

"그런 점에서 보면 평범한 여자들이 부러워. 부모가 정해준 남자와 평생 아무 의심 없이 아이를 낳고 키우면서 살아가잖아."

이런 이야기가 나오면 젊은 유녀들은 언니 이야기는 재밌는데 항상 마지막에 김이 새어 버린다고 투덜거렸다.

오랜 시간 공들여 꽤 재산을 모으고, 손님을 상대하는 일도 자유롭게 정할 수 있게 된 10여년 쯤 전부터 노기는 건전하고 일반적인 생활을 해나가고 싶었다. 유녀들의 일터와 멀리 떨어진 곳에 있는 보통 살림집에 살면서 큰길가로 바로 나갈 수 있도록 출입문을 만든 것도 그런 이유였고, 먼 친척뻘 아이를 데려다 양녀로 삼고 여학교에 보낸 것도 그 때문이었다. 그녀가 교양 삼아 학문을 익히는 것도 그런 심경의 변화 때문일지 모른다. 누군가의 소개로 시내에서 시를 배웠을 때 노기는 이런 말을 한 적이 있다.

유녀란 본디 부엌칼 같아서 특별히 잘 들 필요는 없지만 여러 가지를 무난하게 썰 수 있을 정도는 되어야 한다. 딱 그 정도만 배울 수 있으면 좋겠다. 이제 나이도 있고 하니 자연스레 고상한 것을 찾게 되었다는 말도 했다.

1년 전쯤 시를 가르치던 작가는 와카和歌보다도 하이쿠俳句와 잘 맞는 노기의 끼와 성격을 알아보고 그가 잘 아는 여류 시인을 소개해 주었다. 노기는 그간의 지도에 감사하는 뜻으로 잘 아는 기술자를 불러다 작가의 집 뜰 안에 서민적인 느낌이 나는 작은 연못과 분수를 만들어 주었다. 그녀는 서양식과 일본식을 절충하는 방식으로 자신의 집 안채를 새로 지었고, 전기를 끌어다가 각종 장치를 달았다. 그녀가 일 때문에 드나들던 고급 요릿집에서 그런 것들을 유심히 봐두었다가 샘 많은 성격 탓에 일을 저지른 것이었다. 막상 장치들을 달아놓고 나니 문명의 혜택이 주는 효과들이 얼마나 신비롭고 활기찬 것인지를 체감하게 되었다.

물을 부으면 금세 데워져 수도꼭지를 통해 흘러나오는 자동 온수기, 담뱃대 끝을 누르면 금방 불이 붙는 전기 담배 등, 그녀는 신기한 나머지 전율을 느꼈다.

"꼭 살아있는 것 같네. 그래, 이 정도는 돼야지."

그런 느낌은 빠르게 굴러가는 세상을 실감하게 했고 그녀가 지난 삶을 돌아보도록 했다.

"그동안 우리는 매일같이 등을 켰다 끄고 하면서 답답하고 느리게 살아왔어."

전기 요금이 너무 많이 나오는 바람에 골머리를 앓으면서도 전기 장치를 조작하는 재미에 빠져 한동안은 매일 아침 일찍 일어나곤 했다.

전기 장치는 고장이 잦았다. 그럴 때마다 이웃에 사는 마키타蒔田라는 전파상 주인이 와서 수리를 해주었다. 그녀는 전파상이 장치를 고치는 동안 가까이서 신기한 듯 지켜보다가 전기에 대해 약간의 지식을 갖게 되었다.

"양극과 음극이 만나면 여러 작용을 일으킨다라. 인간의 이치와 다를 바 없네."

문화에 대한 관심도 한층 많아졌다.

여자들만 사는 집이라 남자 일손이 필요할 때가 많았다. 그래서 마키타 씨에게 돈을 지불하고는 자주 집에 드나들도록 했는데, 한 번은 마키타 씨가 청년 한 명을 데려왔다. 그러고는 앞으로 전기 쪽 일을 이 청년에게 시키라고 말했다. 유키柚木라는 청년이었다. 넉살이 좋아 집안 이곳저곳을 둘러보고는 "유녀 방인데 샤미센이 없네" 해가며 시건방진 소리를 해댔다.

워낙 자주 집에 드나들기도 했고 넉살이 좋은 데다 주목 받는 것도 개의치 않는 젊은 혈기 덕에 노기와 대화 가능한 상대가 되었다.

"유키가 하는 일 말인데, 워낙 별 것 아닌 일이라 그런지 지금껏 일주일 넘게 일한 사람이 없었어."

노기는 이런 말도 서슴지 않고 했다.

"그럴 수밖에. 시시하고 지루한 일이니까. 제대로 된 패션이 일어나지 않지."

"패션이 뭔데?"

"패션 몰라? 하하, 그건 말야, 그쪽 업계의 말을 빌리자면 음, 그래, 정념이 일지 않는다는 얘기지."

노기는 문득 자신의 인생이 서글퍼졌다. 패션인지 뭔지도 알지 못한 채 이제껏 얼마나 많은 술자리와 얼마나 많은 손님을 상대했는지 헤아려 보았다.

"그래? 그럼 어떤 일을 하면 의욕이 생기는데?"

유키는 특허를 딸 수 있을만한 발명을 해서 돈을 벌 것이라고 했다.

"그럼, 이러고 있지 말고 어서 발명을 하면 되잖아."

유키는 노기의 얼굴을 보더니 답답한 듯 혀를 차며 말했다.

"얼른 하라고? 그렇게 간단한 게 아냐. 그런 식이니까 너희 무리들이 세상 물정 모르는 유녀란 소리를 듣는 거지."

"그게 아니라 내 말은, 내가 기꺼이 도울 생각이 있다는 얘기야. 먹고 사는 문제는 내가 책임질게. 하고 싶은 대로 마음껏 해볼래?"

유키는 마키타 상점을 나와 노기의 셋집으로 들어왔다. 노기는 유키가 원하는 대로 집 한 쪽에 작업 공간을 만들어 내주고 연구를 위한 기계도 몇 대 들여놔 주었다.

유키는 어릴 때부터 갖은 고생을 하며 겨우 전기학교를 졸업했으나 발명에 열정을 쏟느라 시간을 마음대로 쓸 수 없는 일은 할 생각조차 하지 않았으며, 임시직을 전전하며 시중 전파상에서 일했다. 우연히 같은 고향 중학교 선배이자 사람을 잘 챙기는 것으로 알려진 마키타를 만나 정착을 하게 되었고 한동안은 가게 일을 하며 숙식을 해결했다. 마키타의 집에는 아이들이 북적거렸으며 자잘한 일들이 끊이지 않았기 때문에 통 발명을 할 수 없었던 터라 유키는 노기의 제안을 두말 않고 수용했다. 그러나 별반 고맙다는 생각은 들지 않았다.

여태껏 뭇 남성들로부터 거둬들인 돈으로 호의호식하며 지내온 유녀가 나이를 먹으면서 양심의 가책을 느껴 사죄의 의미로 이런 일도 하는 건가 싶었을 뿐이었다. 오히려 내 쪽에서 은혜를 베푸는 셈이지 라는 뻔뻔한 생각까지는 없었지만 노기의 호의가 부담으로 다가오진 않았다. 태어나 처음으로 먹을거리 걱정 없이 최선을 다해 책 속 내용과 실험 결과를 대조해가며 연구를 거듭한다. 아직 세상에 없는 물건을 만들기 위해 착실히 과정을 쌓아나가는 고즈넉한 삶이 유키는 행복하기만 했다.

곱슬거리게 지진 머리 모양, 스스로 생각해도 다부진 몸에 삼베로 만든 셔츠를 입은 채 유키는 삐딱하게 앉아 담배를 피우고 있었다. 벽거울에 비친 그런 자신의 모습을 본 유키는 스스로가 예전과는 완전히 다른 사람처럼 느껴졌다. 이것이야말로 젊은 발명가다운 모습이란 생각이 들었다. 작업을 위한 공간 바깥으로는 푸른 잎들이 우거져 있었고 사각형 모양의 길다란 정원에는 나무도 몇 그루 있었다. 유키는 일하다 지치면 정원에 나와 팔다리를 크게 뻗고 누운 채 하늘을 바라보았다. 온갖 공상을 하다 잠이 들면 이윽고 공상은 꿈으로 이어졌다.

노기는 격려도 할 겸 며칠에 한 번씩 유키를 찾았다. 집안을 둘러보며 생활에 필요한 것들을 기억해 두었다가 나중에 사람을 시켜 갖다놓았다.

"젊은이치고는 손이 많이 안가네. 집 안이 늘 깔끔하고 빨랫감도 쌓이질 않아. 정리정돈이 잘 되어있어."

"당연하지. 어머니가 일찍 돌아가시는 바람에 아주 어릴 때부터 기저귀도 내 손으로 빨아서 차고 다녔어."

노기는 '말도 안돼'하며 웃었지만 이내 안쓰러운 표정으로 말했다.

"남자가 너무 작은 일들에 신경 쓰면 성공 못해."

"나도 그렇게 타고 난 건 아니야. 하지 않으면 안되니까 어쩔 수 없이 해온 거지. 약간이라도 정리되어있지 않은 부분을 발견하면 내가 불안해 못 견디는 걸."

"알 수가 없네. 어쨌든 혹시 필요한 게 있으면 사양 말고 뭐든 얘기해."

2월의 말일에는 엄마와 아들처럼 편하게 마주 앉아 유부초밥을 시켜 먹었다.

한편, 노기의 양녀인 미치코みちこ는 변덕이 심했다. 한번 와 본 뒤로는 매일 드나들며 유키와 시간을 보내려 들었다. 어릴 때부터 남녀의 정사情事가 상품처럼 다뤄지는 곳에서 자랐기 때문에 노기가 아무리 철저하게 관리를 하려해도 결국 팔고 팔리는 정사에 물들 수밖에 없었다. 그렇잖아도 나이에 비해 조숙한 아이가 정사를 그런 식으로 받아들여버린 것이다. 청춘이 어쩌고 하는 것은 그냥 생략되어 버렸다. 마음은 어리지만 겉모습은 어른 같았다. 유키는 춤추고 즐기는 것을 썩 좋아하지 않았다. 즐거운 일이 벌어지지 않자 미치코의 발걸음이 끊어졌다. 그러다 한참 지나 다시 갑자기 찾아오곤 했다. 엄마인 노기가 후원하는 사람 중 젊은이가 있는데도 즐기지 못한다는 건 손해인 것 같다는 심산에서였다. 혹은 나이 든 엄마가 낯모르는 타인을 집에 들여 놓았다는 사실에 부아가 난 것일지도 모른다.

미치코는 유키의 무릎 위에 선뜻 올라타 어울리지도 않는 추파를 던져가며 놀았다.

"내 몸무게가 얼마나 될 것 같아요?"

유키는 무릎을 들었다 놓았다 했다.

"시집갈 때가 다 된 것 같은데 정조관념이 좀 부족한 것 같네."

"그렇지 않아요. 학교에서 품행 점수로 A도 받았는데요?"

미치코는 유키가 말하는 정조의 뜻을 제대로 이해 못했는지 아니면 모르는 것인지 엉뚱한 소리를 했다.

유키는 옷 위로 미치코의 몸을 더듬어가며 살집을 가늠해 보았다. 그러더니 빈약한 어린 아이가 다 큰 여자인 양 아양을 떠는구나 싶은 생각이 들어 어이가 없었는지 웃음을 터뜨리고 말았다.

"정말 무례하네, 잘났군요!"

미치코는 잔뜩 토라져 자리에서 일어났다.

"열심히 운동해. 엄마 몸매 정도는 돼야지."

미치코는 이날 이후로 유키를 미워하기 시작했다.

그 후로 반년 정도 유키는 행복했다. 하지만 차츰 넋을 놓고 있는 순간이 늘어났다. 발명에 대한 공상을 하다가 꽤 좋은 생각인 듯싶어 조사를 해보거나 연구를 해보면 이미 비슷한 내용의 특허가 여럿 있었다. 그것들보다 유키의 연구가 더 나은 것이라 하더라도 기존의 특허권을 침해하지 않고 발명을 하려면 꽤 여러 가지를 바꿔야만 했다. 더구나 자신이 발명해낸 것을 과연 세상에서 필요로 할 것인지도 의심스러웠다. 전문가들의 눈으로 보면 대단한 것일지 몰라도 정작 수요는 전혀 없는 발명품도 있고 반대로 별 것 아닌 것 같은 발명품이 느닷없이 큰 성공을 거두는 일도 있었다. 유키는 발명이란 것이 투기적 요소를 담보하고 있다는 것에 대해 일찍이 알고 있었지만 일이 이렇게 제대로 풀리지 않을 것이라고는 미처 생각하지 못했다. 발명에 착수하고 난 뒤에야 그 사실을 제대로 실감하는 중이었다.

그러나 유키가 의욕 없는 일상을 보내게 된 가장 큰 원인은 유키 자신의 마음가짐에 있었다. 예전 남 밑에서 일하던 때는 먹고 살 걱정 없이 최선을 다해 연구에만 매진하는 삶을 꿈꾸며 매일 반복되는 업무를 견뎌냈다. 그런데 막상 먹고 살 걱정이 해결되고 나니 매일이 단조롭고 지루해 괴로웠다. 마땅히 의논할 상대도 없이 너무나 적막한 환경에서 혼자 고민을 거듭하다 보면 연구가 생각지 못한 방향으로 전개되어 이대로 뒤처져버릴 것만 같은 두려움에 빠지곤 했다.

돈 문제에 대해서도 회의가 들었다. 요즘은 먹고 살 걱정이 없어 기분 전환 겸 영화도 보고 술집에도 들르고 취한 채 택시를 타고 집에 돌아오곤 했다. 그 정도 비용은 노기에게 말하면 선뜻 제공해주었다. 유키 자신도 그런 생활이 마음에 들었다. 두세 번 쯤 친구들의 권유에 넘어가 여자를 사서 즐긴 적도 있었지만 상품을 소비한다는 느낌 이상의 것은 받지 못했다. 그보다는 다리를 펴고 누울 수 있는 집에 가 어서 편하게 잠이나 자고 싶다는 생각이 간절했다. 그 때문인지 외박을 한 적은 한 차례도 없었다. 그에게는 분에 넘치는 이불이 한 채 있었는데, 그 이불은 새를 파는 가게에서 직접 깃털을 사다가 속을 채워 넣은 것이었다.

아무리 생각해 봐도 이 이상 욕심을 부릴 마음은 없었다. 유키는 자신이 비슷한 또래의 다른 청년들보다 별난 것 같다는 생각도 했다.

그에 비하면 노기는 우울한 표정 아래로 씩씩한 면모가 있어서 무언가를 배우고자 할 때도 끊임없이 미지의 것을 탐한다. 만족스러움과 불만족스러움이 교대로 그녀를 자극한다.

노기가 유키에게 들렀을 때 유키는 이런 이야기를 했다.

"프랑스 연극의 대배우 중에 미스탱게트라는 여자가 있는데 말이야."

"아, 나도 알아. 음반을 들었어."

"그 여자는 늙지 않으려고 별짓을 다한다던데, 당신은 그럴 필요 없겠네."

노기의 눈이 순간 빛났으나 금세 미소를 띠며 말했다.

"나? 뭐 나이를 꽤나 먹었으니까 전 같을 수는 없지만, 한 번 볼래?"

그렇게 말하며 노기는 왼쪽 팔소매를 걷은 채 유키 앞으로 내밀었다.

"이 팔 거죽을 엄지와 검지로 세게 꼬집어 잡고 있어봐."

유키는 노기가 말하는대로 해봤다. 노기는 그 반대 쪽 팔의 거죽을 자신의 오른손 두 손가락으로 꼬집었다. 그러자 유키 손가락에 잡혀 있던 거죽이 미끄러지면서 원래의 팔 형태로 돌아오는 것이었다. 다시 한 번 유키가 힘을 주어 잡아보려 했으나 노기가 잡아당기면 미끄러져버려 잡을 수가 없었다. 장어 배처럼 굉장히 매끄럽고, 양피지처럼 신비한 흰색 피부가 언제까지고 유키의 감각에 남아있었다.

"기분 나빠. 하지만 놀랍긴 하네."

노기는 꼬집힌 흔적이 팔에 남아있는 것을 보고는 비단 옷 소매로 자국을 문지른 다음 소매를 다시 내렸다.

"어렸을 때부터 혼나가며, 맞아가며 춤을 단련한 덕분이지."

이렇게 말하곤 노기는 어린 시절의 고생이 떠올라 암담한 얼굴이 되었다.

"너, 요즘 뭔가 이상해."

노기는 잠시 뒤 유키를 유심히 바라보며 말했다.

"아니, 공부를 하라든가 어서 성공하라든가 그런 말을 하는 게 아니야. 음, 생선에 비유하자면 호흡을 헐떡거리고 있는 것 같은 느낌이랄까. 자기 일 생각하기도 벅찰 한창 젊은 나이의 청년이 늙은 여자더러 나이가 어떻고 하며 신경 쓰는 것도 네 기분이 엇나가 있다는 증거인 셈이지."

유키는 노기의 예리한 통찰력에 혀를 내두르며 솔직히 고백했다.

"난 틀린 것 같아. 아무 것에도 흥미를 느끼지 못하겠어. 아니, 어쩌면 처음부터 그렇게 타고난 건지도 모르겠네."

"그럴 리도 없지만 만에 하나 그렇다고 하면 그건 큰일이네. 너 몰라볼 정도로 살집도 늘어났어."

유키는 본래 체격이 좋은 청년이기도 했지만 어느 순간 갑자기 살이 붙어 마치 도련님 마냥 눈꺼풀도 두툼해졌고 턱살이 이중으로 접히는 부분에는 윤까지 나는 것만 같았다.

"그래, 몸 상태는 아주 좋아. 다만 이러고 지내다 보면 느른한 기분이 되기 때문에 어지간히 제대로 정신 차리고 있는 게 아니면 중요한 일조차 금세 잊어버리곤 해. 그리고 늘 불안해. 태어나서 이런 일은 처음이야."

"무기토로麦とろ[29]를 너무 많이 먹어서 그런가."

노기는 유키가 무기토로로 유명한 근처 식당에서 자주 음식을 주문해 먹는다는 사실을 알고 있었기 때문에 이렇게 농쳤으나 이내 진지한 얼굴이 되어 말했다.

"그럴 때는 뭐든 좋으니까 고생할 거리를 찾아보는 거야. 적당한 고생은 필요한 법이니까."

그로부터 이삼일이 지나 노기는 유키에게 외출을 권했다. 일행은 미치코, 그리고 유키가 처음 보는 젊은 유녀 둘이었다. 젊은 유녀들은 꽤 멋드러진 차림을 하고 와서는 노기에게

"언니, 오늘 감사합니다."

라고 정중한 인사를 건넸다.

노기는 유키에게

"오늘은 지루한 너를 위로하기 위해 만든 자리야. 유녀 애들도 제대로 출장 비용을 지불하고 데려온 거고."

라고 말했다.

"그러니까 너도 재들 남편이 된 셈 치고 사양할 거 없이 유쾌하게 놀면 돼."

젊은 유녀 둘은 역시나 잘해 주었다. 대나무 판을 밟으며 배 위

29 보리밥에 마즙을 얹어 먹는 음식

에 오를 때 둘 중 더 나이 어린 유녀가 유키에게 말했다.

"오라버니, 저 손 좀 잡아주세요."

그리고는 배 안에서 이동할 때도 일부러 비틀거리며 유키의 등을 감싸 안았다.

유키의 코에 향긋한 냄새가 느껴졌고 빨간 옷깃 안쪽으로는 살집 있는 하얀 목이 드러나 있었다. 얼굴이 살짝 옆을 향해 있었기 때문에 두꺼운 화장을 하고 하얀 애나멜 같은 반짝임을 뽐내는 볼과 오똑한 코가 조각처럼 잘 드러났다.

노기는 배 안의 칸막이에 앉은 채 허리띠에서 담배와 라이터를 꺼내며 말했다.

"경치 좋다."

택시를 타거나 걷거나 하면서 일행은 아라카와 방수로 물 근처의 초여름 경치를 구경했다. 공장이 들어서고 회사 사택이 늘어섰지만, 그 사이로 옛 모습들이 군데군데 남아 있었다.

"내가 무코지마向島 기숙사에서 지낼 때 질투 심한 후원자가 있었어. 자기가 정한 경계 밖으로는 절대 나가지 못하게 하는 거야. 그래서 밀회 상대를 잉어 낚시꾼으로 변장 시켜두고, 나는 그 주변 산책을 하겠다고 하고는 기숙사를 나와 몰래 만났지. 여기 제방 아래 나무 그늘에 배를 묶어 놓고는 거기서 요즘 말로 랑데부라 하는 걸 즐긴 셈이야."

저녁이 되어 나무에 꽃봉오리가 맺혔고 배를 만드는 목수의 망치질 소리가 어느 순간 잦아들자 파리한 강 안개가 엷게 젖어들었다.

"나랑 내 밀회 상대가 언젠가 동반 자살에 대해 얘기한 적이 있었어. 하긴 배에서 한 발짝만 내딛으면 끝날 일이었으니까 지금 생각해보면 아찔한 일이었지."

"그런데 왜 그만뒀어?"

유키가 좁은 배 안을 걸어 다니며 물었다.

"언제 죽을 건지 만날 때마다 의논만 하면서 이래저래 날짜가 지나가고 있었는데, 어느 날 강 건너편에 익사체가 흘러들어 왔어. 몰려든 구경꾼들 사이로 그 장면을 열심히 들여다보더니 남자가 그러는 거야. 동반자살이란 게 생각보다 끔찍하다, 그러니 그만두자고."

"내가 죽으면 이 남자는 좋을지 모르지만 그 뒤에 남을 후원자가 불쌍하다는 생각이 들더라고. 소름 돋게 싫은 남자라 할지라도 그만큼이나 질투를 하면서 괴로워하면 마음에 남을 수밖에 없더라."

어린 유녀들은

"언니가 일하던 시절의 한가한 이야기를 듣고 있으면 요즘 시대에 일하는 우리는 너무 기를 쓰고 일하고 있는 것만 같아서 기분 상한다니까."

하며 투덜댔다.

그러나 노기는

"아니, 그렇지 않아."

라고 말하며 손사래를 쳤다.

"지금 시대는 그 나름의 장점이 있지. 게다가 요즘은 마치 전기가 들어오고 나가듯이 일들이 척척 맞아 떨어지니까 편하고 재밌잖아."

그런 말로 이야기를 수습한 뒤 어린 유녀들과 노기는 합심하여 유키를 살뜰히 보살폈다.

한편 미치코는 어딘가 굉장히 동요하고 있는 것처럼 보였다.

처음엔 경멸하는 듯한 태도로 초연하게 굴면서 혼자 떨어져 휴대용 카메라로 경치 등을 찍어댔으나 유키에게 친근하게 굴며 유키의 환심을 사는 일에 있어 어린 유녀들을 이겨볼 양으로 노골적인 태도를 보이곤 했다.

미치코와 어린 유녀들이 미성숙한 심신으로부터 안간 힘으로 쥐어 짠 육감적인 냄새는 미미하게나마 유키에게 묘한 느낌을 주었다. 유키는 자신도 모르게 깊은 숨을 들이켰다. 그러나 그것은 찰나의 느낌이었다. 마음을 울릴 수 있는 종류의 것은 아니었다.

어린 유녀들은 미치코의 도전을 마땅치 않게 여겼으나 선배 언니의 양녀인 데다 자신들의 직업상 형편도 있어 무리한 일은 피하고자 했다. 미치코가 활개치는 동안에는 자리를 비켜주었고 미치코가 뜸할 때 다시 서비스를 시작했다. 미치코는 그런 유녀들의 행동이 과자 위를 맴도는 파리떼처럼 느껴져 언짢았다.

그런 불만스런 기분을 풀려는 듯 미치코는 노기에게 시비를 걸곤 했다.

노기는 크게 신경 쓰지 않고 제방에서 카나리아의 모이가 될 만한 것을 따거나 맥주를 마시거나 했다.

저녁이 되어 일행이 고급 요릿집으로 가 저녁을 먹으려 하자 미치코는 유키를 힐끗 쳐다보며 말했다.

"나는 일본 요리 지겨워. 혼자 집에 갈래."

유녀들이 놀라 그럼 바래다주겠다고 했으나 노기가 웃으며 말했다.

"차 태워주면 돼."

그렇게 말하며 노기는 지나던 차를 불러 세웠다.

차가 멀어지는 모습을 바라보며 노기가 말했다.

"미치코도 새침한 짓을 하기 시작하네."

유키는 점점 노기의 속을 알 수가 없었다. 예전 상대했던 남자들에 대한 사죄로 젊은이를 보살피며 마음을 다잡으려는 게 아닌가 생각했으나, 그런 것 같지도 않다. 유키를 노기의 젊은 서방이라고 하는 소문이 최근 들려왔다. 그러나 노기는 그런 소문은 물론 그 어떤 내색도 유키에게 드러내지 않았다.

어떻게 다 큰 남자를 이렇게 대담하게 사육하듯 대할 수 있는 걸까. 유키는 최근 작업 공간에 일절 가지 않았고 발명 연구도 단념한 상태로 지내고 있었다. 그런 상태를 노기가 잘 알고 있을 게 분명한데도 그에 대해 한 마디도 없는 것을 보며 유키는 후원자인 노기의 목적이 의심스러워지기 시작했다. 툇마루 유리창으로 작업 공간이 보였지만 유키는 가급적 그쪽을 바라보지 않으려 애쓰며 툇마루에 누웠다. 여름이 가까워지며 정원의 나무들에 일제히 푸른 잎이 돋았고 연못 가장자리 돌담에 핀 꽃들이 날벌레를 불러 들였다. 하늘은 파랗게 맑았고 큰 구름이 약간 비를 머금은 탁한 색을 띤 채 하늘을 떠다니고 있었다. 옆집에서 널어 놓은 빨래들 아래로 오동나무 꽃이 피어있다.

유키는 과거에 여러 집을 드나들며 일을 했었다. 간장 곰팡내가 나는 찬장 구석에 목을 들이민 채 구차한 일을 했던 기억, 주부들이나 하녀들이 나눠준 점심 반찬을 받아 도시락으로 먹었던 기억 등 당시에는 싫었던 일들이 지금에 와서는 오히려 그립게 느껴졌다. 마키타네 집 좁은 이층에서 거래처의 설계 예산표를 작성하고 있노라면 아이들이 교대로 와 목이 빨갛게 부을 정도로 매달렸다. 작은 입 속에서 굴리던 침이 잔뜩 묻은 사탕알을 꺼내 유키 입에 집어넣기도 했다.

유키는 스스로가 발명 같은 거창한 일보다 평범한 생활을 하고 싶어 하는 게 아닐까 하는 생각이 들기 시작했다. 문득 미치코가 떠올랐다. 노기는 높은 곳에서 아무것도 모른다는 얼굴을 하고 대범하게 지켜보고 있지만 실은 할 수만 있다면 자신을 미치코의 남편으로 삼아 장차 노기의 노후를 돌보게 할 속셈인 지도 모른다. 하지만 그렇게 단정 지을 수도 없다. 그 자존심 센 노기가 그런 구차한 계획을 가지고 사람에게 호의를 베풀 리 없다는 것도 안다.

물이 찍찍 나오는 삶은 밤처럼 외견상으론 그럴듯하지만 정작 속은 비어있는 아이, 유키는 미치코를 떠올리면 그런 생각이 들어

쓴웃음이 났다. 요즘 들어 자신에게 미움, 반감 같은 것을 품은 듯 하면서도 묘하게 달라붙으려 드는 미치코의 태도가 마음에 걸렸다.

최근 미치코는 제멋대로 오는 것이 아니라 하루나 이틀 간격으로 정기적인 방문을 했다.

미치코는 뒷문으로 드나들었다. 그녀는 다실과 작업 공간 사이의 문을 열고는 문턱 위에 올라섰다. 한 손으로 기둥을 잡고 몸을 약간 비틀며 아양을 떤다. 다른 한쪽 손은 소매 밑으로 넣어서 사진 찍는 것 같은 포즈를 취했다. 몸을 적당히 숙이고 눈을 치켜뜨며 '나 왔어.'라고 하는 것이었다.

툇마루에서 자던 유키는 그저 '응'이라고 답할 뿐이었다.

미치코는 다시 한 번 같은 말을 던져보았지만 여전한 대답이 돌아올 뿐이었다. 화가 난 미치코가 소리쳤다.

"귀찮음이 뚝뚝 묻어나는 대답이네. 다신 안 와."

"정말 제멋대로네."

유키는 상체를 일으켜 다리를 꼬고 앉아 미치코를 보며 말했다.

"오호, 오늘은 일본식 머리를 했네."

"아 몰라."

기모노를 입은 채 뒤돌아 앉은 미치코의 등이 토라진 기색을 비치고 있었다. 유키는 미치코의 뒷모습을 바라보며 미치코가 자신의 아내가 되어 뭐든 자신에게 의지하고 자신의 곁에서 알짱거리는 장면을 상상해 보았다. 그렇게 되면 자신도 그야말로 평범한 삶을 살아가게 될 것이라 생각하니 적막한 느낌도 들었다. 그러나 그때가 되어보지 않으면 알 길 없는 불투명하고 신기한 미래에 대한 상상이 현재의 자신을 옥죄어오는 것만 같았다.

유키는 이마를 좁아보이게 하기 위해 앞머리를 내리고 옆머리를 부풀린, 그리고 지나칠 정도로 정형화된 미인의 화장을 한 미치코의 얼굴에서 좀 더 자신이 빠져들 만한 매력을 발견해내고 싶어졌다.

"여기 좀 봐봐. 잘 어울리는데?"

미치코의 오른쪽 어깨가 살짝 흔들리더니 곧 빙글 돌아앉으며 손으로 가슴께와 머리를 다시 어루만졌다.

"말이 많아. 자, 이럼 됐지?"

미치코는 유키가 진지하게 자신을 지켜보고 있는 것에 만족스러움을 느끼면서 머리 장식 끝에 달린 구슬을 건드려 찰랑거리게 했다.

"먹을 걸 가져왔어. 뭘 가져왔을지 맞혀봐."

유키는 이런 어린 여자애가 장난을 칠 만큼 자신이 만만하게 보인 건가 싶어 언짢은 생각이 들었다.

"맞히긴 뭘 맞혀. 가져왔으면 얼른 내놔."

미치코는 유키가 퉁명스럽게 굴자 반항심이 생겼다.

"사람이 기껏 친절하게 가져온 걸 그런 식으로 취급하다니, 됐어 없는 걸로 해."

그렇게 말하며 미치코는 옆으로 돌아앉았다.

"내놔!"

유키가 소리치며 몸을 일으켰다. 유키는 자신이 방금 한 행동에 스스로도 놀랐으나 그럼에도 고압적으로 말했다.

"내놓으라고 하면 내놓을 것이지."

유키는 위압적인 모습으로 미치코를 향해 서서히 다가갔다.

자신의 인생을 작은 함정에 빠트려 버릴 위험, 뭔가 정체모를 힘이 작용한 탓에 위험이란 것을 알고 있으면서도 그것에 자진해 다가가는 절체절명의 기분이 유키에게 태어나 처음 느껴보는 극도의 긴장감을 불러일으켰다. 자기혐오에 빠지지 않으려고 애쓰는 그의 이마에서 땀이 줄줄 흘러내렸다.

미치코는 유키가 장난스레 위협적인 행동을 취하는 줄 알고 까불며 무시하듯 바라보고 있었으나 이내 뭔가 다른 것을 눈치 채고는 갑자기 겁이 났다.

그녀는 다실 쪽으로 몸을 비키며

"누가 주나봐라."

하고 작게 중얼거렸지만 유키가 그녀의 눈을 이글거리는 눈으로 바라보며 서서히 품에서 손을 하나씩 꺼내 그녀의 어깨를 잡자 공포에 질린 나머지 "아앗!"하고 두 번쯤 작을 비명을 질렀다. 그녀의 꾸밈없는 표정과 얼굴이 감정을 그대로 드러냈고 눈, 코, 입이 부들부들 떨렸다.

"내놔!"

"어서 내놓으라고!"

유키가 하는 말은 의미 없이 공허했고 팔을 통해 전율이 전해졌다. 그가 커다란 목구멍으로 천천히 침 삼키는 것이 느껴졌다.

미치코는 눈을 크게 부릅뜨고는 "죄송해요."라고 울먹거리며 빌었지만 유키는 마치 감전이라도 된 것처럼 파랗게 질린 얼굴로 눈을 한 곳에 고정한 채 미치코의 어깨를 잡고 격렬하게 그녀의 전율시킬 뿐이었다.

미치코는 그런 유키를 보며 마침내 무언가 깨달았다. 평소 '남자란 의외로 겁쟁이들이란다.'라고 했던 노기의 말이 문득 떠올랐다.

다 큰 성인 남자가 고작 그런 일에 겁을 먹고 저렇게 격해져있는가 싶은 생각이 들자 미치코는 유키가 몸집 크고 순한 동물처럼 느껴져 애틋해지기 시작했다.

미치코는 얼굴을 가다듬은 뒤 애교 넘치는 미소 띤 얼굴로 말했다.

"바보, 이러지 않아도 음식은 줄 건데."

그렇게 말하며 유키 이마의 땀을 손등으로 슥 훔쳐 주었다.

"여기 있으니까 어서 와서 먹어요, 어서."

미치코는 정원의 나무 사이로 부는 바람을 쐬고는 유키의 단단한 팔을 잡아끌었다.

장맛비가 피어오르듯 내리던 어느 날 저녁, 노기는 우산을 쓰고 현관 옆 싸리문을 통해 정원에 들어섰다. 수수한 옷을 입고 방으로 들어선 그녀는 옷을 내리고는 앉았다.

"나가는 길에 너한테 할 얘기가 좀 있어서 들렀어."

노기는 담배를 꺼내 담뱃대로 재떨이 대신 서양식 접시를 끌어당기며 말했다.

"요즘 우리 미치코가 자주 드나드는 것 같던데 뭐, 그에 대해서 뭐라 할 생각이 있는 건 아니고."

그러더니 젊은이들의 일이라 혹시나 싫어 하는 말이라고 하며 이야기를 이어갔다.

"그 혹시나 하는 것도 말이야."

서로 정말 잘 맞고 마음 속 깊이 반해있는 거라면 노기도 대찬성이라고 했다.

"하지만 만약 서로 흔해 빠진 감정으로 그저 어쩌다 생긴 일이라고 한다면 그런 건 세상에 널렸어. 별 게 아니라 이거야. 꼭 미치코여야만 하는 게 아니잖아. 나도 평생을 그런 흔해 빠진 관계 때문에 고생하며 살아왔어. 그런 건 몇 번을 하든 똑같아."

일이든 남녀 사이든 다른 것이 섞일 여지없이 오직 한 곳에 몰두하는 모습을 보고 싶은 것이라고, 그런 모습을 가까이서 지켜본 뒤 조용히 잠들고 싶다고 했다.

"서두르거나 조바심을 낼 필요는 전혀 없으니까 일이든 연애든 쓸 데 없는 데 허비할 것 없이 정말 원하는 것에 후회가 남지 않을 정도로 집중했으면 해."

유키는 크게 웃으며 말했다.

"그런 순수함 같은 건 지금 세상에 있지도 않고 있을 수도 없어."

그러자 노기도 따라 웃었다.

"어느 시대든 마음을 집중하지 않으면 좀처럼 일어나지 않을 일이지. 그러니까 여유를 갖고 잘 준비해서, 그래, 좋아하는 무기도로라도 먹어가면서 행운의 제비를 기다려보란 말이야. 다행히 몸은 건강하니까. 끈기도 있는 것 같고."

노기는 그렇게 말하고는 자신을 데리러 온 차에 올라탔다.

유키는 그날 밤 훌쩍 여행길에 올랐다.

노기의 뜻을 이제 알 것 같았다. 그녀는 자신이 이룰 수 없었던 일을 나를 통해 이루고자 하는 것이다. 그러나 노기가 이루지 못한 그 일이란 그녀 자신도, 유키도 혹은 아주 운 좋은 제비를 뽑았을 누군가라도 실제로 이루기 힘든 일인 것이 아닐까. 현실이란 것은 바라는 일의 일부만을 맛보게 할 뿐 그 전부는 눈앞에 어른거릴지언정 손에 잡히지 않기에 인간은 늘 그것에 끌려 다닐 수밖에 없다.

유키는 그런 일을 포기하는 것쯤은 언제든 할 수 있다. 그러나 노기는 포기라는 것을 모른다. 그런 점에서 그녀는 고지식한 면이 있는 것 같았는데, 때로는 그런 면이 오히려 장점이 되기도 했다.

유키는 새삼 노기가 대단한 여자라는 생각을 했다. 어딘가 철

면피인 것 같다는 생각도 들었다. 비장한 느낌을 받기도 했으나 자신이 그녀의 무모한 기획에 말려든 것 같아 불쾌한 느낌이 들기도 했다. 할 수만 있다면 자신을 태운 채 끝없이 운행 중인 늙은 할멈의 에스컬레이터에서 벗어나 폭신한 수제 새털 이불 같은 생활 속으로 숨고 싶었다. 유키는 그런 생각들을 정리하고자 도쿄에서 기차로 두 시간 정도면 갈 수 있는 해안가의 료칸旅館을 찾아갔다. 그곳은 마키타의 형이 운영하고 있는 료칸으로 마키타의 부탁을 받아 전기 장치를 봐주러 왔던 적이 있는 곳이었다. 넓은 바다와 끊임없이 흘러가는 구름으로 둘러싸인 산이 있었다. 그런 자연 속에서 차분하게 생각을 정리해보고자 하는 것은 그에게 지금까지 없었던 일이었다.

몸이 좋아져서인지 이곳에 온 뒤 신선한 생선도 맛있었고 바다 수영도 시원했다. 자꾸만 속에서부터 웃음이 차올랐다.

무엇보다, 무한한 동경들에 사로잡혀 있는 노기가 정작 스스로는 그런 점을 깨닫지 못한 채 시시각각 잡다한 일들로 가득 찬 생활을 하고 있는 것이 우습게 느껴졌다. 그리고 단지 울타리가 쳐져 있다는 이유로 그것을 넘을 생각조차 하지 못하는 어느 동물과 마찬가지로, 멀리 떠나있으면서도 노기의 그늘을 벗어날 수 없는 자신의 모습이 우스웠다. 그 아래에 있을 때는 답답하고 지루했으나 막상 떨어져 나와 있으면 허전했다. 그런 이유로, 어렵지 않게 찾아내 주었으면 하는 생각을 하며 짐작하기 쉬운 여행지를 골라 이름뿐인 탈주를 감행한 자신의 현실이 한심했다.

미치코와의 관계도 그랬다. 뭐가 뭔지도 모르는 채 그저 한 차례 번개 같이 피차를 스쳤을 뿐이었다.

여행을 떠나온 지 일주일 쯤 지났을 때 전기기구 가게의 마키타가 노기의 부탁을 받았다고 하며 돈을 들고 왔다. 마키타는

"즐겁지 않은 일들도 있겠지. 어서 먹고 살 길을 마련한 뒤에 독립하도록 해."

라고 말했다.

유키는 마키타와 함께 돌아왔다. 그러나 그 뒤로 집을 나와 버릇하기 시작했다.

"어머니, 유키 씨가 또 집을 나갔어요."

운동복 차림의 양녀 미치코가 창고 앞에 서서 말했다. 자기 기분은 일단 제쳐두고 노기가 동요하는 모습 보이는 것을 즐기고자 하는 꼬인 심보로 전한 말이었다.

"어제도, 그제 밤에도 집에 안 들어왔어요."

새로운 일본 음악 선생님이 돌아간 뒤 샤미센[30] 연습을 위해 흙벽 창고의 작은 다다미 방에 남아 복습 중이던 노기는 샤미센을 바로 내려놓았다. 내심 분하고 괘씸한 마음이 들었으나 내색하지 않고 태연한 얼굴로 미치코에게 말했다.

"그 놈, 또 예의 그 병이 도졌나보구나."

---

30 일본의 전통 현악기

노기는 긴 담뱃대로 담배를 한 모금 빨고는 왼손으로 소매를 잡아 펼치며 입고 있는 줄무늬가 잘 어울리는지 어떤지 살펴본 뒤 말했다.

"집을 팔아야겠다. 이래서는 더 이상 봐주기만 할 수 없으니까."

그리고는 무릎에 떨어진 재를 탁탁 털어내더니 천천히 악보를 정리했다. 펄쩍 뛰며 성을 낼 것으로 기대했던 것과 달리 노기가 예상 밖의 태도를 보이자 미치코는 재미없단 얼굴을 한 채 라켓을 들고 근처 코트로 향했다. 그 뒤 바로 노기는 언제나처럼 전기기구 가게에 전화를 걸어 마키타에게 유키를 찾아보라고 부탁했다. 스스럼없는 상대를 향한 그녀의 목소리에는 자신이 보살피고 있는 청년의 무모함을 꾸짖고자 하는 날카로운 예리함이 있었고 그것은 수화기를 들고 있는 그녀의 손이 울릴 정도로 전해졌다. 그러나 불안하고 두려운 마음이 발효되어 외로움에 취한 중에도 그녀의 머리는 활발히 깨어있었다. 전화를 끊은 뒤 노기는

"역시 젊은 놈이라 기운이 좋아. 그래, 그래야지."

이렇게 중얼대며 소매를 젖은 눈가에 갖다 대었다.

노기는 유키가 집을 나갈 때마다 유키에 대한 존경스러운 마음을 갖게 되었다. 그러나 다른 한편으로 유키가 돌아오지 않았을 경우를 상상하면 매번 애가 탔다.

한여름 무렵, 이 이야기의 작가는 이미 아무개의 소개로 하이쿠를 배우고 있던 노기로부터 드물게도 와카 첨삭 의뢰를 받게 되

었다. 작가는 그 때 마침 우연히도 노기가 예전 와카 지도에 대한 감사의 뜻으로 안뜰에 만들어 주었던 연못 분수를 감상하고 있었다. 노기가 쓴 와카의 초고를 받아들고 연못의 물소리를 들으며 호기심 가득한 마음으로 오랜만에 노기의 와카를 읽어보았다. 그 중에 노키의 최근 심경을 엿볼 수 있는 구절이 있어 소개하고자 한다. 원작에 다소 첨삭을 가한 것은 작가가 스승이라서가 아니고, 읽는 사람에게 의미를 더 잘 전달하기 위함이다. 약간의 수사를 손봤을 뿐 내용은 원작 그대로임을 밝혀둔다.

해마가 내 슬픔이 깊어지더니
드디어 화려한 목숨이 되었구나

■ 오카모토 가노코

오카모토 가노코(岡本かの子, 1989.3.1.-1939.2.18.)는 1989년 도쿄시東京市 모지시門司市에서 태어났다. 아카사카구赤坂区 아오야마미나미초青山南町에서 아버지 오누키 도라키치大貫寅吉와 어머니 아이アイ의 장녀로 태어났다. → 오카모토 가노코(岡本かの子, 1989.3.1.-1939.2.18.)는 1989년 도쿄도東京都 모지시門司市 아카사카구赤坂区 아오야마미나미초青山南町에서 아버지 오누키 도라키치大貫寅吉와 어머니 아이アイ의 장녀로 태어났다. 본명은 가노カノ. 오누키 집안은 에도시대 막부의 어용御用 상회를 담당하던 가나가와神奈川 지역의 대지주이기도 했다. 허약했던 체지 탓에 유년 시절 부모와 떨어져 가나가와의 본가에서 생활해야 했다.

둘째 오빠인 오누키 쇼센大貫晶川의 문학 관련 활동으로부터 자극과 영향을 받아 「문장세계文章世界」, 「여자문단女子文壇」, 「요미우리 신문読売新聞」 등의 문예란에 단카短歌, 시詩 등을 투고하며 문학자로서의 행보를 시작한 그녀는 병원에 입원해있던 쇼센의 병문안을 갔다가 그의 중학교 시절 친구 다니자키 준이치로谷崎淳一郎와 조우하기도 했다. 또한 쇼센과 함께 요사노 뎃칸与謝野鉄幹, 요사노 아키코与謝野晶子의 신시사新詩社 동인이 되어 「묘죠明星」를 통해 단카를 발표한다.

19세 때 바바 고초馬場孤蝶 문하의 문하생 후시야 부류伏屋武龍와 연애를 시작하지만 양가의 반대에 부딪힌다. 반대를 피해 후시야 부류와 사랑의 도피를 했으나 붙잡혀 돌아오게 되고, 이후 우울증 치료를 위해 신슈信州에 체재하게 된다. 혼란스러운 와중에서도 문학가로서의 활동은 계속되었고 기타하라 하쿠슈北原白秋 등이 창간한 잡지 「스바루スバル」에 신시사新詩社 동인으로서 단카를 발표한다.

부류와의 결별 이후 반년에 걸친 오카모토 잇페이의 구혼을 받아들여 결혼 하게 되고 교바시京橋에 위치한 잇페이의 집에서 동거를 시작한다. 1911년, 오카모토 가노코의 작품 세계에도 지대한 영향을 미치게 되는 장남 오카모토 다로岡本太郎를 친정에서 출산한다. 그러나 제대로 된 일을 하지 못하고 방황하는 남편 잇페이와 친정의 파산 등으로 인해 경제적 빈궁함을 겪게 된다. 같은 해, 히라쓰카 라이초平塚らいてう의 권유로 여성의 사회적 해방과 여류문학 육성을 목적으로 한 「세이토사青鞜社」에 가담, 「세이토」에 단카를 발표하기도 한다.

1912년, 남편의 방황과 경제적 곤란함으로 어려움을 겪던 오카모토 가노코는 왕래가 있던 와세다대학早稲田大学 영문과 학생 호리키리 마사오堀切茂雄와의 불륜에 빠진다. 이후 잇페이가 아사히신문朝日新聞에 입사하여 만화를 연재하기 시작하면서 생활이 안정되었으나 잇페이의 방탕한 생활이 시작되어 절망하게 된다.

그 사이 쇼센이 급성 질환으로 사망한다. 생활의 어려움, 남편 잇페이의 방탕함, 형제의 죽음 등 인생의 여러 고달픔으로 인해 번민하던 가노코는 잇페이와 함께 오빠 쇼센의 스승이었던 우에무라 마사히사植村正久를 방문한다. 이 때 기독교와 성서를 접하게 되지만 삶의 고통을 치유 받지 못할 것임을 깨닫고는 불교에 귀의하여 불교 연구를 시작한다.

만화가로서 잇페이의 명성이 확고해짐에 따라 생활의 여유가 생긴다. 불교 연구에 한층 더 매진하는 한편 가와바타 야스나리川端康成, 미야모토 유리코宮本百合子등과의 친분을 쌓으며 소설가로서의 활동 개시에 박차를 가하게 된다.

1924년, 치질 수술을 받기 위해 게이오 대학 병원에 입원했고 그곳에서 만난 외과 의사 닛타 가메조新田亀三와 불륜에 빠진다. 1928년부터는 남편, 아이들이 사는 집에서 닛다 가메조와의 동거를 시작하는 등 파격적인 행보를 보인다.

1929년, 잇페이, 장남 다로, 불륜 상대 닛다 등과 함께 출장과 여행을 겸한 유럽행에 나선다. 화가 지망생인 아들 다로를 파리에 남겨두고 귀국한 가노코는 이후 불교 연구 및 불교 관련 일들에서 왕성한 활약을 보이는 한편, 단카 뿐 아니라 희곡, 수필, 소설, 기행문 등 다양한 장르에서 보다 적극적인 문학 활동을 벌인다.

1937년 「모자서정母子叙情」 1938년 「노기초老妓抄」 등의 대표작들을 선보이며 아쿠타가와상 후보에 오르기도 했으나 50세가 되던 1939년, 뇌충혈 증세로 도쿄대학 병원에서 사망한다.

| 작품 소개 |

여류문학가, 불교연구가, 예술가 아들을 둔 어머니. 오카모토 가노코는 다양한 수식어를 지닌 작가로서 당시에는 물론 현재의 관점에서 보더라도 파격적인 행보를 보인 작가였다. 작품 창작, 종교연구 등 문학과 학문 분야에서 사회적 지위를 보유하고 있었음과 동시에 한 남자의 아내이자 세 아이의 어머니로서 녹록치 않은 삶을 살아낸 그녀는 그러면서도 자신의 욕망에 충실한 사람이었다.

호리키리 마사오, 닛타 가메조 등과 불륜 관계를 지속적으로 이어갔지만 그들과의 불륜을 남편에게 용인 받으며 결혼생활은 그대로 유지해가는 모순을 보이기도 했다. 아주 대담하고 파격적인 듯 보이지만 딸, 아내, 누이, 어머니 등 여성에게 덧입혀지는 상투적인 프레임과 기성의 질서들에 순응적인 면 역시도 보유하고 있는 가노코의 복잡한 삶과 내면은 그녀의 문학 작품들을 통해 묘사되었다. 아들, 남편, 애인과의 일들을 사실적으로 녹여낸 사소설 「모자서정」을 비롯해 각 작품들에서 그녀의 자아들이 고스란히 드러나고 있는 것을 볼 수 있다.

첫 번째 작품 「동해도53차」에서는 남편 따라 동해도 여행을 나선 주인공의 이야기가 그려졌다. 동해도의 풍경 및 동해도에서 벌어진 일들이 묘사되어 있어 근대 일본의 명암 일부가 엿보이기도 한다. 그러나 무엇보다도 주체적인 자아실현과는 거리가 먼 여주인공 삶의 묘사가 두드러진다. 아버지 밑에서 아버지가 시키는 대로 그림을 베껴 그리곤 하던 주인공은 결혼 후 남편을 따라 여행하며 이번에는 남편의 주문대로 그림을 필사한다. 정작 자신의 그림은 그리지 못하고 아버지, 남편이 필요로 하는 정물 묘사만을 해온 그녀는 아들에게서 예술가의 기질을 발견하고는 기쁨을 느끼기도 한다.

아버지, 혹은 애인이나 남편 등 남성과의 관계에 종속된 삶을 이어가야만 하는 여주인공의 이야기는 다음 작품인 「혼돈미분」에서도 그려지고 있다. 영락한 집안의 가장인 아버지를 모시고 도쿄 외곽에서 궁핍하게 살아가는 고하쓰는 또래 연인 가오루와의 풋풋한 감정을 외면한 채, 오십줄에 들어선 나이든 부자 가이바라의 첩실 제안을 수락하기로 마음먹는다. 그녀는 가이바라의 재산을 버팀목 삼아 아버지와의 궁핍한 삶을 끝마치고 도쿄 한복판에서 화려한 도시의 삶을 만끽하고자 하지만, 가오루와의 연애, 고지식한 아버지를 설득해야 하는 일 등 앞에 놓인 현실들에 절망하며 끝없는 혼돈미분 속으로 가라앉는다.

가노코의 자전적 이야기가 거의 그대로 담긴 사소설 「모자서정」에서는 아들을 향한 애틋한 모성을 주축으로 파리 여행 당시의 일화 및 어린 애인을 향한 감상 등이 묘사된다. 이 작품에서 가노코는 문학가, 불교 연구가로서의 사회적 지위, 삶과 예술에 대한 견해, 자녀 교육의 이상理想을 비롯한 다양한 이야기들을 다루지만, 여러 이야기들을 한 데로 묶으며 중추적인 역할로 기능하고 있는 것은 아들에 대한 깊고도 뜨거운 애정이다.

주인공 가노조는 가난하고 절망적이었던 결혼 초의 생활을 딛고 일어나 현재 남편 잇사쿠와 함께 상류층 지식인으로서 대우 받는 생활을 이어나가고 있다. 화가 지망생인 아들 이치로는 부모의 유럽 출장에 동행했다가 파리에 남아 회화 공부를 이어가기로 한다. 아들을 파리에 남겨두고 돌아온 가노조는 허전함과 그리움을 견디지 못하고 긴자의 밤거리를 서성이다 아들과 꼭 닮은 아들 또래 청년 기쿠오와 조우한다. 아들을 대한다는 심정으로 기쿠오와의 만남을 이어나가던 가노조는 기쿠오를 이성으로서 의식하고 있는 자신의 모습이 드러나자 그와의 이별을 결심하게 된다. 이후 아들에 대한 한결같은 그리움, 예술가로서 입지를 다지게 된 아들을 바라보며 느끼는 자부심을 의지 삼아 여생을 살아간다.

마지막 작품 「노기초」는 늙은 유녀 노기의 말년을 그린 작품이다. 유녀 생활을 정리하고 호젓한 주택을 마련한 노기는 평범한 삶을 희망하며 양녀를 들이는가 하면 궁핍한 연구가 청년 유키를 후원하기로 한다. 노기는 주변 환경에 휘둘리거나 경제적인 압박에 쪼들려 어쩔 수 없는 선택을 하는 것이 아닌, 자발적이고 주체적인 선택 및 그런 선택들로 이루어진 진정한 인생을 꿈꾼다. 그리고 자신을 대신해 유키가 그런 삶을 살아가기를 바라지만, 유키는 풍족한 생활에 염증을 느끼는가 하면 방랑을 일삼으며 노기의 기대와 멀어진다.

이상의 작품들의 공통분모는 주인공인 여성이 주체적인 삶을 갈망하면서도 정작 주변 남성들과의 종속적인 관계에서 벗어나지 못하고 있다는 점이다. 「동해도53차」, 「혼돈미분」 등과 같이 아버지, 애인, 남편과의 관계에 종속된 채 살아갈 수밖에 없는 여성이 그려진 것은 물론, 「모자서정」에서는 아들의 삶에 의해 모든 감정들이 좌지우지되고 아들의 쓴소리를 자양분 삼아 살아갈 수밖에 없는 여인의 삶이 묘사되었다. 그런가하면 「노기초」에서는 자신이 이루지 못했던 이상적인 삶에 대한 미련과 함께 그 삶을 대신해 이뤄줄 매개체로서 청년을 선택, 그에게 물질적인 원조는 물론 기대와 호감을 아끼지 않는 노년 여성의 모습이 그려져 있다.

작품 안에서 남성들과의 종속적인 관계에 의지해 살아갈 수밖에 없는 여주인공들이 반복적으로 그려지고 있으며, 그러한 관계들의 역전 혹은 주체적인 삶을 찾아 분투하는 주인공의 모습들을 찾아보기 어렵다고 하는 것은 여류문학가로서 가노코의 한계라고 지적될 수 있는 부분일 것이다. 그럼에도 불구하고 이 책에서 소개하고 있는 일련의 작품들은 1920-30년대 일본사회의 여성들이 짊어져야 했던 틀에 박힌 프레임의 무게, 그리고 그 틀을 의식하고 있으면서도 그 안에서의 삶을 이어가야 했던 여성 지식인 가노코의 고뇌들을 고스란히 담아내고 있다는 점에서 시사하는 바가 적지 않다 할 것이다.

| 작가 연보 |

1889년

3월 1일 도쿄시 아카사카구赤坂区 아오야마미나미초青山南町에서 아버지 오누키 도라키치大貫寅吉와 어머니 아이アイ의 장녀로 태어남. 본명은 가노カノ. 오누키 집안은 에도시대 막부의 어용御用상회를 담당하던 가나가와神奈川 지역의 대지주이기도 했다.

1893년 4살

허약체질 탓에 가나가와의 본가로 돌아가 부모와 떨어져 지냄.

1896년 7살

4월, 고즈심상소학교高津尋常小学校에 입학. 이듬해 각막염으로 인해 휴학한 뒤 교바시京橋의 병원에서 통원치료. 유모와 교바시의 집에서 생활함. 1898년 복학. 발군의 성적을 거둠.

1899년 10살

미조노구치溝の口 고등소학교 입학

1901년 12살

3월, 미조노구치 고등소학교 졸업

1902년 13살

12월, 선발시험을 치르고 아토미여학교跡見女学校에 입학. 단카短歌를 배우거나 모리 오가이森鴎外가 번역한 톨스토이의 작품 등을 즐겨 읽음.

1905년 16살

둘째 오빠 오누키 쇼센大貫晶川의 문학 관련 활동으로부터 자극과 영향을 받아 「문장세계文章世界」, 「여자문단女子文壇」, 「요미우리 신문読売新聞」 등의 문예란에 단카, 시詩 등을 투고함.

1906년 17살

병원에 입원해있던 오빠 쇼센의 병문안을 갔다가 오빠의 중학교 시절 친구 다니자키 준이치로谷崎淳一郎와 조우함. 쇼센과 함께 요사노 뎃칸与謝野鉄幹, 요사노 아키코与謝野晶子의 신시사新詩社 동인이 되어 「묘조明星」를 통해 단카를 발표함.

1907년 18살

3월, 아토미여학교 졸업. 8월, 바바 고초馬場孤蝶의 집에서 열린 문학 강좌에 참석하여 히라쓰카 라이초平塚らいてう, 아오야마 기쿠에青山菊栄와 알게됨.

1908년 19살

바바 고초 문하의 문하생 후시야 부류伏屋武龍와 연애. 「묘조」 최종호에 단카 발표.

1909년 20살

양가의 반대를 피해 후시야 부류와 사랑의 도피를 하지만 붙잡혀 돌아옴. 우울증 치료를 위해 신슈信州에 체재. 10월, 기타하라 하쿠슈北原白秋 등이 창간한 잡지 「스바루スバル」에 신시샤 동인으로서 단카를 발표함. 오카모토 잇페이岡本一平와 첫 대면.

1910년 21살

반년에 걸친 오카모토 잇페이의 구혼을 받아들여 가을 결혼. 교바시에 위치한 잇페이의 집에서 동거 시작.

1911년 22살

2월 16일, 친정에서 장남 오카모토 다로岡本太郎 출산. 아카사카구 아오야마기타초青山北町에 있는 아틀리에 딸린 집으로 이주. 경제적 빈궁함으로 곤경을 겪음. 친정 역시 파산함. 9월, 히라쓰카 라이초의 권유로 여성의 사회적 해방과 여류문학 육성을 목적으로 한 「세이토샤青鞜社」에 가담.

1912년 23살

3월, 단카를 「세이토」에 발표. 왕래가 있던 와세다대학早稲田大学 영문과 학생 호리키리 마사오堀切茂雄와 불륜. 8월, 잇페이가 아사히신문朝日新聞에 입사. 만화를 연재하며 생활이 안정되자 잇페이의 방탕한 생활이 시작되어 절망함. 12월, 잇페이의 권유로 「세이토샤」에서 첫 시집 「かろきねたみ」 간행. 그 사이 오빠 쇼센이 급성 질환으로 사망.

1913년 24살

1월, 어머니 아이 사망. 언니 긴キン과 호리키리 마사오의 교제를 알게 되어 괴로워함. 8월, 장녀 도요코豊子 출산. 잇페이의 방탕한 생활이 다시 시작되며 이듬해까지 극도의 신경쇠약 증세를 보임. 교바시에 있는 오카다岡田 병원에 입원하여 치료 받음. 「세이토」에 호리키리 마사오와의 연애 단카, 죽은 오빠에게 바치는 단카 등을 발표.

1915년 26살

1월, 차남 겐지로健次郎 출산. 1년 전부터 오카모토 일가와 함께 동거중이었던 호리키리 마사오가 따로 나와 다시 하숙 생활을 시작함.

1916년 27살

1월, 잇페이가 겐초지健長寺에서 참선하며 불교적 수행을 시작함. 10월, 고향인 후쿠시마福島에서 입원과 퇴원을 반복하던 호리키리 마사오가 폐결핵으로 사망. 오노에 사이슈尾上柴舟 문하로 들어가 이시이 나오사부로石井直三郎가 주재主宰한 잡지「미즈가메水甕」의 동인이 됨. 단카 발표.

1917년 28살

봄, 잇페이와 함께 오빠 쇼센의 스승이었던 우에무라 마사히사植村正久를 방문. 기독교와 성서를 접했으나 삶의 고통을 치유 받지 못함. 불교에 귀의하여 불교 연구를 시작.

1918년 29살

2월, 인간의 지독한 애증을 노래한 단카 오백여 수를 정리해 두 번째 시집「사랑의 고통愛のなやみ」을 간행.

1919년 30살

심기일전하는 마음으로 시바구芝区의 시로카네白金로 이주. 4월, 장남 다로가 게이오의숙소학교慶應義塾幼稚舎 1학년에 입학하여 기숙사 생활 시작. 만화가로서 잇페이의 명성이 확고해짐에 따라 생활의 여유도 생김. 불교 연구에 한층 더 매진함.「미즈가메」

에 단카 발표. 11월, 첫 소설 「가야의 성장かやの生立ち」을 잡지 「해방解放」에 발표. 가와바타 야스나리川端康成, 미야모토 유리코宮本百合子등과 알게됨.

1922년 33살

2월, 잇페이가 「부녀계婦女界」 잡지사의 쓰가와 시게미都河龍와 세계 유랑에 나섬.

1923년 34살

7월, 가와바타 야스나리가 곤 도코今東光 등과 함께 편집한 제6차 신사조新思潮에 희곡 「부인과 화가夫人と画家」를 발표. 7월, 가마쿠라鎌倉에서 피서하던 중 같은 숙소에 묵게 된 아쿠타가와 류노스케芥川龍之介와 알게됨(1936년 발표한 「두루미는 병들고鶴は病みき」는 이 당시의 경험을 소재로 한 것임). 9월 1일, 가마쿠라 역에서 간토대지진關東大震災을 당하고 피난함. 10월, 다시 도쿄로 돌아와 시로카네의 가설 주택에서 생활. 인근의 불교 연구가들과 친교를 나눔.

1924년 35살

3월, 단카 「벚꽃 백수さくら百首」를 「중앙공론中央公論」에 발표. 기타하라 하쿠슈들로부터 극찬을 받음. 6월, 「문예춘추文藝春秋」에 희곡 「귀거래帰去来」 발표. 9월, 아오야마미나미초로 이주. 야나기와라 뱌쿠렌柳原白蓮과 친분 쌓음. 치질 수술을 받기 위해 게이오 대학 병

원에 입원. 그곳에서 만난 외과 의사 닛타 가메조新田亀三와 불륜.

1925년 36살

1월, 가노코와의 불륜이 원인이 되어 홋카이도北海道 소재所在의 병원으로 좌천된 닛타 가메조. 그를 따라 두 세 차례 홋카이도를 방문함. 희곡과 단카 등 다수의 불교 관련 작품들을 발표.

1926년 37살

「시가시대詩歌時代」, 「구사노미草の実」 등의 잡지에 단카 발표. 가을, 희곡 「어느날의 렌게쓰니ある日の蓮月尼」, 「한산습득寒山拾得」 등을 시작試作. 아오야마다카기초青山高樹町로 이주.

1927년 38살

2월, 「영녀계令女界」의 단카 심사를 맡음. 6월, 기타하라 하쿠슈가 주재하는 단카 잡지 「일광日光」의 동인이 됨. 7월, 아쿠타가와 류노스케의 자살로 충격을 받음.

1928년 39세

3월부터 11월까지, 요미우리 신문 종교란에 「산화초散華抄」 연재. 「히사기회ひさぎ会 여인단카회女人短歌会의 전신前身」에 참가. 이 무렵부터 닛다 가메조와 동거함.

1929년 40세

4월, 다로가 우에노上野의 미술학교에 입학. 5월, 「산화초」 간행. 12월, 4번째 단카집 「나의 마지막 가집わが最終歌集」 간행. 같은 달, 이듬해 런던에서 열릴 군축軍縮 회의 참석을 위해 아사히 신문사 특파원으로 파견된 잇페이를 비롯, 다로, 닛타 등과 함께 유럽행.

1930년 41세

다로는 파리에 남아 회화를 배움. 가노코 일행은 런던, 파리, 베를린 등지를 돌아가며 약 반년 씩 거주. 이 무렵 런던에서 처음으로 뇌충혈脳充血 발작 증세를 보임.

1932년 43세

3월, 다로를 파리에 남겨두고 미국을 경유하여 귀국길에 오름. 아오야마다카기초에 거주. 여러 잡지에 기행문을 발표. 6월, 연속 강연 「신시대의 불교新時代の仏教」 방송.

1933년 44세

1월, 「어느 어리석은 이와 그의 처ある愚人とその妻」를 「현대불교現代仏教」에 발표. 10월, 「도빌 이야기ドーヴィル物語」를 「경제왕래経済往来」에 발표. 같은 달, 가와바타 야스나리, 고바야시 히데오小林秀雄 등이 창간한 잡지 「문학계文学界」에 자금을 원조하고, 우수작을 장려하는 '문학계상文学界賞'을 익명으로 후원함. 11월, 국제문화진흥회의 후원을 받아 「일본 펜클럽日本ペン・クラブ(회장 시마자키 도손島崎藤村」 창설에 힘썼으며 평의원評議員이 됨. 12월, 아버지 도라키치 사망. 초상을 치르는 도중 다시 뇌충혈 발작 증세를 보임.

1934년 45세

불교와 관련된 일들에서 왕성한 활약. 9월, 첫 번째 수필집 「가노코초かの子抄」와 「관음경을 논하다観音経を語る」를 간행. 11월, 「불교독본仏教読本」 간행. 12월, 「종합불교성전강화綜合仏教聖典講話」 간행. 12월, 희곡 「아난다와 주술사의 딸阿難と呪術師の娘」이 도쿄 극장 무대에서 상연됨. 거의 매일 같이 극장에 다님.

1936년 47세

3월, 여행중의 견문을 정리해 담아낸 기행문집 「세계에서 딴 꽃世界に摘む花」 간행.

6월, 「문학계」에 「두루미는 병들고」를 발표. 문단 데뷔작이 됨.

1937년 48세

3월, 「문학계」에 「모자서정母子叙情」을 발표하여 반향을 불러일으킴.

1938년 49세

8월, 「신일본新日本」에 「동해도53차東海道53次」 발표. 11월, 「중앙공론」에 「노기초老妓抄」를 발표하며 아쿠타가와상 후보에 오름. 세 번째 뇌충혈 발작 증세 보임.

1939년 50세

1월, 「딸娘」을 「부인공론婦人公論」에 발표. 뇌충혈로 인해 자택에서 요양하던 중 2월 17일 용태가 급변, 도쿄대학 병원에 입원. 다음날인 18일 사망.

| 역자 소개 |

최가형崔佳亨

삼육대학교 스미스교양대학 연구중심교수, 일본의 재난문학·문화에 관해 주로 연구했다. 주요 논문으로 「3.11 동일본대지진(3.11 東日本大震災) 이후 일본진재문학震災文学에서의 교토京都 표상」(『일어일문학』제57호, 2013.2) 등이 있고, 역서에 『간토関東대지진과 작가들의 심상풍경』(역락, 2017), 편저서에 『일본의 재난문학과 문화』(고려대학교출판문화원, 2018) 등이 있다.

일본 근현대 여성문학 선집 6
오카모토 가노코 岡本かの子

초판 1쇄 발행일 2019년 3월 31일

지은이 오카모토 가노코
옮긴이 최가형
펴낸이 박영희
편집 박은지
디자인 박희경
표지디자인 원채현
마케팅 김유미
인쇄·제본 태광인쇄
펴낸곳 도서출판 어문학사
서울특별시 도봉구 해등로 357 나너울카운티 1층
대표전화: 02-998-0094/편집부1: 02-998-2267, 편집부2: 02-998-2269
홈페이지: www.amhbook.com
트위터: @with_amhbook
페이스북: https://www.facebook.com/amhbook
블로그: 네이버 http://blog.naver.com/amhbook
다음 http://blog.daum.net/amhbook
e-mail: am@amhbook.com
등록: 2004년 7월 26일 제2009-2호

ISBN 978-89-6184-909-8 04830
ISBN 978-89-6184-903-6(세트)
정가 16,000원

이 도서의 국립중앙도서관 출판예정도서목록(CIP)은 서지정보유통지원시스템 홈페이지(http://seoji.nl.go.kr)와 국가자료공동목록시스템(http://www.nl.go.kr/kolisnet)에서 이용하실 수 있습니다.
(CIP제어번호: CIP2019014629)